MICHEL ZÉVACO

BURIDAN

le Héros de
LA TOUR DE NESLE

★ ★ ★

3 francs

MICHEL ZÉVACO

BURIDAN

LE HÉROS DE LA TOUR DE NESLE

GRAND ROMAN HISTORIQUE

abondamment illustré par
les photographies du film AUBERT
Production PIERRE MARODON

* * *

LA COUR DES MIRACLES

CINÉMA-BIBLIOTHÈQUE

Éditions JULES TALLANDIER

75, Rue Dareau, PARIS (XIVᵉ)

BURIDAN

Le Héros de la Tour de Nesle

TROISIÈME PARTIE

LA COUR DES MIRACLES

I

Cependant les heures s'écoulaient au Louvre, et Marguerite, dans une mortelle inquiétude, envoyait à tout instant Juana pour savoir des nouvelles.

Que faisait, que disait le roi ? Que s'était-il exactement passé à la Tour de Nesle ? Que complotait-il, enfermé avec Valois ?

Le roi, simplement, complotait la perte d'Enguerrand de Marigny et ne songeait guère à la reine.

Vers quatre heures, Marguerite avait fini par se rassurer à peu près, lorsque Juana entra précipitamment en disant :

— Madame ! Voici le roi qui vient !...

Marguerite ne jeta pas un cri, ne prononça pas un mot. Mais, dans le même instant, elle se trouva dans l'embrasure de la fenêtre, la quenouille à la main, le pied posé sur la pédale qui mettait en action le rouet...

— Le roi ! Place au roi ! annonça la voix forte de l'huissier de service.

Louis entra avec son impétuosité ordinaire, cherchant des yeux Marguerite, et à l'instant il s'arrêta, un sourire heureux sur les lèvres, ses yeux pleins d'amour contemplant avec émotion le suave tableau qu'il avait devant lui.

Calme, paisible, toute blanche et toute rose, Marguerite mélancoliquement appuyée au dossier de son fauteuil apparaissait dans l'encadrement de soie brochée du rideau de l'embrasure ; les vitraux de couleur formaient un fond à cette figure qui semblait celle de quelqu'une de ces madones que les imagiers d'alors enchâssaient dans les mailles de plomb. Elle chantait d'une voix douce et pure une jolie berceuse qu'accompagnait en sourdine le léger bourdonnement du rouet, et, dans ses doigts, tournait le fuseau où s'enroulait la blancheur de la laine.

La poitrine du roi s'oppressa, ses yeux se voilèrent de larmes d'amour.

— Comment, murmura-t-il, comment dans une minute infernale ai-je pu soupçonner cet ange ? Quelle folie m'a saisi d'imaginer un instant que cette figure de ribaude que j'ai vue au tableau de la Tour de Nesles, c'était la figure de Marguerite !...

Il s'approcha doucement, saisit une main de la reine et y déposa un long baiser.

Marguerite poussa un léger cri de surprise heureuse.

— Ah ! mon cher sire, c'est donc vous !... Hélas ! je ne vous attendais plus de la journée !... Je vous vois si peu... Vous voyez, je cherchais à me consoler et à me distraire en filant une quenouille, comme on dit que faisait une dame Pénélope attendant le retour de son époux...

— Pardonnez-moi, Marguerite, fit Louis tout attendri. Nous autres rois, voyezvous, chère aimée, nous avons des soucis d'Etat qui nous forcent à être malheureux même quand il n'y a que du bonheur autour de nous. Quand nous voudrions aimer, nous devons haïr. Quand l'amour nous appelle auprès d'une femme chérie, nous devons écouter la voix de nos conseillers, chercher à sauver l'Etat et punir la trahison...

— Sauver l'Etat ! Punir la trahison ! fit Marguerite qui frémit au fond d'ellemême. Vous m'effrayez, mon cher sire...

— C'est pourtant là l'affaire qui m'a retenu tout le jour loin de vous... Un misérable comblé de mon amitié a comploté ma mort...

— Qui donc, sire, a pu avoir l'âme assez scélérate ?...

— Vous le saurez, Marguerite, dit le roi, fidèle aux engagements qu'il venait de prendre avec Valois. L'heure n'est pas venue de prononcer tout haut le nom du traître. Quand son nom sera prononcé, c'est que le châtiment réservé à son crime l'atteindra du même coup...

— Ces choses sont-elles vraiment possibles ! Déjà vous m'avez parlé d'une trahison...

— Oui ! fit le roi dont le front s'assombrit. Je vous ai dit qu'une femme me trahissait, et je vous ai demandé de m'aider à la trouver...

— Hélas ! sire, je n'ai rien trouvé !... dit la reine en se raidissant contre l'inquiétude qui grandissait en elle.

Louis garda un instant de silence.

Marguerite l'examinait à la dérobée et voyait ce visage mobile devenir de plus en plus sombre, de plus en plus terrible. Elle devinait que la colère montait au cerveau du roi.

— Le malheur, reprit Louis, c'est que la seule femme qui pouvait me renseigner a disparu aujourd'hui même...

— Disparu ! Et comment cela, sire ?

— Cette femme, la sorcière que j'avais fait enfermer au Temple...

— Eh bien ! dit la reine en réprimant un sourire.

— Eh bien ! j'ai voulu l'interroger à nouveau sur cette trahison que sa science infernale lui avait permis de deviner et de me révéler. Je l'ai donc fait amener au Louvre cette nuit. On l'a mise dans un cabinet attenant à ma chambre, d'où vous savez qu'il est impossible de sortir. Trencavel avait placé des gardes dans l'antichambre, et jusque devant la porte du cabinet... et savez-vous ce qui est arrivé, madame ?... Non, vous ne pourriez jamais le supposer.

— Vous m'effrayez, sire !...

— J'avoue qu'il y a de quoi être effrayé. Et moi-même qui me vante d'avoir quelque courage, j'en ai la chair de poule ! Figurez-vous que lorsqu'on a pénétré dans le cabinet, la sorcière n'y était plus...

— Ceci passe le pouvoir de l'imagination ! fit la reine, en donnant tous les signes d'un effroi que le roi, lui, éprouvait sincèrement.

— Calmez-vous, chère Marguerite, reprit Louis. Ne vous effrayez pas, je suis là, et contre tous les diables, pour vous défendre, je saurai leur tenir tête. Quant à la sorcière, disparue, évanouie, enlevée !...

— Voilà un étrange événement sire, et qui prouve bien une fois pour toutes l'incroyable puissance des démons à qui Dieu permet de venir visiter, alarmer et effrayer les chrétiens. Du moins, ce sont les Saintes Ecritures qui nous l'apprennent.

— Vous avez lu cela dans les Saintes Ecritures ? demanda Louis. Eh bien ! Il n'en faut plus douter, cette sorcière a été enlevée par quelque démon, qui aura voulu ainsi la soustraire au châtiment qui l'attendait... Mais cette disparition me laisse dans un cruel embarras.

— A quel sujet, sire ? fit Marguerite qui, dans tout cet entretien si terrible pour elle, conservait un calme admirable.

— Au sujet de la trahison dont je suis menacé. Et pourtant, cette nuit même, j'ai failli mettre la main sur l'homme qui sait le nom de celle dont la trahison me menace.

— Et quel est cet homme, sire ?...

— C'est l'un de ces audacieux truands qui ont failli vous mettre à mal dans l'enclos aux lions et qui ont eu l'audace d'enlever de son hôtel mon bon oncle Charles que j'ai heureusement délivré.

— Le bruit de cet événement est venu jusqu'à moi, fit Marguerite, dont le cœur battait avec violence.

— Vous savez donc que je me suis rendu à la Tour de Nesle où, en effet, j'ai pu arracher le comte aux truands qui le détenaient prisonnier.

Cette fois, Marguerite ne put s'empêcher de pâlir.

— Ainsi, dit-elle, ces gens avaient fait de la Tour de Nesle leur repaire ?

— Il est à croire, fit le roi, qu'ils y étaient installés depuis longtemps. Mais là n'est pas la chose intéressante pour moi. Ces gens seront tôt ou tard saisis et pendus, et il n'en sera plus question. Ce qui m'intéresse et ce qui doit aussi vous intéresser, madame, c'est que j'ai failli trouver à la Tour de Nesle le secret de la trahison, et que sans ce Philippe d'Aulnay...

— C'est donc Philippe d'Aulnay, murmura la reine, qui vous a empêché de savoir le nom de la femme qui vous trahit !

Et Marguerite, devenue plus pâle, tomba dans une sorte de rêverie profonde, tandis que le roi continuait :

— Jugez-en, ma chère Marguerite : au dernier étage de la Tour, aménagé comme pour des orgies secrètes, j'ai trouvé dans une table des papiers qui avaient été écrits par celle qui se livre à ces débauches... celle qui me trahit !

Le roi parlait d'une voix naturelle, les yeux fixés sur les vitraux de la fenêtre, comme s'il eût évoqué la scène qu'il racontait. Marguerite, à ces derniers mots, avait frémi. Elle se mordit les lèvres jusqu'au sang pour étouffer un gémissement de terreur. Ses yeux agrandis par l'effroi cherchèrent à surprendre la vérité sur le visage du roi. Ces paroles semblaient la viser si directement qu'elle se crut perdue.

— Il sait tout ! songea-t-elle. Il a résolu ma mort avec Valois. Et maintenant, il joue avec sa victime avant de la livrer au bourreau !

— Ces papiers, continua le roi, je les tenais dans mes mains (Marguerite, d'un violent effort, parvint à ne pas s'évanouir). J'allais les lire ! Tout à coup, cet homme, ce Philippe d'Aulnay, s'est précipité sur moi par traîtrise, m'a arraché les papiers, et tandis que j'étais maintenu en respect par une douzaine de ses compagnons, il les a brûlés !

Un soupir terrible gonfla le sein de la reine, qui murmura :

— Sauvée...

Et telle était la puissance de cette femme sur elle-même, que pas un pli de sa physionomie ne décelait l'épouvantable émotion qu'elle éprouvait en ce moment.

Mais déjà le roi continuait :

— Il me reste, chère Marguerite, à vous demander pardon d'un véritable crime que j'ai commis contre vous.

— Contre moi ?

— Oui, hélas ! vous, l'ange de la pureté ! vous que le peuple appelle Marguerite la vertueuse, comme il m'a appelé Louis le Hutin, j'ai osé un instant vous soupçonner...

— Me soupçonner ! fit Marguerite d'une voix basse et rauque. Et de quoi, grand Dieu !...

Elle sentait toutes ses terreurs revenir à l'assaut de son esprit. Elle était là, pantelante, attendant que le roi répondît. Car cette réponse, c'était la vie ou la mort. Mais le roi ne répondit pas tout de suite.

Par un phénomène de transposition de l'esprit, il se retrouvait dans la Tour de Nesle, il se revoyait à ce moment même où il avait contemplé ce tableau qui représentait Madame la Vertu. Et, dans cet instant où il demandait pardon à Marguerite de l'avoir soupçonnée, il entrevoyait que tout au fond de lui-même surgissait, de nouveau, le soupçon qu'il avait cru terrasser. Machinalement, il murmura :

— Madame la Vertu !...

C'était le nom que, dans le peuple, on donnait à Marguerite de Bourgogne, non par dérision, mais par grand respect.

Et, en prononçant ce nom, le roi la revoyait distinctement cette figure de Madame la Vertu qu'il avait lacérée à coups de poignard, parce qu'il lui avait semblé qu'elle ressemblait à la reine ! Il répéta dans un balbutiement éperdu :

— Madame la Vertu !...

Et comme ses yeux étaient fixés sur Marguerite, il eut une sorte de rugissement intérieur et en lui-même gronda :

— Madame la Vertu... c'est elle... c'est Marguerite !...

Presque aussitôt, il éclata d'un rire nerveux, secoua rudement la tête comme pour s'affirmer à lui-même qu'une telle monstruosité était impossible.

— Sire ! sire ! bégaya Marguerite, au paroxysme de l'épouvante, revenez à vous, je vous en supplie ! Vos yeux s'égarent, vos mains tremblent ! Au nom du ciel, que se passe-t-il dans votre esprit ?...

— Quelque chose d'horrible, Marguerite ! fit le malheureux jeune homme, épris de sa femme, au point qu'à cette minute, il se jugeait détestable d'oser la soupçonner encore. Je veux dire toute la misère de mon cœur.

Et le roi, cette fois, sentit les larmes jaillir de ses yeux.

Dans cette tragique seconde, Marguerite fut admirable d'audace, de décision et de sang-froid. Elle se leva précipitamment, s'assit ou plutôt se jeta sur les genoux de Louis, étreignit sa tête dans ses deux bras, colla ses lèvres à ses lèvres, et, avec un accent de passion vraiment sublime :

— Parle, mon roi, mon Louis bien-aimé ! Parle ! décharge ton pauvre cœur des peines qui l'accablent ! Confie-moi le secret de ton tourment ; dusses-tu, tiens, dusses-tu m'accuser moi-même, dussé-je entendre que tu m'as soupçonnée ! et dus-

sé-je mourir à l'instant de savoir que Louis a soupçonné sa Marguerite !

Le roi éprouva l'enivrante griserie du baiser de Marguerite. Plus que jamais, il sentit qu'il l'adorait de toute son âme et de tout son corps. Plus que jamais, il se méprisa de la soupçonner. Mais il comprit aussi que le soupçon était vivant encore en lui.

— Eh bien ! fit-il, agité à la fois de sanglots et de mouvements de rage, écoute ! là, dans cette salle de débauches infâmes, j'ai vu un tableau plus infâme encore ! Sur ce tableau, il y avait une femme ! Et cette femme, Marguerite, c'était toi.

Marguerite jeta un cri d'horreur.

— Quoi ! rugit-elle, ces misérables auraient donc eu cette incroyable audace de mettre ma ressemblance dans le tableau de leurs orgies !

Ceci était admirable.

L'explication trouvée séance tenante par Marguerite était si naturelle, si conforme à toute vraisemblance, que le roi demeura frappé de stupeur. Puis, brusquement, il étreignait Marguerite dans ses bras, riant, pleurant et bredouillant :

— Comment n'ai-je pas songé à cela ! C'est par Dieu vrai ! C'est l'éclatante vérité ! Ce sont ces truands qui, par dérision et mépris, ont commis ce sacrilège ! Et moi qui me figurais...

— Parle ! fit Marguerite avec un sourire de mélancolie. Dis-moi tout en une seule fois, car, s'il me fallait subir encore une pareille torture, j'en mourrais, vois-tu !

— Pardonne, chère Marguerite ! Pardonne ! murmura le roi, ivre de passion. Oui, il faut que tu saches tout, et ce sera mon châtiment ! Eh bien ! je me figurais un instant dans une minute de folie furieuse, je me suis figuré que toi-même, tu t'étais rendue à la Tour de Nesle et que, là, un peintre t'avait portraiturée dans l'attitude où j'ai vu la femme du tableau !

Marguerite frissonna jusqu'à l'âme.

Car ces paroles du roi étaient le reflet exact de la vérité entière !

— Et ce n'est pas tout ! continua le roi. Dans ma folie, j'avais peut-être une sorte d'excuse... car figure-toi qu'ayant ouvert une armoire, j'y ai trouvé des robes imprégnées de ton parfum favori...

Marguerite se sentit mourir.

— J'y ai trouvé, continua le roi, un manteau agrafé par deux émeraudes... Oh ! deux émeraudes toutes pareilles à celles que je t'ai données !...

Marguerite eut le soupir atroce du condamné à qui on vient annoncer que l'heure de mourir est arrivée. Livide, toute raide, la tête baissée, elle semblait attendre le coup fatal.

— Il fallait vraiment, poursuivit le roi avec un rire strident, que le démon m'eût soufflé je ne sais quelle funeste inspiration. Car quoi de plus simple que de te dire : « Marguerite, ces émeraudes que je t'ai données, montre-les-moi, ne fût-ce que par pitié ! » Alors, n'est-ce pas que tu m'eusses montré tes émeraudes et mon soupçon infâme fût tombé du coup !

Le roi s'arrêta.

Il attendait... quoi ?... il attendait que

la reine allât chercher les émeraudes et les lui montrât.

La reine ne bougeait pas.

Elle ne cherchait même plus le mensonge sauveur.

Elle ne pensait même plus.

Elle était la bête acculée qui sait qu'elle va mourir et qui, simplement, attend le coup de la mort.

— Par Notre-Dame ! murmura le roi d'une voix si pâle qu'à peine pouvait-on l'entendre, qu'attends-tu, Marguerite ? Quoi ! après ce que je viens de dire, ces émeraudes ne sont pas encore là, sous mes yeux ?

Le roi s'était levé, et il apparut à Marguerite si pâle, si terrible dans son immobilité, qu'une sorte de folie monta à son cerveau. Elle se leva à son tour, prêt à hurler : C'est vrai ! C'est vrai ! La femme du tableau ! c'est moi ! Les émeraudes, ce sont les miennes ! C'est moi, moi, Marguerite de Bourgogne, qui suis la ribaude de la Tour de Nesle.

— Madame fit une voix calme, je vous apporte votre manteau dont, me semble-t-il, les agrafes ont besoin d'être réparées.

La reine demeura immobile, pétrifiée.

Le roi jeta un rugissement et se rua sur Mabel qui venait d'entrer, tenant dans ses bras le manteau royal.

— Oh ! pardon, sire, murmura Mabel. J'ignorais la présence du roi chez la reine. Sans quoi j'eusse choisi un autre moment pour venir parler de ces détails domestiques. Je me retire, et...

— Donne ! hurla le roi en arrachant le manteau à Mabel, et en l'examinant avidement.

Marguerite, de son côté, jeta sur ce manteau un regard de détresse vertigineuse.

Et alors elle s'effondra, tomba à la renverse, sans connaissance, foudroyée par une indicible stupeur, par une joie plus effrayante que sa terreur passée :

Elle venait de voir les émeraudes fixées à leur place ordinaire !

Marguerite, revenue à elle, était assise dans un fauteuil. Une heure s'était écoulée. Le roi avait beaucoup crié, beaucoup sangloté et imploré un pardon que la reine, pressée de se retrouver seule, lui avait accordé avec une hâtive générosité.

Une fois bien pardonné, une fois bien soulagé par ses larmes et ses cris, le roi était parti heureux, tapageusement joyeux, criant qu'il lui fallait absolument célébrer sa joie par un dîner auquel il prétendait faire assister le soir même tous ses chevaliers. Alors Mabel avait raconté à la reine comment elle était rentrée en possession des deux émeraudes, comment elle était arrivée à temps pour entendre l'entretien des deux époux, comment elle avait rapidement fixé les pierres au manteau de la reine et comment, enfin, elle avait pu intervenir à temps pour sauver sa chère maîtresse. La reine la serra dans ses bras et la combla de ses caresses.

— Bien ! songea Mabel, plus que jamais je jouis de la confiance de Marguerite. Plus que jamais, je suis maîtresse de la situation.

— Mais, reprit Marguerite, tu dis que c'est un de mes archers qui t'a remis ces deux émeraudes ?

— Oui, ma reine ! et ce brave attend sa récompense dans votre antichambre.

— Juana ! appela la reine.

La soubrette parut à l'instant.

— Va me chercher l'officier de mes gardes.

Juana s'élança et revint quelques instants plus tard avec l'officier qui commandait les gardes de la reine, sous les ordres du capitaine Hugues de Trencavel, et dont le nom ne nous est pas parvenu.

— Monsieur, dit la reine, vous allez suivre ma première femme de chambre qui va vous montrer un archer dont j'aurai à vous parler. Va, Mabel.

L'officier suivit Mabel qui, en effet, lui désigna l'homme en question, lequel attendait toujours la pluie d'or qui lui avait été promise. Puis il revint auprès de la reine.

— Madame, dit-il, j'ai vu cet archer, qui est un de mes meilleurs et des plus dévoués à Votre Majesté.

— Très bien, dit la reine. Vous allez fair saisir cet homme et le conduire à l'instant dans l'un des cachots souterrains du Louvre. Allez ! et que ceci soit fait secrètement. Cet homme a surpris un secret d'Etat, et il sera bon que nul ne puisse communiquer avec lui.

L'officier s'inclina et dit :

— Madame, nous avons dans nos souterrains vingt-quatre cachots. Les dix-huit premiers sont au premier étage, et on y met les criminels destinés à la prison perpétuelle, mais avec lesquels les geôliers peuvent communiquer et parler. Les six autres sont au second sous-sol et sont numérotés de un à six. Dans les quatre premiers, on met les criminels d'Etat condamnés à la prison perpétuelle, mais avec qui les geôliers ne doivent pas communiquer ; dans le numéro cinq et le numéro six, on met ceux qui doivent être oubliés, c'est-à-dire, madame, qu'il n'est même pas pour eux de geôliers et que leur porte ne s'ouvre jamais.

— Et que deviennent-ils ? demanda froidement Marguerite.

— On attend qu'ils meurent, voilà tout. Le septième ou huitième jour, le geôlier spécial, entre dans le numéro cinq ou le numéro six, lorsqu'on y a mis quelqu'un, retire son cadavre, et, la nuit, va tout simplement le jeter à la rivière. Madame, où faut-il mettre cet archer ?

— Eh bien ! mais dans le numéro cinq ou le numéro six, à votre choix ! fit doucement Marguerite.

L'officier s'inclina et sortit.

Alors, Marguerite leva les yeux sur Mabel, et prononça sourdement :

— Il n'y a que les morts qui ne parlent pas.

Mabel approuva d'un signe de tête.

— Mais, reprit alors la reine, tu ne m'as point dit comment cet homme lui-même se trouvait posséder mes deux émeraudes.

— Quelqu'un les lui avait données pour vous les remettre, fit Mabel. Et ce quelqu'un les avait arrachées de votre manteau, dans le placard de la Tour de Nesle,

— Et qui est-ce ce quelqu'un ? demanda Marguerite frémissante.

— Il s'appelle Philippe d'Aulnay !...

La reine était tombée dans une rêverie profonde. Mabel avait disparu depuis longtemps, et Marguerite, seule dans la chambre que le crépuscule commençait à envahir, débattait encore avec elle-même ce qui lui restait à faire pour assurer sa sécurité.

En elle, pas d'émotion. Mais maintenant que le danger était passé, elle voulait à tout prix éviter de revivre un fois encore l'heure d'angoisse et d'épouvante qu'elle venait de vivre. Sans doute, sa résolution se trouva prise, car elle fit rappeler l'officier qui se tenait constamment dans les antichambres.

— Monsieur, lui dit-elle, est-ce fait ?

— L'homme est en ce moment au numéro six et il n'en sortira que sur les épaules d'un geôlier qui jettera son cadavre au fleuve.

— Vous êtes un fidèle et précieux serviteur, dit Marguerite, et le premier grade vacant sera pour vous.

L'officier se fût frotté les mains s'il eût osé : il se contenta de s'incliner plus profondément encore et de jubiler intérieurement en se disant que sa fortune était faite du coup. Quant au malheureux archer qu'il venait de jeter dans une oubliette, où le pauvre allait mourir de faim et de soif, il n'y pensait même plus.

— Seulement, reprit Marguerite, ce grade que vous venez de conquérir à demi, il s'agit maintenant de le gagner tout à fait.

— Que faut-il faire, madame ? Je suis prêt.

Marguerite réfléchit quelques instants, hésita peut-être, et se décida :

— Vous allez prendre douze ou quinze de vos archers les plus robustes et surtout les moins bavards. Vous allez vous rendre à la Tour de Nesle, vous la fouillerez de fond en comble. Vous y arrêterez tout ce que vous y trouverez, hommes ou femmes, et vous viendrez me rendre compte de ce que vous aurez fait. Il s'agit d'une bande de truands qui ont attenté à la vie du roi.

L'officier partit.

Une heure plus tard, il était de retour.

— Madame, dit-il, la bande était sans doute sur ses gardes, car nous n'avons pu trouver qu'un seul de ces sacripants. Je l'ai arrêté de mes propres mains et l'ai fait mettre dans l'un des cachots du premier sous-sol en attendant qu'il vous plaise d'en disposer.

— Savez-vous qui est celui que vous avez pu arrêter ? demanda la reine.

— Moi, je ne le connaissais pas, mais l'un de mes hommes qui l'a vu à Montfaucon l'a reconnu : c'est ce misérable qui, de concert avec le fameux truand Buridan, a osé publiquement menacer monseigneur Enguerrand de Marigny. C'est l'un de ceux dont la tête est mise à prix. C'est le sire Philippe d'Aulnay.

Marguerite pâlit légèrement et ses lèvres tremblèrent.

— Que faut-il faire, madame ? reprit l'officier.

Marguerite, d'une voix sourde, demanda :

— Où avez-vous mis l'archer de tout à l'heure ?

— Dans le numéro six, madame ?

— L'un de ces deux cachots dont on ne sort que pour être jeté à la Seine, n'est-ce pas ? reprit Marguerite d'une voix plus basse et plus sourde encore.

— Oui, madame ! Le numéro six est pris, mais il reste le numéro cinq.

— Eh bien ! dit Marguerite, mettez-y Philippe d'Aulnay...

Quelqu'un avait entendu cet ordre donné par Marguerite : c'était Juana, la jolie soubrette, confidente de la reine. Habituée par sa maîtresse à l'espionnage, il eût été étonnant qu'elle ne sût pas écouter aux portes.

La petite Juana avait donc écouté et tout entendu.

— Pauvre jeune homme ! murmura-t-elle. Il va donc mourir et d'une si affreuse mort ! Si je pouvais apitoyer la reine ! Elle n'est cruelle que par nécessité... Mais non, c'est impossible. Du moment que Mme Marguerite a quelque chose à redouter de ce gentilhomme, il n'y a pas de pitié à attendre d'elle !... Le sauver, c'est plus impossible encore !... Allons, tâchons de n'y plus songer !... C'est égal, il est dur de penser qu'un si brave et si beau jeune homme est condamné à mourir et que rien au monde ne peut la sauver, non, rien !

Juana essuya une larme.

Et si Philippe d'Aulnay avait vu cette larme, s'il avait tenu à la vie, peut-être eût-il tressailli d'espoir. Car qui a jamais pu mesurer la force d'une femme qui pleure sincèrement ?

II

ROLLER

Juana s'était attendrie sur le compte de Philippe. Mais pas un instant elle n'avait songé à plaindre le sort du malheureux archer, condamné à la même mort affreuse. C'est qu'elle éprouvait pour Philippe d'Aulnay, non pas peut-être de l'amour, mais une sorte d'admiration qui y ressemblait, tandis que le pauvre archer lui était parfaitement indifférent.

Mais si la petite Juana ne s'intéressait pas à l'archer, Mabel s'y intéressait — pour des causes que nous verrons se développer.

Rien ne pouvait peindre la stupeur du malheureux soldat, lorsque, pour toute récompense, il se vit saisir par trois ou quatre de ses camarades.

Il n'eut que le temps de crier :

— Mais qu'ai-je fait ?

Et, au même instant, il se trouva bâillonné, emporté, sans que personne parût s'émouvoir, car ces arrestations soudaines étaient fréquentes au Louvre. Souvent, il arrivait que l'une ou l'autre des salles était ensanglantée par une exécution sommaire.

Nul donc ne songea à s'étonner qu'on arrêtât un archer de la reine.

L'homme remarqua qu'on le conduisait vers la grosse tour du Louvre, dans les sous-sols de laquelle se trouvaient les cachots.

A l'entrée de la porte par où l'on descendait dans les souterrains, il parvint à ôter son bâillon, répéta sa lamentable question :

— Qu'ai-je fait ?

— Bon ! dit l'officier, tu le sauras toujours assez vite.

— Dites-moi au moins combien de temps je dois rester en prison...

— Je vais te le dire, tout à l'heure.

L'homme se laissa entraîner sans trop de résistance, et il descendit l'escalier au pied duquel se trouvaient les cachots de la première catégorie. Mais lorsqu'il vit qu'on ne s'arrêtait pas à cet étage, et qu'on descendait plus bas encore, le malheureux comprit toute l'horreur de son aventure. Il se débattit violemment et se mit à pousser des hurlements. Mais les cris ou les plaintes s'étouffaient sous la formidable épaisseur des murailles. Bientôt on arriva à une sorte de boyau étroit et infect où l'air était à peine respirable. Une porte s'ouvrit, l'homme fut projeté comme un paquet, la porte se referma, et ce fut tout. Pendant la première heure, le pauvre diable, devenu fou furieux, bondit dans l'étroit cachot où il était enfermé et essaya de se briser le crâne contre les murs. Mais il paraît qu'un crâne de Suisse, c'est dur (avons-nous dit que cet homme, comme tous ses camarades, était Suisse ?) car il ne réussit qu'à se faire de fortes bosses au front. Il essaya aussi de s'arracher la barbe. Mais cette barbe, rude et touffue, était aussi bien plantée que les vieux chênes séculaires qui poussaient sur les pentes de l'Helvétie. Cependant, à force de se heurter le crâne contre les murs, à force d'employer ce système d'épilation, le pauvre Suisse finit par s'évanouir de douleur et tomba tout de son long dans une mare d'eau dont la fraîcheur le réveilla. Alors il se mit à se lamenter sur son sort.

— Ventre de biche ! fit-il avec des sanglots qui ressemblaient à des ronflements, je suis mort ! Ou si je ne suis pas mort, il ne s'en faut guère ! Je vais crever ici comme un chien qu'on abat au coin de quelque borne. J'ai bien remarqué à quel étage nous sommes descendus et qu'on m'a enfourné tout à fait dans le dernier trou. Je sais bien, ajouta-t-il avec un long frisson d'épouvante, que ceux qu'on met ici n'en sortent plus jamais. Je sais bien que nul, parmi les geôliers, ne descend jamais jusqu'ici pour porter la pitance aux prisonniers. Je ne reverrai plus mon pays. Je ne reverrai plus la chaumière où je suis né.. C'est l'ambition qui m'a perdu. Si je n'avais pas écouté les belles promesses du recruteur, si je n'avais pas voulu voir la cour de France et ses merveilles, je serais encore là-bas, au milieu de nos amis, de nos vaches et de nos parents. Ah ! pauvre mère ! que vas-tu dire, lorsque tu apprendras que ton Wilhem a été condamné à mourir par la faim, et ce qu'il y a de pire dans tout cela, sans savoir pourquoi !

L'homme dont nous venons ainsi d'apprendre le prénom laissa tomber sa tête sur ses genoux et se mit à pousser des cris lamentables. Mais, peu à peu, il finit par comprendre que ces cris eux-mêmes ne lui serviraient à rien, et alors, il tomba dans ce silence morne et farouche des désespoirs absolus. Il n'avait même plus la force de pleurer, et dans le cachot numéro 6, on n'eût entendu que le bruit rauque de son souffle. Il ne savait plus s'il avait faim ou soif, ni s'il devait mourir. La vie ne lui apparaissait plus que comme une chose vague, lointaine, improbable, et enfin, au bout de quelques heures, avec un dernier gémissement, il se coucha tout de son long, attendant la mort.

A ce moment la porte de son cachot s'ouvrit sans bruit et se referma de même. Mais le malheureux, qui, l'instant d'avant, était plongé dans une nuit impénétrable, s'aperçut alors qu'une faible lueur éclairait son cachot.

Hébété, il leva la tête et vit que cette lueur partait d'une lanterne sourde que portait une femme.

De la lanterne, ses yeux égarés remontèrent jusqu'au visage de la femme et il la reconnut.

C'était la première femme de chambre de la reine, c'était Mabel.

— Que voulez-vous ? demanda le pauvre diable, que le désespoir stupéfiait au point qu'il ne cherchait même pas à profiter de cet incident.

— Je viens te sauver, dit Mabel.

Dans le même instant, le Suisse fut debout, agité d'un tremblement convulsif et bégayant des mots sans suite où on eût pu cependant comprendre qu'il jurait une éternelle reconnaissance à Mabel et qu'il la suppliait de disposer de sa vie.

— Suis-moi ! dit Mabel, et si tu tiens à ne pas être repris, ne prononce pas un mot, ne fais pas un geste.

Le Suisse, à qui l'espoir rendait un peu de son sang-froid, fit signe qu'il avait admirablement compris.

Il suivit donc Mabel, qui sortit du cachot et en referma soigneusement la porte.

Puis elle monta l'un après l'autre les deux escaliers de pierre et le Suisse se trouva à l'air libre.

Comme elle avait refermé la porte du cachot, Mabel referma la porte des souterrains. Elle se trouvait alors dans une petite cour noyée d'ombre. Au fond de cette cour, dans une encoignure, quelqu'un attendait. Mabel alla à cet homme et lui remit les clefs qu'elle tenait à la main. Comment avait-elle pu décider le geôlier à favoriser cette évasion ? Il est

— Madame, dit Mabel avec calme, je vous apporte votre manteau dont les agrafes ont besoin d'être réparées.

A la fête des fous, les princes avaient admiré, naguère, deux ours et un singe, sans se douter que grâce à ces déguisements Bigorne et ses amis resteraient au Louvre.

Cédant enfin aux instances de Valois, Louis X donna l'ordre d'arrêter son premier ministre.

probable que depuis longtemps, et à tout hasard, elle avait dû déjà gagner cet homme à ses intérêts.

Par des chemins que ne fréquentait aucune ronde, et que le roi lui-même n'eût sans doute pu parcourir, Mabel arriva à une poterne isolée... Quelques instants plus tard, celui qui s'était vu condamner à mourir de faim était hors du Louvre. Alors l'émotion qu'il éprouva fut telle qu'il se laissa tomber à genoux, saisit le bas de la robe de Mabel et la baisa avec ferveur, sans prononcer un mot.

Mabel accepta cet hommage du pauvre Suisse et, simplement prononça :

— Allons, viens !

L'archer se releva et la suivit comme un chien. Elle eût été au bout du monde qu'il l'eût suivie. Mabel n'allait pas au bout du monde, mais peut-être ce qu'elle attendait de celui qu'elle avait sauvé était-il plus difficile et plus terrible. Elle s'arrêta près du cimetière des Innocents, pénétra à l'intérieur du Logis hanté et monta jusqu'à son laboratoire où elle alluma un flambeau.

Alors elle tira d'une armoire du pain, un pâté, et un pot de vin, disposa le tout sur une table et dit :

— Tu dois avoir faim et soif. Bois et mange.

Le Suisse eut un rire d'enfant heureux et s'installa devant les provisions. Il ne mangea pas : il dévora.

Lorsqu'il fut rassasié, Mabel, qui l'avait regardé faire en l'étudiant, lui demanda :

— Comment t'appelles-tu ?

— Roller. Wilhelm Roller.

— D'où es-tu ?

— De Unterwalden.

— C'est en Suisse, n'est-ce pas ?

— Ya.

— On m'a dit que les Suisses oubliaient difficilement un bienfait. Est-ce vrai ?

— Mein Gott ! Je vous ai dit que ma vie est à vous. Faites-en ce que vous voudrez.

— On m'a dit, reprit Mabel, que les Suisses oubliaient encore plus difficilement l'injure.

Le Suisse grinça des dents et dit :

— Tarteifle ! Si jamais l'officier qui m'a mis au cachot numéro 6 me tombe sous la main, je lui tords le cou comme à un canard.

Mabel nota, avec une sombre satisfaction, les signes de rage et de vengeance qui convulsaient ce visage. Wilhelm Roller pouvait avoir vingt-cinq ans. Il avait une figure blanche et rose, des yeux d'un bleu faïence et une magnifique barbe blonde. Il était de forte taille, large d'épaules, massif, carré, gigantesque comme tous les gardes, auxquels on demandait alors surtout d'être ce qu'on appelle de beaux hommes.

— Ainsi donc, reprit Mabel, si l'officier qui t'a mis au cachot te tombait sous la main, tu le tuerais ?

— Je le tuerais. Et pour cela il n'est pas besoin qu'il me tombe sous la main, car je saurai bien le retrouver.

— Bah ! fit Mabel, tu dis cela maintenant, mais dans quinze jours ou un mois tu auras sans doute oublié.

— Jamais ! fit le Suisse avec une telle fermeté, avec une si tranquille assurance, que Mabel fut convaincue qu'en effet, sous cette enveloppe paisible, battait maintenant un cœur altéré de vengeance.

— Mais, reprit-elle, tu risques d'être repris et condamné pour avoir tué un officier du roi, et cette fois, je ne serai pas là pour ouvrir la porte de ton cachot.

Le Suisse secoua la tête.

Il répondit avec la même tranquillité féroce :

— Cette fois-là, cela me sera égal de mourir. Je n'en veux pas à l'officier d'avoir voulu me faire mourir, mais je lui en veux de m'avoir condamné sans motif. La veille encore, il me disait que j'étais le meilleur archer de la compagnie. S'il avait un éloge à donner, c'était à moi que revenait cet éloge. S'il y avait une mission difficile à remplir, c'était à moi qu'il songeait. Lorsqu'il m'a arrêté, je lui ai demandé : « Qu'ai-je fait ? » Et s'il m'avait répondu, s'il m'avait expliqué le crime que j'ai commis, je me serais résigné, je serais mort en lui pardonnant. Mais de m'avoir traîtreusement jeté dans une oubliette où il savait bien que j'allais mourir, mourir sans motif ! C'est cela, voyez-vous, que je ne puis digérer. Cet homme mourra donc de ma main. Et que l'on fasse après de moi ce qu'on voudra !

Le Suisse avait expliqué ces choses avec un calme formidable. Il avala brusquement une dernière lampée de vin et, sans se mettre davantage en colère, serra dans sa main le gobelet en métal.

— Je le prendrai à la gorge comme ceci, dit-il, et je le serrerai comme vous voyez.

En quelques instants, le gobelet s'aplatit sous la puissante pression de cette tenaille vivante qu'était la main de Wilhelm Roller.

Mabel eut un nouveau sourire.

— Mais enfin ! reprit-elle, après avoir tué cet homme, n'aimerais-tu pas mieux regagner ton pays ? N'as-tu donc personne là-bas qui t'attende ?

Les yeux du Suisse se voilèrent et sa voix trembla :

— Là-bas, sur les pentes de Unterwalden, il y a une vieille femme aux cheveux gris qui doit penser à moi tous les jours et qui sûrement, lorsque vient le soir, lorsque le ranz ramène les troupeaux, ne s'endort jamais sans avoir prié Dieu, la Vierge et les saints pour Wilhelm : c'est ma mère.

— Ta mère ! fit Mabel, étonnée de surprendre en elle-même de l'émotion.

— Ya ! dit le Suisse. Lorsque je suis parti, elle m'a dit qu'il m'arriverait malheur dans les lointains pays qui se trouvent par delà la Bourgogne et qu'on appelle le royaume de France, dans cette ville mystérieuse dont elle avait entendu parler par quelques voyageurs et qui s'appelle Paris. Je n'ai pas voulu l'écouter, mais à cette heure, je vois bien qu'elle avait raison, la vieille Magareth !...

— Tu aimes bien ta mère ? demanda Mabel d'une voix étrange.

— Elle m'aime encore plus que je ne l'aime, répondit Wilhelm.

— Oui, fit Mabel avec un frisson, c'est le sort de toutes les vieilles mères d'aimer leur fils plus encore qu'elles n'en sont aimées. Écoute, je ne veux pas que ta mère meure de douleur en apprenant que son fils est mort dans la ville mystérieuse qu'elle redoutait pour lui. Car je sais trop ce que souffre une mère à apprendre la mort de l'enfant qu'elle a nourri. Wilhelm, tu reverras ta mère et ton pays.

Les yeux du Suisse exprimèrent une joie profonde, des larmes roulèrent sur ses joues, le long de sa barbe blonde et touffue, et il joignait les mains en murmurant :

— Vous voulez donc que je vous adore comme on m'a appris à adorer madame la Vierge.

— Je te donnerai assez d'or pour que tu puisses regagner la Suisse. J'assurerai ton départ de façon que tu échappes à toute recherche. Et lorsque tu seras arrivé dans ton village, malgré les dépenses que tu auras pu faire, de l'or que je t'aurai donné il restera assez pour assurer une heureuse vieillesse à ta mère. En échange de tout cela, je te demanderai seulement de recommander à la vieille Margareth de prier tous les soirs, non plus pour toi qui n'en auras besoin, mais...

— Si c'est pour vous qu'il faut prier, fit le Suisse avec autant de chaleur qu'il était capable d'en mettre dans ses paroles, vous n'en avez pas besoin non plus, car vous êtes un ange de Dieu et vous irez sûrement au paradis.

— Ou peut-être en enfer ! murmura Mabel, d'une voix sourde. Ce n'est pas pour moi, continua-t-elle, mais pour une mère... une mère comme la tienne. Elle s'appelle Anne de Dramans.

— Anne de Dramans ! fit Wilhelm Roller en frappant son front carré qui semblait taillé dans un bloc de granit arraché à la Jungfrau, le nom est gravé là.

— C'est bien, dit Mabel. Maintenant, écoute-moi. L'officier que tu veux tuer n'est pas coupable envers toi. Il n'a fait qu'obéir, comme tu eusses obéi toi-même. Car, comme toi, c'est un soldat, un homme payé pour exécuter les ordres qu'il reçoit. En frappant cet homme, tu commettras donc un crime sans excuse.

— C'est vrai, dit Wilhelm, pensif. L'officier a reçu l'ordre de me jeter dans l'oubliette. Si la pensée de me faire mourir de faim ne vient pas de lui, je n'ai pas le droit d'exercer contre lui une vengeance qui serait inique. Mais qui donc alors a voulu ma mort ! Qui donc dois-je haïr et frapper ! Oh ! vous allez me le dire, je le sens... Je devine que vous ne m'avez amené ici que pour dire cela !

— En effet, répondit Mabel avec une tranquillité qui fit frissonner l'archer de la reine, si paisible qu'il fût lui-même. Je vais te dire qui a voulu et froidement ordonné ta mort ; mais jure-moi d'abord de ne pas agir avant que je t'aie dit : Il est temps.

— Je vous le jure, ya !

— Tu resteras ici, tu ne te montreras pas

— Je vous le jure.

— Je t'apporterai deux fois par semaine les provisions dont tu peux avoir besoin ; et, maintenant, jure-moi aussi que lorsque je t'aurai dit : Il est temps, tu agiras sans hésitation et comme je te l'indiquerai.

— Je vous le jure ! répéta le Suisse. Et maintenant, à votre tour, dites-moi le nom de l'infâme ?

— Marguerite de Bourgogne, dit Mabel.

— La reine !... murmura Wilhelm Roller, oh ! je l'avais pressenti. J'avais deviné que cette femme que tout le monde adore et respecte n'est qu'un démon vomi par l'enfer. J'avais surpris d'elle des regards qui m'avaient épouvanté. Et si j'osais...

— Garde tes pensées pour toi, gronda Mabel, voyant que Wilhelm s'arrêtait. Mais maintenant que tu sais le nom, dis-moi franchement si ta résolution de te venger est demeurée la même.

— La même ? Non. Car tant qu'il ne s'agissait que de l'officier, je ne songeais qu'à le tuer, tandis que cette reine, voyez-vous, je voudrais, avant de la faire mourir, lui voir souffrir un peu de ce qu'elle m'a fait souffrir à moi. Mais si je pouvais espérer frapper un officier que je puis rencontrer à chaque instant par les rues de la ville, comment puis-je concevoir que je pourrais me venger de la reine de France ? Je sais trop bien comment le Louvre est gardé.

— Tu n'auras ni à la frapper, ni même à t'approcher d'elle. Et cependant tu la tueras plus sûrement que d'un coup de dague au cœur.

— Comment ferai-je donc ?

Mabel fixa un instant son regard profond sur ce visage limpide où se lisait l'implacable résolution :

Et, sans doute, elle fut rassurée, car elle ajouta :

— Tu m'as dit qu'un gentilhomme t'avait rencontré et t'avait chargé de remettre un petit paquet à la reine ?

— C'est la vérité pure.

— Te rappelles-tu toujours, te rappelleras-tu, quand il en sera temps, le visage et le nom de ce gentilhomme ?

— Son nom, dit le Suisse, c'est Philippe d'Aulnay. Et quant à son visage, je ne crois pas que je l'oublie de longtemps, car il m'a paru si étrange, empreint d'une si mystérieuse douleur que c'était là une de ces figures dont, malgré soi, on garde l'image fixée dans le souvenir.

— Bien ! fit Mabel, en fouillant dans son aumônière : voici le paquet que Philippe d'Aulnay t'avait chargé de remettre à la reine, qui devait t'en récompenser. Tu as vu qu'elle a été la récompense imaginée par Marguerite de Bourgogne.

Le Suisse frissonna. Il prit le paquet qui était exactement tel que Philippe d'Aulnay le lui avait remis et il le considérait avec étonnement.

— Ouvre-le, dit Mabel.

Wilhelm Roller obéit, et, avec plus d'étonnement encore, murmura :

— Deux pierres précieuses !

— Deux émeraudes, dit Mabel. Eh bien ! quand il en sera temps, c'est avec ces deux émeraudes que tu pourras te venger sans que rien au monde puisse sauver celle qui a imaginé pour toi la récompense que tu sais. Garde-les, garde-les précieusement. Et lorsqu'il en sera temps, il suffira que tu ailles trouver quelqu'un que je te dirai. Et si ce quelqu'un te demande alors qui t'a remis ces deux émeraudes, que répondras-tu ?

— Philippe d'Aulnay.

— Et si ce quelqu'un te demande où tu as rencontré Philippe d'Aulnay, que répondras-tu ?

— Près de la Tour de Nesle !

— Cela suffit, dit Mabel, maintenant, tu n'as plus qu'à attendre.

Et Mabel, après un dernier geste, s'éloigna, descendit l'escalier, sortit du Logis hanté, tandis que le Suisse, plongé dans une terrible rêverie, cherchait à comprendre à quelle effroyable drame il se trouvait mêlé.

III

FIANÇAILLES DE GILLONNE ET DE SIMON MALINGRE

Le lecteur n'a peut-être pas oublié que nous avons laissé Simon Malingre et Gillonne dans une situation aussi pénible pour l'un que pour l'autre, ou, s'il l'a oublié, nous avons, nous, le devoir de nous rappeler.

Donc, au moment même où Gillonne, triomphante, annonçait à Simon Malingre qu'elle allait s'emparer de son trésor enfoui au fond de la Courtille-au-Roses, Simon, allongeant les bras, les avait subitement refermés et Gillonne s'était trouvée prise au piège. Cette capture fut ponctuée par deux hurlements, l'un de triomphe poussé par Simon, et l'autre d'épouvante, poussé par Gillonne.

Simon Malingre partit d'un éclat de rire effrayant, s'accroupit dans l'angle où il était enchaîné et plaça Gillonne en travers de ses genoux. Il la maniait comme une plume, ses forces décuplées à la fois par le désespoir et par la joie. Gillonne, dans une suprême convulsion, parvint à redresser la tête, saisit le bras de Simon dans ses dents, et ces dents, elle les y incrusta avec frénésie.

Simon éprouva une atroce souffrance, mais il continua de rire. Seulement, son poing, demeuré libre, se leva et s'abattit comme une masse sur le crâne de Gillonne.

Gillonne eut un grognement bref et perdit connaissance.

— Là ! fit Simon, comme ça, tu te tiendras tranquille, vieille guenon. Voyons, que pourrais-je bien faire de toi ? Achever de t'assommer ? Heu ! c'est bien pâle. Corne du diable, que mon bras me fait donc mal ! Il faut que la guenon me l'ai traversé !... T'étrangler ! Hum ! il me sem-

ble que c'est une mort bien douce pour une guenon enragée. Nous avons le temps. Réfléchissons. Hé ! l'excellente idée ! Ecoute, ma chère. Tu ne m'entends pas ? Ça ne fait rien, écoute tout de même ! Sais-tu ce que je vais faire ? Je vais prendre les clefs des cadenas que tu as eu la gentillesse d'apporter, ouvrir ces mignons cadenas si joliment travaillés, et me débarrasser des chaînes. Après quoi, petite guenon, je vous mettrai simplement à ma place, enchaînée là où je suis, les bons cadenas bien fermés, et puis, avant de m'en aller, j'attendrai que tu te réveilles pour voir un peu la figure que tu feras. Voilà ce que j'appelle une bonne farce. Qu'en dis-tu, ma douce fiancée, Gillonne d'enfer ?

En parlant ainsi, Malingre riait frénétiquement et secouait avec fureur Gillonne, qui n'avait garde de répondre, vu qu'elle était sans connaissance.

— C'est donc toi, continua Malingre, qui seras grillée à ma place. Beau spectacle, auquel je regrette fort de ne pouvoir assister. J'attendrai... Hum ! Est-ce bien la peine d'attendre ? C'est que j'ai l'enfer dans le gosier, moi ! c'est que j'enrage de soif, moi ! Tout compte fait, il vaut mieux que je m'éloigne à l'instant. Les clefs des cadenas ! Voyons, où sont les clefs ?

Simon Malingre fouilla rapidement Gillonne. Puis il la fouilla avec plus d'impatience. Puis il la fouilla avec frénésie.

Et, enfin, l'évidence lui apparut dans toute son horreur : les clefs, ces clefs que Gillonne lui avait montrées, eh bien ! elle ne les avait plus sur elle ! Malingre jeta autour de lui des yeux hagards, scrutant les dalles du cachot que la torche apportée par Gillonne éclairait d'une lumière vague, mais suffisante. Soudain, il poussa un rugissement : il venait d'apercevoir les clefs !

Alors, il s'avança aussi loin qu'il put, aussi loin que la longueur des chaînes le lui permettait, mais toujours sans lâcher Gillonne qu'il tenait convulsivement serrée contre lui.

Un soupir de terreur gonfla sa poitrine : si loin qu'il eût pu aller, il ne pouvait toucher encore à ces clefs qui, dans l'ombre, brillaient confusément et lui apparaissaient comme le plus désirable des trésors que son âme d'avare eût jamais convoités.

Alors, il se coucha sur le sol, de son long, dans l'espoir de pouvoir allonger une main vers les clefs libératrices, et, affolé, il lâcha Gillonne, qu'il ne songea même plus à surveiller.

S'étant allongé sur les dalles, comme nous avons dit, il essaya d'avancer une main, et un gémissement lamentable vint expirer sur ses lèvres livides, lorsqu'il constata que, loin de pouvoir avancer la main, ses deux bras étaient, au contraire, ramenés en arrière par la position même qu'il avait prise, les chaînes de ses poignets étant trop courtes.

Et les clefs étaient à quelques pouces de ses yeux !

Alors, le malheureux se mit à tirer sur les chaînes qui lui entraient dans les chairs. Haletant, pantelant, ce fut avec la bouche qu'il essaya de saisir les clefs ! Dans l'effort qu'il tentait d'instant en instant, il se trouvait soulevé par la traction même qu'il exerçait sur les chaînes, puis il retombait sur le nez, la face contre la dalle. Et cette lutte au fond du cachot qu'éclairait la torche, cette lutte près de cette femme sans vie, cette lutte de l'homme convulsé qui rampait sur les dalles et allongeait désespérément vers les clefs ses lèvres bientôt sanglantes et boueuses, cette lutte avait on ne sait quoi de hideux, de fantastique et d'effroyable.

Enfin, Simon Malingre comprit qu'il s'épuisait en efforts impuissants : il se retira, grogna une sourde imprécation, se ramena dans son angle, mais non sans empoigner Gillonne.

— Au moins, dit-il, tu crèveras avec moi !

Presque aussitôt, Gillonne rouvrit les yeux.

Un instant, elle parut stupéfaite de se retrouver vivante entre les mains de Simon.

Puis elle remarqua avec étonnement que Simon Malingre sanglotait.

Simon sanglotait, mais de ses yeux en trou de vrille coulait vers Gillonne un mince regard plein de sournoise espérance. Et, en effet, au moment où Gillonne était revenue à elle, une idée subite avait illuminé la cervelle de Simon.

Pendant quelques minutes, Gillonne, appelant à elle tout son sang-froid, étudia le visage de Malingre et, pendant ces minutes, on n'entendit que les sanglots de Simon, qui allaient en se renforçant et atteignirent bientôt le diapason de la douleur la plus extravagante.

— Qu'as-tu donc à pleurer, imbécile ? fit enfin Gillonne.

— Imbécile ! Elle m'appelle imbécile ! larmoya Malingre. C'est le nom qu'elle me donne dans ses moments d'amitié ! Dieu puissant ! Dieu de miséricorde ! serait-il possible que ma Gillonne ait encore quelque chose au cœur pour son Simon ?

— Qu'est-ce que cela veut dire ? murmura Gillonne.

Les sanglots de Malingre redoublèrent de violence et il bégaya :

— Tu me demandes pourquoi je pleure ?... Peux-tu me demander cela alors que mon cœur est brisé de douleur ! Ah ! Gillonne, est-il possible que toi que j'aime tant, que toi, ma fiancée, tu m'aies condamné à une mort si affreuse ! Et ce qu'il y a de plus affreux, vois-tu, ce n'est pas de mourir, c'est de savoir que tu ne m'aimes pas.

— Serait-il devenu fou de peur ? songea Gillonne.

— Et quand je pense que tu vas mourir avec moi, ce n'est plus de la douleur que j'éprouve, c'est du désespoir ! Car tu vas mourir avec moi, ma pauvre Gillonne !

— Non, il n'est pas fou ! se dit Gillonne. Comment vais-je mourir avec toi ? dis-moi un peu cela, mon petit Simon ? continua-t-elle à haute voix.

— Hélas ! puisqu'on va venir me prendre pour me brûler, puisque monseigneur le comte m'interrogera sans doute, ne devrai-je pas, cruelle nécessité ! ne devrai-je pas, moi qui ne mens jamais, lui dire tout la vérité et te déclarer ma complice ?

— Le misérable n'a que trop sa raison ! songea Gillonne en frissonnant, car elle ne se doutait nullement que Valois, dans l'incertitude, ne lui fît subir le même supplice qu'à Malingre.

— Tu vois, reprit celui-ci, combien mon sort est lamentable : non seulement je dois mourir, mais encore il faut que je te fasse mourir avec moi.

Simon se remit à sangloter, tandis que Gillonne réfléchissait.

— Voyons, fit-elle enfin, est-il nécessaire que tu meures ?

— Hélas ! oui ! puisque j'ai trahi mon maître ! puisque j'ai introduit dans l'hôtel une bande de truands à qui je voulais livrer la petite Myrtille, car c'est bien là mon crime, n'est-ce pas, Gillonne ? Et ce crime, où saurais-je mieux l'expier que sur le bûcher que tu m'as préparé ?

Gillonne frémit, car, dans cet instant, elle put supposer que Malingre, pour mieux la tuer, s'était résigné lui-même à la mort.

— Simon, cria-t-elle, mon cher Simon, je ne veux pas que tu meures !

— Mais moi, je veux mourir ! mugit Malingre.

— Comment, songeait Gillonne, ne m'a-t-il pas étranglée tout à l'heure ? Pourquoi n'a-t-il pas ouvert les cadenas avec les clefs que je lui ai montrées ? Écoute, Simon, continua-t-elle tout haut, ce serait vraiment trop affreux que deux fiancés comme nous, qui s'aiment tant dans le fond, se condamnent bêtement à mourir ! Pardonne-moi, veux-tu, de t'avoir faussement dénoncé à monseigneur ! Pardonne-moi de t'avoir fait mettre ici ! Je te le jure, Simon, c'était seulement pour te faire peur, comme tu m'avais fait peur, toi. Mais avant le jour je t'eusse délivré ! et la preuve, ajouta-t-elle, en regardant fixement Malingre, c'est que j'avais apporté les clefs des cadenas !

Simon essuya ses yeux d'une main, tandis que de l'autre, il continuait à maintenir fortement Gillonne.

— Dis-tu vrai ? fit-il, tu consentirais à me délivrer ?

— Je ne suis venue que pour cela ! fit Gillonne. Tout ce que je t'ai dit tout à l'heure, c'est une folie. Ta vie m'est trop nécessaire pour que je songe à la supprimer. Tous deux, nous voulons faire fortune, Malingre, je ne puis rien sans toi et tu ne peux rien sans moi... Tiens, veux-tu ? laissons de côté toute hypocrisie. Soyons francs l'un et l'autre une fois, une seule fois dans notre vie. Écoute-moi attentivement et nous allons sceller une réconciliation définitive, car j'ai un projet qui doit infailliblement nous enrichir, sans compter nos projets sur Buridan.

Cette fois, Simon Malingre cessa de geindre.

— Je t'écoute, dit-il froidement.

— Oui, mais jure-moi par la messe et l'hostie que jamais plus tu ne tenteras rien contre moi.

Malingre demeura étonné de voir que Gillonne lui demandait de ne plus rien tenter contre elle, alors que c'était elle, au contraire, qui jusqu'ici avait tout tenté contre lui. Cependant, il répondit :

— Par l'hostie et la messe, je te le jure.

— En ce cas, dit Gillonne, nous sommes sauvés tous deux, et cette nuit qui devait voir notre mort sera la nuit de nos fiançailles. Nous sommes désormais liés l'un à l'autre, car moi-même, par la messe et l'hostie, je te jure assistance et fidélité ! Et maintenant, écoute-moi. Je vais commencer par ouvrir les cadenas et te délivrer.

— Bon, grogna Simon Malingre. Et ensuite ?

— Et ensuite, nous montons là-haut et nous emmenons la petite Myrtille.

— Où l'emmenons-nous ? fit Malingre étonné.

— A la Courtille-aux-Roses, où nous nous installons, moi pour surveiller la petite, et toi pour surveiller ton trésor. Puis, nous prévenons Buridan, et je puis t'assurer qu'il aura assez de confiance en moi pour croire tout ce que je lui dirai. Ou mieux encore, nous lui amenons Myrtille, et pour commencer nous recevons de ce côté une honnête récompense.

— Admirable ! fit Malingre. Et je devine le reste. Nous prévenons ensuite monseigneur de Valois, et, de ce côté-là, nous recevons également non seulement notre pardon, non seulement notre rentrée en grâce, mais encore une récompense d'autant plus honnête que nous aurons soin de nous la faire octroyer avant de conduire monseigneur jusqu'à Myrtille... Admirable ! te dis-je.

— Jusqu'à Myrtille, oui, acheva Gillonne, et par la même occasion jusqu'à Buridan que nous lui aurons prouvé être son fils ! En sorte que monseigneur, faisant d'une pierre deux coups, entrera en possession de Myrtille et se débarrassera d'un fils gênant ! En sorte que nous avons droit à tout ce que nous voulons comme récompense !...

— Sublime ! s'écria Malingre, sublime !...

Et Malingre, réellement enthousiasmé, Malingre qui en arrivait à oublier l'étrange et terrible situation où il se trouvait, serra Gillonne sans ses bras et l'embrassa sur les deux joues, tandis que Gillonne souriait d'un sourire pudique et modeste, et ce fut le hideux baiser de ces effroyables fiançailles.

— Or çà ! reprit Gillonne, en se fouillant pour trouver les clefs, hâtons-nous maintenant et commençons par le commencement.

— Oui, fit Malingre, commence par ouvrir les cadenas, puisque tu as les clefs.

— Je les aurai laissé tomber, dit Gillonne au bout d'un instant, je ne les trouve pas...

« Ah ! les voici...

Et Gillonne, qui venait de fouiller le cachot d'un regard circulaire, voulut se lever pour aller ramasser les clefs.

— Un instant de patience ! dit Malingre, sans lâcher Gillonne.

Gillonne tressaillit.

D'un coup d'œil, elle calcula la distance qui séparait les clefs de Malingre, et elle comprit !...

Cependant, elle garda ses réflexions pour elle, mais, bien que Simon eût juré par la messe et l'hostie, ce qui était un serment formidable, elle se promit de le surveiller attentivement.

— Mais les voici, les clefs ! dit-elle en les désignant à Malingre.

— Tiens, c'est vrai ! Comment sont-elles là ? Par ma foi, je ne les aurais pas vues tout seul, car ma vue baisse.

— Quoi qu'il en soit, Simon, si tu veux sortir d'ici, si tu veux que nous exécutions notre plan, il faut que je puisse ouvrir les cadenas, et, si tu veux que j'ouvre les cadenas, il faut que je puisse prendre les clefs, et, si tu veux que je prenne les clefs, il faut que tu me lâches.

— Tu raisonnes admirablement ! fit Malingre. Je suis de ton avis sur tous les points, excepté sur un seul, car je ne vois point la nécessité de te lâcher... Au contraire, si je te lâchais, tu pourrais tomber et te faire mal. Or, je tiens tellement à toi que ce serait pour moi un crève-cœur si tu allais te blesser en cherchant à me sauver. Donc, je ne te lâche point, Gillonne !

Gillonne sourit et fit semblant de tenir pour valable la logique de maître Malingre. Elle s'avança donc vers les clefs, tandis que Malingre la tenait par un poignet aussi solidement qu'un noyé peut tenir la planche à laquelle il s'est cramponné.

En quelques instants, Gillonne eut ouvert les cadenas, et les chaînes tombèrent, et Simon Malingre se trouva libre.

Lorsque le comte de Valois, délivré, comme on a vu, par le roi en personne, se rendit dans son hôtel après cet entretien où fut résolue la perte de Marigny, sa première idée fut de s'informer de Simon Malingre et de Gillonne. Son capitaine des gardes, après l'avoir suffisamment congratulé de son heureux retour, lui annonça que, fort heureusement, il avait pu s'emparer de Simon Malingre dans la nuit même où monseigneur avait été enlevé par une bande de truands.

— Et où est-il ? demanda Valois avec un grognement de satisfaction.

— Dans un bon cachot de ce manoir, bien et dûment enchaîné.

— Qu'on l'aille chercher à l'instant ! Qu'on le conduise à la chambre de question, qu'on y allume les brasiers et qu'on le mette à griller à petit feu !... Ou plutôt, non ! Qu'on me l'amène ici, car je veux l'interroger tout d'abord sur les causes de sa trahison.

Le capitaine s'élança, tandis que Valois, se promenant de long en large dans sa grande salle d'armes, frappait les dalles d'un talon furieux et roulait dans sa tête des projets de torture dont le moindre eût fait tomber Malingre à la renverse d'épouvante, s'il eût pu en avoir connaissance.

La porte se rouvrit enfin, et Valois s'arrêta, les sourcils froncés, en se tournant vers cette porte.

A la fin, il pâlit.

Au lieu de son capitaine lui amenant Malingre, ce fut une femme qu'il vit entrer, une femme vêtue de noir, le visage masqué de noir, et que, cependant, il reconnut à l'instant même.

La femme s'avançait jusqu'à lui.

Valois, les traits décomposés, reculait et essayait de se rappeler quelques prières.

Il recula jusqu'au trône placé sous un dais au fond de la vaste salle, et là, près de ce fauteuil où il tenait ses assises de haute et basse justice devant ses hommes d'armes assemblés, il s'arrêta.

Mabel s'assit dans le fauteuil, comme si cette fois c'eût été elle le juge !

Nos lecteurs l'ont reconnue. Et Valois, lui aussi, malgré le masque et le changement de costume, l'avait reconnue, car il murmura :

— Est-il donc bien vrai que tu es sorcière ou fée ? Toi que j'ai vue morte à Dijon, et que je vois vivante ! Toi qui as été enfermée dans un cabinet sans issue et qui en est sortie par je ne sais quel maléfice ! Toi enfin, qui as pu pénétrer dans cet hôtel et arriver jusqu'à cette salle où nul, sous peine de mort, ne peut entrer sans y être mandé par moi ! Viens-tu donc du fond de l'enfer et au nom de Satan ?...

— Je viens au nom de Dieu, répondit Anne de Dramans d'une voix très calme. Je viens, Valois, te rappeler le pacte qui nous unissait. Je ne te reproche pas ta dernière lâcheté à Dijon. Je ne te reproche pas de m'avoir laisser tuer sous tes yeux et d'avoir consenti à faire mourir ton propre fils. Ceci est réservé à la justice divine. Mais ce qui relève de ma justice à moi, que je sois spectre, fée ou sorcière, c'est ta dernière félonie.

— Ma dernière félonie ! balbutia le comte, hagard.

L'idée ne lui venait pas d'appeler du secours. Il avait cette conviction absolue que, si ses gardes entraient pour saisir cette femme, elle s'évaporerait et disparaîtrait comme une fumée qui s'évanouit dans l'air.

Il éprouvait cette horreur sacrée dont parle Virgile.

Si près d'un être surnaturel et d'essence extra-terrestre, il était en proie à une sorte de vertige du corps et de la pensée.

Il se cramponnait d'une main à une des armures qui se dressaient près du trône.

Quant à Mabel, elle ne jouait pas la comédie. Elle ne songeait pas à profiter de la terreur superstitieuse qu'elle voyait peinte sur le visage de son ancien amant.

Elle exposait simplement sa revendication sans se soucier que Charles de Valois la prît pour un être vivant ou pour un démon.

Comment était-elle entrée à l'hôtel de Valois ? Comment était-elle parvenue jusqu'à cette salle où, en effet, nul n'osait entrer sans y être appelé par le seigneur ? Il est probable que, depuis longtemps, Mabel avait dû songer à se créer des intelligences dans cette forteresse où elle savait bien qu'un jour ou l'autre il lui faudrait pénétrer. Seulement, ces intelligences, elle les avait réservées jusque-là pour le grand jour de la vengeance, à laquelle elle marchait par des voies tortueuses, mais sûres. Et Mabel renonçait d'un seul coup au bénéfice de ce lent travail souterrain. Elle révélait au comte qu'il lui était possible d'entrer dans l'hôtel quand bon lui semblerait. Elle le mettait ainsi sur ses gardes. Et, en effet, Mabel eût renoncé à sa vengeance même pour sauver Myrtille ! car Myrtille, c'était la vie de Buridan.

— Un pacte nous unissait, reprit-elle. Il fallait une sorcière à jeter dans les cachots du Temple, une malheureuse à brûler vive. Cette jeune fille qui était condamnée, qui devait mourir, il me plaisait à moi qu'elle vécût. Lorsque tu es venu au logis du cimetière des Innocents, je me suis offerte pour remplacer celle que tu cherchais. Tu as accepté, tu as juré que Myrtille serait sauve. Lorsque tu m'es venue voir dans le cachot du Temple, où je me suis révélée à toi, je t'ai prévenu que je trouverais le moyen de savoir si tu avais tenu ton serment. Et lorsque j'ai su que, cette fois encore, tu étais parjure, ma patience s'est lassée. Je suis sortie du Temple. Je suis sortie du cabinet devant lequel veillaient les gardes du roi. J'ai franchi les fossés et les murailles de ton manoir, et je suis venue te demander : « Valois, qu'as-tu fait de Myrtille ? »

Si Valois avait pu garder un peu de sang-froid, il se fût dit dans sa superstition même qu'il était étrange qu'une sorcière ou une fée eût besoin de l'interroger pour savoir ce qu'était devenue la jeune fille.

Valois, pourtant, n'était pas un esprit faible comme le roi et n'admettait pas sans conteste les récits que ses contemporains, pour la plupart, acceptaient avec une foi aveugle. Mais les derniers événements l'avaient profondément ébranlé. Sa capture opérée par Buridan en des circonstances qui avaient dû lui paraître fort étranges, son séjour à la Tour de Nesle, et enfin la miraculeuse disparition de la sorcière, disparition dont tout Paris à ce moment même s'émouvait et s'effrayait, tout cet ensemble de circonstances avait produit sur lui une forte impression. L'entrée inopinée de Mabel dans sa salle d'armes avait achevé l'œuvre commencée.

Valois, dans ce moment, ne raisonnait donc plus. Il cherchait dans sa tête comment la sorcière avait pu être prévenue de l'enlèvement de Myrtille, et tout à coup il murmura :

— Gillonne !... Oh ! la misérable, elle sera brûlée aussi bien que Malingre !

En effet, lorsque, Valois étant descendu dans le cachot de Mabel, celle-ci s'était démasquée, lorsqu'il avait reconnu en elle celle qu'il croyait morte depuis longtemps, lorsqu'il était remonté tout tremblant du cachot où était enfermée Anne de Dramans, Malingre lui avait suggéré l'idée de se débarrasser de cette femme en la tuant. Le poison avait été choisi. Malingre avait remis le flacon de poison à Gillonne, chargée de le porter à Anne de Dramans. Gillonne était descendue (ou avait feint de descendre) dans le cachot, et était remontée en assurant que la sorcière ne tarderait pas à mourir. C'est alors seulement que, poussé par Gillonne, Valois avait regagné son hôtel pour surprendre la trahison de Malingre organisée par la même Gillonne.

Le comte, dans cet instant, put donc croire que non seulement Gillonne n'avait pas empoisonné Anne de Dramans, mais encore qu'elle l'avait prévenue de ce qui se passait à l'hôtel de Valois.

— Il te reste, reprit Mabel, un dernier moyen de sauver ton âme et ton corps. Cette jeune fille est ici, dans ton hôtel. Rends-la-moi, et je te jure par le Dieu vivant que tout le reste sera pardonné, oublié.

Valois tremblait convulsivement.

— Au contraire, continua Mabel, si tu te refuses à cette réparation, je t'assigne à comparaître devant Dieu, ton dernier juge, et cela dans le délai de trois jours.

Mabel se leva, son bras s'étendit. Du bout du doigt, elle toucha Valois au cœur.

— Je suis perdu ! rugit en lui-même Valois, qui, à ce léger contact, chancela comme foudroyé.

Car, d'après toutes les idées admises, l'homme touché au cœur par une sorcière était par cela même condamné à mort, et on a vu que les maléfices fabriqués contre une personne vivante avaient le cœur percé d'une épingle.

— Et si je te rends Myrtille ! gronda-t-il.

— Par le Dieu vivant, répéta Mabel, tu es sauvé dans ton corps et dans ton âme !

— C'est bien. Que tu sois un être vivant ou une simple illusion démoniaque, j'ai foi dans ta parole. Écoute et regarde !

Charles de Valois s'élança vers la porte. Mais, avant de l'ouvrir, il se tourna vers Mabel comme pour la prendre à témoin de sa bonne volonté.

Et il ne vit plus Mabel à la place où il l'avait laissée.

Familiarisé déjà avec les pensées surnaturelles, Valois ne fut pas étonné.

— La fée s'est rendue invisible, songea-t-il, mais elle est là qui guette, écoute et regarde !

Il n'eut pas le temps d'en penser plus long : à ce moment, le capitaine des archers du manoir ouvrait la porte, et tout pâle, tout tremblant, se tint devant le comte sans oser proférer un mot.

— Eh bien ! gronda Valois. Cet homme ? Ce Malingre ?...

— Monseigneur... Je ne sais... Je n'ose...

— Parle, dit Valois avec une sorte de calme désespéré. Je viens de voir des choses si étranges, que ce que tu as à m'annoncer de mauvais ne peut plus me surprendre...

— S'il en est ainsi, monseigneur, fit le capitaine avec un soupir de soulagement, me voilà presque rassuré. Ce Malingre, nous l'avions mis dans un cachot : il était enchaîné par les chevilles et par les poignets. A moins de supposer que l'hôtel est hanté et qu'un démon a enlevé votre valet, je n'y puis rien comprendre, car je viens moi-même d'entrer dans le cachot de Malingre... Eh bien ! Malingre n'y est plus : il ne reste que les chaînes.

— Bien ! fit Valois avec ce même calme qui avait surpris le capitaine. Qu'on aille donc me chercher Gillonne, et qu'on me l'amène à l'instant !

L'officier disparut et Valois demeura immobile, le visage couvert d'une sueur glacée qu'il ne songeait pas à essuyer.

Près d'une demi-heure s'écoula, sans que le comte osât faire un mouvement.

Enfin l'officier revint et sa réponse fut :

— Monseigneur, Gillonne a disparu !

Valois fut agité d'un tressaillement. Mais, à la grande surprise du capitaine, il ne manifesta aucune colère.

— C'est bien, répéta-t-il. Maintenant, écoute, tu te rappelles bien l'endroit où nous nous sommes heurtés à Buridan, l'autre nuit ?

— Certes, monseigneur ! C'est dans les combles du Logis aux Pèlerins (1). Depuis quelques jours, personne n'osait y pénétrer, vu la défense que vous en aviez faite.

— Ce bâtiment a-t-il été fouillé ?

— Oui, monseigneur.

Cette fois, Valois pâlit.

— La rencontre, reprit-il, d'une **voix** sourde, a eu lieu devant la porte d'une chambre dans laquelle nous entendions la voix d'une jeune fille appelant du secours. Qu'on fouille de nouveau le Logis aux Pèlerins, qu'on entre surtout dans cet appartement d'où partait la voix. Qu'on m'amène la jeune fille qu'on y trouvera.

De nouveau, le capitaine partit, puis revint... et sa réponse fut qu'on avait défoncé la porte de la chambre en question, qu'on avait visité le bâtiment du haut en bas et qu'on n'avait trouvé âme qui vive...

Valois fit un geste, et le capitaine se retira.

Demeuré seul, le comte ferma soigneusement la porte, puis se dirigea vers le fauteuil ou plutôt le trône où tout à l'heure s'était assise Anne.

Il l'eût revue là qu'il n'en eût éprouvé aucun étonnement.

Mais le fauteuil était vide. Déserte et silencieuse, la vaste salle aux draperies à crépines d'or, aux murs couverts de panoplies qui étaient là non comme un ornement, mais comme un dépôt où on pouvait puiser selon les besoins. Tout le long de la cimaise se dressaient des armures complètes : casques, cuirasses, brassards, jambards, gantelets, pareilles à des chevaliers sans âme qui eussent regardé Valois. Arrivé devant le fauteuil, il demanda :

— Es-tu là ? Me vois-tu ? M'entends-tu ? Je t'adjure de m'apparaître...

Quelques minutes s'écoulèrent.

Mais le fauteuil demeura vide, la salle déserte.

Valois reprit d'une voix étranglée :

— Quoi qu'il en soit, tu as vu que cette fois j'ai tenu mon serment. De bonne foi,

---

(1) *Dans les demeures seigneuriales, il y avait toujours un appartement, une salle, et quelquefois tout un corps de logis réservé en principe aux pèlerins, où on donnait aussi asile aux mendiants, au moins pour vingt-quatre heures.*

j'ai voulu te rendre Myrtille, et tu ne dois m'imputer sa disparition...

Le spectre, s'il était là, demeura silencieux.

— Je tiens donc pour valable, continua Valois, ton serment à toi : que, si je te rendais Myrtille, je serais sauvé dans mon âme et dans mon corps, bien que tu m'aies touché au cœur ; que si tu te dérobes, si je suis appelé à comparaître devant Dieu d'ici trois jours, comme tu m'en as menacé, je lui demanderai pour toi les peines éternelles. Et Dieu est trop juste pour refuser cette satisfaction à un seigneur tel que moi !

— Monseigneur, s'écria à ce moment le capitaine des archers en rentrant précipitamment, nous n'avons trouvé ni Gillonne, ni Malingre, ni la jeune fille ; mais en revanche, une femme... une femme étrangère au manoir, vêtue de noir et masquée...

— Eh bien ! cette femme ! rugit Valois qui à cette description reconnut la sorcière.

— Une sentinelle l'a aperçue au moment où elle traversait l'arrière-cour vers la poterne de l'est. Un des nôtres l'accompagnait. La sentinelle leur a crié de s'arrêter, mais ils ont disparu par la poterne ! Il y a trahison, monseigneur !

Pendant quelques minutes, Valois demeura frappé de stupeur.

Lorsqu'il revint à lui, sa première pensée fut qu'il avait eu affaire non pas à un spectre, mais bien à un être vivant.

Il fit arracher les tentures du dais. Il fit déplacer le trône.

Et alors derrière ces tentures, apparut une vieille porte qui donnait dans un réduit, lequel s'ouvrait à son tour sur un escalier.

Ce réduit, Valois en savait l'existence. Mais, masqué qu'il était par des tentures clouées, sachant d'ailleurs que la vieille porte était condamnée depuis longtemps, comment aurait-il pu supposer que Mabel avait disparu par là ? Le miracle lui avait d'abord paru plus facile à concevoir. Mais il se rendit compte de la réalité lorsqu'il vit que la porte condamnée s'ouvrait parfaitement...

Il n'y avait pas eu miracle !

Il y avait eu trahison, ce qui était plus grave !

Il est probable que Mabel s'était réfugiée dans ce réduit, se réservant de se montrer ou de s'en aller selon que les circonstances la pousseraient ou non à laisser croire à Valois qu'elle était sorcière ou spectre.

Il est probable aussi que, dès l'instant où elle entendit le capitaine assurer que Myrtille avait disparu, elle avait pris le parti de s'éloigner...

Il résulta de ces événements que, le jour même, trois ou quatre archers suspects furent mis en prison, puis, Valois, ne se trouvant plus en sûreté, licencia ses gardes et monta une nouvelle compagnie. En outre, il cessa d'habiter son hôtel et s'installa définitivement au Temple dont il était gouverneur. Enfin, il donna au prévôt un signalement très exact de Gillonne et de Malingre, avec ordre de les lui trouver et de les lui ramener morts ou vifs.

IV

LA COUR DES MIRACLES

Nous avons laissé Buridan et ses compagnons devant la porte d'une masure de la Cour des Miracles ; près du seuil, avons-nous dit, se dressait une perche au sommet de laquelle pendait un quartier de charogne toute sanglante.

Cette perche, c'était le pavillon de la Cour des Miracles.

Et elle indiquait que ce logis était celui du roi.

Car il y avait un roi à la Cour des Miracles.

Ce roi s'appelait Hans. C'était une brute. Il était doué d'une force herculéenne. Quand on tuait le bœuf, Hans arrivait, retroussait sa manche, balançait son poing dans l'espace, le poing s'abattait sur le front de la bête qui tombait assommée, presque toujours du premier coup.

Il était redouté dans toute la truanderie ; mais il était aussi respecté.

La crainte s'adressait à sa force. Le respect signifiait qu'on ne savait pas au juste ce qu'il pensait.

Il était taciturne. Il avait parfois des ricanements inquiétants. On lui surprenait des sourires de pitié ou de mépris. Il assistait à toutes les ripailles de la Cour des Miracles, mais c'était pour maintenir le bon ordre. Nous n'irons pas jusqu'à dire qu'on ne l'avait jamais ramassé ivre au milieu du ruisseau, mais, en somme, il semblait qu'il y eût chez lui quelque notion de dignité qui suffisait pour le maintenir fort au-dessus du peuple immonde qu'il régentait.

Lancelot Bigorne, faisant signe à Buridan de le suivre, était entré dans le logis, c'est-à-dire dans le Louvre de Hans.

Au rez-de-chaussée, c'était une vaste pièce encombrée d'armes de toutes sortes.

Là, il y avait un âtre où bouillonnait on ne sait quel mélange dans une immense marmite suspendue à une chaîne de fer au-dessus du foyer. Devant l'âtre, une vieille femme filait du chanvre, une vieille, très vieille, la tête branlante, une vieille qui grelottait de fièvre.

— Où est Hans ? demanda Bigorne.

La vieille leva le doigt vers le plafond pour signifier que le roi était au premier.

— Est-ce qu'il va descendre ? reprit Lancelot.

La vieille fit oui d'un signe de tête.

— Eh bien ! fit alors Lancelot Bigorne, sans plus s'inquiéter de la vieille, nous pouvons toujours nous installer ici. Lorsque Hans descendra, nous verrons ce qu'il y a lieu de faire. Hans est un personnage qu'il ne faut pas déranger. Ce que nous avons de mieux à faire, c'est donc qu'il plaise à Sa Majesté truande de venir nous voir.

Du fond de son âtre, la vieille fit enten-

— Sire, dit Marigny, la Cour des Miracles va se révolter; elle a choisi Buridan pour chef.

Archers et hallebardiers se rendaient en foule à la Cour des Miracles.

3-VII.

Malgré ses soupçons, le roi témoignait à Marguerite la même tendresse.

Buridan. — 3-VIII.

Archers et hallebardiers se rendaient en foule à la Cour des Miracles:

3-VII.

Malgré ses soupçons, le roi témoignait à Marguerite la même tendresse.

Le roi n'oubliait pas que Buridan avait osé lever contre lui son épée.

3·IX.

dre un grognement approbateur. Déjà, Guillaume Bourrasque et Riquet Haudryot s'étaient installés sur des escabeaux, et le premier murmurait :

— Trouverons-nous seulement à boire dans ce pays de truanderie ?

— Courage ! disait, pendant ce temps Buridan à Gautier qui, la tête dans les deux mains, pleurait à gros sanglots bruyants.

— Mon pauvre frère est mort ! répétait Gautier.

La douleur de ce géant était effrayante.

Et, en effet, il n'y avait pas d'autre explication possible à la disparition de Philippe d'Aulnay ; Philippe était sorti en même temps qu'eux tous de la Tour de Nesle, et ce n'est qu'en pénétrant dans la Cour des Miracles qu'ils s'étaient aperçus que le jeune homme n'était plus avec eux. Qu'avait-il pu lui arriver ?

Bigorne, seul, connaissait parfaitement l'état d'esprit de Philippe, et il pensait qu'il avait dû se jeter à l'eau pour en finir avec une passion sans issue possible. C'était son opinion ; mais cette opinion, il la garda pour lui. Buridan pensait que Philippe, dans une sorte d'accès de folie, avait dû se rendre au Louvre pour essayer d'y voir Marguerite.

Enfin Gautier pensait que, s'étant écarté pour un motif quelconque, Philippe avait dû être rencontré par un parti du guet qui l'avait arrêté.

Mais chacune de ces suppositions aboutissait fatalement à la même conclusion : la mort de Philippe.

Et Gautier, qui, quelques heures auparavant, nourrissait une sourde rancune contre son frère qui l'avait empêché de tuer Marguerite, Gautier, qui était prêt à dégainer contre lui, le pleurait amèrement et murmurait :

— Si je savais seulement en quelle geôle mon pauvre frère a été traîné !

— Que ferais-tu ? demanda Buridan.

— J'irais le rejoindre ! sanglota Gautier.

— Il y aurait mieux à faire, dit Buridan.

— Quoi donc ! interrogea Gautier, déjà repris d'un vague espoir.

— Ce serait de le délivrer, dit froidement Buridan. Nous sommes cinq. Et cinq hommes déterminés, résolus à faire le sacrifice de leur vie, si c'est nécessaire, valent une armée.

— C'est vrai ! c'est vrai ! dit Gautier haletant. Ah ! Buridan ! de quoi n'es-tu pas capable ! Est-ce qu'un homme comme toi ne devrait pas être à la place de Marigny ?

Buridan sourit en songeant que ces paroles concordaient étrangement avec les offres que Marguerite de Bourgogne lui avait faites.

— En attendant que je sois premier ministre, dit-il, nous voilà réduits à chercher un asile dans la Cour des Miracles.

— C'est vrai, dit Guillaume. Nous avons l'honneur, à nous cinq, d'avoir à nous mesurer contre Paris tout entier. Le roi, la reine, Enguerrand de Marigny, le comte de Valois, le grand prévôt, le guet royal, le contre-guet, les archers de la ville, les sergents du Châtelet ! Tout cela nous guette,

nous attend et veut nous pendre ! Sans compter qu'il n'y a pas un Parisien, à l'heure qu'il est, qui ne rêve de gagner les écus d'or et d'argent promis pour chacune de nos têtes !

— Tu insultes Paris, Guillaume, fit Buridan.

— Bon ! Bon ! grogna l'empereur de Galilée, je connais mon Paris, Buridan ! et je te défie de trouver une demeure où tu oses entrer, une rue où tu puisses passer, une borne où tu puisses reposer ta tête.

Guillaume Bourrasque était de mauvaise humeur, parce qu'il avait faim et soif. Mais, au fond, ce qu'il disait là n'était que l'expression de la terrible vérité. Il est certain que les cinq compagnons n'eussent pu se montrer nulle part dans Paris sans risquer d'être dénoncés par quelque amateur de la prime criée à son de trompe.

— Sans être aussi pessimiste que toi, reprit Buridan, j'avoue que notre situation est assez embrouillée.

— C'est de votre faute ! fit Lancelot Bigorne. Comment ! Nous avons, Guillaume, Riquet et moi, accompli des prodiges d'astuce ! Nous saisissons le Valois, et vous le relâchez ! Oh ! je sais bien, messire Buridan, ce que vous pourriez me répondre (Buridan frémit), mais enfin, tout en ménageant des sentiments de famille...

— Quels sentiments de famille ? firent Guillaume et Riquet, étonnés.

Buridan était devenu très pâle.

— Des choses que Buridan vous racontera un jour, si cela lui convient, continua Bigorne. Il me semble donc que vous auriez pu tout de même prendre quelque peu le Valois à la gorge et profiter de la situation où vous vous trouviez à la Tour de Nesle. Mais ce n'est pas tout ! J'ai consenti à faire le singe et voilà deux honorables Parisiens qui ont consenti à faire les ours.

Guillaume et Riquet poussèrent un grognement.

— Nous avons assisté à la procession de l'évêque des fous. Nous avons escamoté le sieur Baheigne, valet de chambre du roi. Et, à propos, messire Gautier, qu'en avez-vous fait, de ce Baheigne ?

— Je l'ai laissé dans le cabaret où je l'ai consciencieusement enivré, selon ce que nous avions convenu. Quand je l'ai quitté, il ronflait sous la table. Tête et ventre ! que ne me suis-je assuré du sort de mon frère comme je me suis occupé de celui de Baheigne !

— Nous sommes donc entrés au Louvre, poursuivit Lancelot Bigorne, nous avons eu ce trait de génie d'amener le roi Louis dans le lieu même où il devait acquérir la preuve de la trahison de Marguerite. Et dès lors Marguerite étant perdue, vous étiez sauvés ! Je ne parle pas de moi qui ne compte pas. Et au moment où le roi tient ces preuves à la main, voilà que vous aidez messire Philippe à les détruire ! C'était généreux, peut-être. Mais le premier effet de cette générosité, c'est que Philippe d'Aulnay est probablement, à l'heure qu'il est, dans quelque cachot du Temple ou du Châtelet, et que nous autres, nous sommes traqués comme des renards

poursuivis par une meute composée de deux cent mille Parisiens ! C'était bien la peine de faire le singe ! Pour aboutir à de tels résultats, j'aurais pu me contenter de rester homme.

— Eh bien ! tu as raison, fit Buridan qui ne put s'empêcher de rire. Une autre fois, quand je tiendrai le roi, j'en profiterai pour lui demander le droit de vivre pour nous tous, et pour toi, Bigorne... Que pourrais-je bien lui demander pour toi ?

— Pour moi, la place de premier ministre, fit Bigorne, et pour messire Philippe d'Aulnay, la place de fou.

A ce moment l'escalier de bois dont on entrevoyait les marches disloquées au fond de l'obscure salle, gémit sous un pas pesant et Hans apparut.

En voyant ces étrangers, il fronça les sourcils.

— Qui êtes-vous ? demanda-t-il en les dévisageant d'un regard soupçonneux. Que demandez-vous ? Comment avez-vous pu entrer dans la Cour des Miracles ?

Lancelot esquissa un geste mystérieux, probablement quelque signe qui servait aux truands à se reconnaître entre eux.

Hans le considéra attentivement, et dans cette figure bestiale on eût pu surprendre alors un éclair d'intelligence dépourvue de cette astuce qu'elle exprimait d'ordinaire.

Hans prit un escabeau, s'assit gravement, et dit :

— Soyez les bienvenus chez moi... La vieille, va donc nous chercher à boire, ce sont des amis.

— Admirable, le roi des mendiants ! murmura Riquet en poussant Guillaume du coude.

— Il parle d'or ! répondit Guillaume en faisant claquer sa langue.

Gautier, oubliant momentanément sa douleur fraternelle, examinait Hans en connaisseur et admirait avec sympathie ses épaules de cariatide, son cou de taureau, ses poings pareils à des masses.

— Hans, fit Bigorne, nous allons t'expliquer le sujet de notre visite...

— Tout à l'heure ! fit Hans. Quand nous aurons bu.

Il se fit un silence. La vieille, à ce moment, reparut, portant un pot de cervoise et quelques gobelets d'étain. Elle remplit les gobelets. Puis Hans, non sans une sorte de farouche dignité, parla :

— Vous n'êtes pas des nôtres, dit-il... L'habitude, ici, avant de boire avec quelqu'un et de cimenter ainsi l'amitié, est de lui demander son nom. Qui êtes-vous ?

Buridan fit signe à Bigorne de parler.

— Moi, dit celui qui servait d'introducteur, je suis Lancelot Bigorne. Ce gros que tu vois là, Hans, c'est Guillaume Bourrasque, empereur de Galilée ; celui-ci, avec son nez pointu, c'est Riquet Haudryot, roi de la Basoche ; celui-ci, qui pourrait lutter avec toi sans désavantage, c'est messire Gautier d'Aulnay, et celui-là, c'est Jean Buridan. Voilà qui nous sommes.

A chacun de ces noms, la sauvage physionomie de Hans s'était de plus en plus éclairée. Lorsque le dernier nom fut prononcé, cette physionomie redevint grave.

Hans fixa longuement le jeune homme et dit :

— C'est vous qui êtes Jean Buridan ?

— C'est moi, répondit Buridan.

Hans, alors, saisit la table toute chargée de ses gobelets d'étain, et, à bras tendus, la porta ou plutôt la jeta dehors ; pots et gobelets roulèrent sur la terre fangeuse.

Puis Hans fit un signe à la vieille qui ouvrit un placard.

De ce placard, elle tira six coupes d'or massif qu'elle déposa sur une autre table.

Puis, d'un bahut, elle sortit trois flacons de vin.

Et Hans, gravement, prononça :

— Tout homme poursuivi, traqué, est accueilli dans ce logis en ami. Mais vous, je ne puis vous considérer comme des amis, car l'honneur serait trop grand pour moi. Je vous considère donc comme d'illustres visiteurs que j'ai le devoir de servir.

Hans lui-même, cette fois, se mit à remplir les coupes d'or — produit probablement de quelque pillage. Il versa le vin à pelure d'oignon, dont Guillaume et Riquet reniflèrent le fumet et que Gautier considéra en écarquillant les yeux.

Hans, tout en versant, continuait, et il fixait Buridan.

— Daignez donc accepter ce vin venu il y a vingt ans de Bourgogne : buvez-le dans ces coupes qui sont réservées pour les circonstances illustres...

Buridan s'inclina et le premier vida sa coupe d'un trait.

Lorsque les trois flacons eurent été épuisés jusqu'à la dernière goutte, Hans reprit :

— Maintenant, il est temps que je sache le motif du grand honneur qui m'est fait en ce jour ?

— Hans, répondit Buridan, j'ai entendu parler de vous comme d'un truand terrible et sans pitié ; j'ai entendu dire que quiconque tombait entre les mains de Hans devait abandonner sa bourse ou sa vie. Nous, Hans, nous sommes, ici, seigneurs, bourgeois ou écoliers, des gens qui n'ont plus de toit pour couvrir leur sommeil, plus de table pour s'y asseoir. Hans, je sais que, si j'allais me jeter aux pieds du roi ou de la reine, j'obtiendrais grâce pour mes compagnons et moi, je sais que, si je disais certaines choses au premier ministre Enguerrand de Marigny ou à l'oncle du roi, comte de Valois, nous serions saufs. Eh bien ! moi Buridan, en mon nom et au nom de mes compagnons, je viens demander l'hospitalité à Hans le truand, roi des mendiants et régent de la Cour des Miracles.

Hans se leva et dit gravement :

— Je vous reçois comme mes hôtes dans la Cour des Miracles...

« Venez !

Il sortit du logis et se dirigea vers une maison de misérable apparence, comme toutes ses voisines. Tous le suivirent en silence.

Hans pénétra dans la maison.

Et alors, ils virent que cette masure était, à l'intérieur, une belle habitation bourgeoise, avec plusieurs chambres bien meublées et un réfectoire orné de beaux bahuts supportant une magnifique vaisselle.

— Vous êtes ici chez vous, dit Hans. Maintenant, écoutez : votre tête est mise à prix, vous avez contre vous les plus formidables puissances de notre monde coalisées. Eh bien ! tant que vous serez mes hôtes, vous n'avez rien à craindre, dût le roi Louis lever une armée pour mettre le siège devant la Cour des Miracles. J'ai encore ceci à vous dire, ajouta Hans, dont l'œil lança un éclair. Je vous adopte pour mes hôtes, non seulement parce que vous êtes des proscrits, mais encore, mais surtout, parce que vous êtes des révoltés. Qu'on m'appelle Hans le truand, peu m'importe. Moi, je sais que je m'appelle Hans le révolté. Je hais tout ce qui commande et je méprise tout ce qui obéit...

Hans souffla fortement, puis reprit :

— Je hais ceux qui commandent parce qu'ils se croient supérieurs aux autres hommes. Je méprise ceux qui obéissent parce qu'ils se croient inférieurs. Je dis que les hommes sont des animaux destinés à passer quelques années à l'état d'êtres vivants, et que, pendant cette période, l'homme n'a qu'un devoir : c'est de vivre le moins malheureusement possible ; c'est de rechercher tout ce qu'il peut trouver de bonheur sans prendre la part des autres. Or, ceux qui commandent prennent la plus grosse part de bonheur et ce sont ceux-là les vrais truands, rois, ministres, comtes, ducs, évêques et autres qui veulent tout pour eux, rien pour les autres. Voilà ce que je pense. Voilà pourquoi je suis en révolte. Il m'est plus agréable de penser que je mourrai peut-être avec une cravate de chanvre autour du cou, mais ne m'étant jamais soumis, que de mourir dans mon lit, en bourgeois honoré, mais ayant vécu dans l'abjection de l'obéissance. Voilà pourquoi je me suis réfugié ici. Car ici, sachez-le, ce n'est pas seulement le domaine des mendiants, c'est aussi le royaume de la révolte. Ici, beaucoup avec qui j'ai parlé pensent qu'il faut : ou vivre libre ou mourir.

Guillaume Bourrasque, Riquet Haudryot, Gautier d'Aulnay, et aussi Buridan écoutaient avec un inconcevable étonnement ces paroles que Bigorne approuvait d'un signe de tête. Ce n'est pas que Buridan ne pût comprendre les revendications de ce truand à figure de brute, ce n'est pas que le roi de la Basoche et l'empereur de Galilée n'eussent pas déjà vaguement songé à ces choses. Mais c'était un temps où il pouvait paraître extraordinaire qu'un homme, un pauvre hère, se crût l'égal d'un homme de noblesse.

Quoi qu'il en soit, il nous est permis d'affirmer que ces idées étaient couramment admises dans la Cour des Miracles.

— Je vous ai suivis, Jean Buridan, Lancelot Bigorne, Guillaume Bourrasque, Riquet Haudryot. Je vous ai suivis dans vos actes, et sans vous connaître, sans vous avoir vus, je me suis dit : ceux-là sont des révoltés. Ceux-là, tôt ou tard, aboutiront à la Cour des Miracles, parce que, tôt ou tard, Paris tout entier les accablera de sa haine. Je vous attendais donc. Vous êtes ici les hôtes de Hans le truand. Vous êtes ici chez vous.

Hans, d'un geste lent, désigna la pièce où il se trouvait, les meubles, les fauteuils, produits de ses rapines et de ses pillages ; de ce même geste, il parut envelopper la maison et la Cour des Miracles tout entière. Puis cette physionomie, qui s'était éclairée par degrés jusqu'à jeter de sombres éclairs d'intelligence hautaine, s'éteignit aussi par degrés, rentra dans la nuit, et devant les compagnons étonnés, pensifs, il n'y eut plus qu'une figure de brute monstrueuse.

Hans, lentement, sortit de la maison et rentra dans le logis à la porte duquel pendait un quartier de charogne sanglante.

Trois jours s'étaient écoulés. Guillaume Riquet et Gautier jouaient aux dés, mangeaient et buvaient.

Lancelot Bigorne dormait.

Buridan allait et venait dans la Cour des Miracles, faisant connaissance avec ce monde fabuleux, s'aventurait la nuit au fond des ruelles noires, boueuses, infectes. Il entrevoyait des antres sinistres, où, à la lumière des torches, lui apparaissaient des figures étranges comme s'il se fût promené à travers ces visions fantastiques qui, vers ce moment-là, assiégeaient le cerveau de Dante. Il assistait à des scènes d'orgies effrayantes. Il prenait contact avec les habitants de ce lieu d'horreur d'où semblait monter une mystérieuse épouvante. Des têtes farouches, des êtres qui semblaient appartenir à un autre monde, des femmes d'une beauté tragique ou d'une beauté ignoble le regardaient passer. Il parlait à des hommes chez lesquels il tâchait de surprendre un reflet des pensées exprimées par Hans.

Souvent, aussi, pendant ces trois journées, il tenta de sortir de la Cour des Miracles. Mais il lui semblait que peu à peu un cercle se resserrait autour de ce misérable quartier. Dans les rues avoisinantes, des patrouilles passaient de plus en plus nombreuses, de plus en plus fortes. Il remarqua que des sentinelles étaient apostées. Il crut comprendre qu'il se préparait quelque chose de formidable.

Il songeait à Myrtille. Il songeait à Valois. Il songeait à cette femme qui était sa mère et que Bigorne lui avait assuré d'être vivante. Mille pensées confuses se heurtaient dans sa tête. Il éprouvait l'indicible besoin d'aimer et d'être aimé.

Une nuit, Lancelot Bigorne l'entendit qui murmurait :

— Et pourtant, vous êtes mon père, comte de Valois !...

Il souffrait affreusement de l'incertitude où il se trouvait, et toute cette souffrance se traduisait par cette pensée qui ne lui laissait aucun répit :

— Le comte de Valois est mon père ! Et le comte de Valois m'a dit qu'il aime Myrtille ! Et Myrtille est chez le comte de Valois !...

Il bouillonnait.

Le matin du quatrième jour, vers dix heures, il rassembla ses compagnons pour leur proposer quelque suprême et nouvelle tentative.

Au moment où il allait parler, la porte s'ouvrit et une femme parut.

— Gillonne ! cria Buridan, ivre de joie, de doute et d'espoir.

— C'est moi, messire, fit la hideuse vieille en s'avançant avec un sourire aussi hideux qu'elle-même.

Buridan tremblait et ne se sentait pas le courage d'interroger la vieille.

— Seigneur Jésus, continua Gillonne avec volubilité, j'en ai eu du mal pour vous retrouver ici ! Enfin, grâce à un de mes amis qui est manchot, goitreux et ulcéreux de son métier, j'ai pu pénétrer jusqu'ici... j'ai su que vous étiez venu au rendez-vous que je vous avais assigné à l'hôtel de Valois, j'ai su que malheureusement vous n'aviez pas réussi... oui, mais j'étais là, moi !

— Que veux-tu dire ? balbutia Buridan.

— Que j'ai fait ce que vous n'avez pu faire !

— Myrtille !...

— Je l'ai délivrée !...

— Courons !... mes amis, mes chers amis..., ma chère Gillonne...

— Il n'est pas besoin de tant courir, s'écria Gillonne.

A ce moment Simon Malingre entrait à son tour.

Et Simon Malingre donnait la main à Myrtille !

Dans l'instant qui suivit, les deux amants étaient aux bras l'un de l'autre. Pendant quelques minutes on n'entendit que les sanglots de bonheur de la jeune fille défaillante et les exclamations bruyantes de Guillaume, de Riquet et de Gautier.

Il semblait à Buridan et à Myrtille qu'ils faisaient un rêve.

Lorsque Buridan s'arracha de cette extase, il chercha des yeux Gillonne pour la remercier.

Gillonne et Simon Malingre avaient disparu !...

V

LA COUR DE FRANCE CONTRE LA COUR
DES MIRACLES

Au Louvre, dans l'oratoire de Marguerite de Bourgogne, pièce sévère ornée de quelques meubles seulement, aux sculptures noircies par le temps, aux tentures sombres, avec un christ se détachant sur l'un des panneaux, au-dessus d'un prie-Dieu.

Trois personnages : Marguerite, Louis Hutin, Charles comte de Valois.

C'est une sorte de conseil d'Etat et en même temps un conseil de famille.

Mais d'autres personnages invisibles assistent à cette scène : Juana derrière une porte, et Mabel cachée au fond d'un cabinet d'où elle peut tout voir et tout entendre.

Dans ce conseil de famille, c'est un coup d'Etat qui vient d'être résolu :

L'arrestation d'Enguerrand de Marigny.

Nous pénétrons dans l'oratoire de la reine au moment où, après une discussion, l'arrestation du tout-puissant ministre vient d'être décidée.

Ces trois personnages haïssent Marigny d'une haine égale.

Valois, qui, dans cette affaire, incarne réellement le génie de la haine, Valois qui arrive enfin à l'apogée de son triomphe, Valois désormais sûr de l'écrasement de son rival, Valois tremble.

Marguerite, qui, depuis l'époque lointaine où elle a été la maîtresse du noble ambassadeur de France à la cour de Bourgagne, Marguerite qui, depuis qu'elle est reine de France, accumule et détruit, l'un après l'autre, les projets destinés à assurer la perte de son amant, Marguerite, certaine enfin que son existence va être débarrassée de Marigny, Marguerite tremble.

Louis Hutin, qui a senti peu à peu se développer dans son âme la jalousie que lui inspirait la puissance de Marigny, Louis, qui de la jalousie est passé à la haine, savamment attisée par Valois, Louis, qui depuis trois jours s'est résolu enfin à l'assassinat politique du plus fidèle serviteur de son père et de la monarchie, le roi tremble.

Tous les trois ont peur.

Maintenant qu'ils sont décidés, maintenant que l'exécution va avoir lieu, ils redoutent quelque suprême résistance de Marigny.

Dix heures tintent lentement à quelque horloge.

Tous les trois tressaillent.

C'est l'heure pour laquelle on a donné rendez-vous dans le Louvre à Enguerrand de Marigny.

Le roi, précipitamment, va ouvrir la porte de l'oratoire qui donne sur la grande galerie.

La galerie est remplie d'une foule de seigneurs, de capitaines et de chevaliers, étonnés d'avoir été mandés au Louvre à cette heure matinale. Une formidable impression de force se dégage de cet ensemble : rudes figures basanées, vastes poitrines, cimiers ondoyants, lourds estramaçons dont les poignées en croix sont prêtes à être saisies par des mains violentes. De chaque côté de la galerie sont alignés vingt-quatre archers immobiles, et près de la porte, Hugues de Trencavel est là, l'épée nue au poing.

Le roi jette un long regard sur cette mise en scène qui symbolise sa puissance et il se sent électrisé ; il sourit, il est rassuré, il ne peut s'empêcher de saluer d'un geste large cette assemblée guerrière.

Une clameur éclate en coup de tonnerre :

— Vive le roi !...

Louis prononce quelques mots à l'oreille du capitaine des gardes qui pâlit.

C'en est fait, l'ordre de l'arrestation de Marigny vient d'être donné.

— Quand il sortira de l'oratoire, achève le roi. Tu entends bien, Trencavel. Je crierai : Notre-Dame ! Alors il sera temps.

— Place au premier ministre, crie la voix de l'huissier au fond de la galerie. Place à monseigneur Enguerrand de Marigny !

La foule s'ouvre, se fend, ondule ; Marigny s'avance vers l'oratoire, calme, grave, imposant et sévère.

. . . .

Marigny connaissait admirablement le Louvre. Dès le pont-levis, à l'attitude d'une sentinelle, à la démarche et à la physionomie des gens de service, il devinait quelles passions pouvaient s'agiter, si on était à la joie, au calme ou à la colère. Marigny, toutes les fois qu'il rentrait au Louvre, ne s'y aventurait qu'en étudiant, pas à pas, les visages et les moindres incidents.

Marigny avait donc compris tout de suite qu'il se préparait quelque chose de grave. En arrivant dans la grande galerie, cette conviction s'affermit en lui.

Mais peut-être, ce jour-là, avait-il quelque puissant motif de préoccupation personnelle, car il dédaigna d'étudier, comme d'habitude, les regards et les murmures.

Il entra brusquement dans l'oratoire dont Trencavel lui ouvrait la porte et il vit ces trois visages, pâles et figés.

Mais, sans doute, cette préoccupation dont nous venons de parler devait être bien puissante, car il ne se demanda pas pourquoi le roi, la reine et Valois étaient assemblés là, pourquoi tous les trois le considéraient d'un air étrange, pourquoi enfin se taisait le roi, si expansif d'habitude.

Marigny se dirigea rapidement vers Louis Hutin. Une sorte de colère furieuse l'agitait, et ce fut d'une voix grondante qu'il parla le premier :

— Sire, dit-il, j'allais me rendre au Louvre au moment où on est venu me chercher. J'ai de graves nouvelles à vous annoncer.

Valois recula d'un pas.

La reine frémit.

— Quelles nouvelles ? demanda le roi d'un ton glacial.

— Sire, il est dans Paris un lieu redoutable qui forme une ville dans la ville, un royaume dans votre royaume. C'est le foyer de rébellions, de troubles et de désordres. C'est le camp retranché du vice et du crime. C'est là que se recrute cette armée de mendiants, de jongleurs, de truands, lie de la société, ramassis de tous les vagabonds du monde...

— La Cour des Miracles, gronda le roi en tressaillant, car la Cour des Miracles, c'était un de ses cauchemars comme ce devait être celui de ses successeurs.

— Oui, sire, la Cour des Miracles ! dit Marigny. Elle a failli être fatale au roi votre père. Et maintes fois, en conseil, je

vous ai dit : « Prenez garde, sire, prenez garde à ces mendiants ! Ne tournez pas vos yeux du côté des Flandres. Les Flandres ne sont rien. Le véritable danger est dans Paris, il est à la Cour des Miracles ! » Je vous ai dit : « Tant que cette armée n'aura pas trouvé un chef qui comprenne la force redoutable dont il pourrait disposer, nous pouvons encore aviser et prendre des mesures pour éteindre ce foyer de rébellion. Mais, du jour où ce chef sera trouvé, tremblez, sire, car ce jour-là, c'est le trône de France qui sera directement menacé ! »

Le roi et Valois se regardèrent avec une sorte d'effarement.

Car ils savaient tout aussi bien que Marigny ce que c'était que la Cour des Miracles, et eux aussi, dans les rêves de crainte qui troublent le sommeil des puissants, avaient eu maintes fois la vision de bandes forcenées se ruant au sac de Paris avec un quartier de charogne pour étendard.

Et déjà dans l'esprit du roi, sinon dans celui de Valois et de Marguerite, l'arrestation de Marigny passait au second plan.

Le hideux cauchemar évoqué se dressait dans toute sa menace.

— Ces mesures, dit Louis, nous les prendrons terribles, s'il le faut. Nous brûlerons Paris tout entier s'il est besoin, pour que la Cour des Miracles soit ensevelie sous les décombres de Paris. Avant que ce chef dont vous parlez soit trouvé, l'armée des rebelles sera...

— Il est trop tard, sire ! dit Marigny, le chef est trouvé.

— Le chef ! balbutia le roi chez qui l'épouvante et la colère se déchaînaient ensemble. Quel chef ?...

— Buridan !...

Ce nom retentit comme un coup de tonnerre.

Marguerite devint livide.

Valois grinça des dents et, lui aussi, à cet instant comprit qu'il haïssait Buridan... son fils !... Ah ! qu'il le haïssait de tout son être ! qu'il le haïssait au point d'oublier sa haine contre Marigny !

— Buridan ! rugit Louis Hutin. Buridan ! le misérable qui nous a insultés à Montfaucon ! qui a provoqué nos fanions sur le Pré-aux-Clercs ! qui a failli tuer la reine dans l'enclos aux lions ! qui a osé pénétrer jusque dans l'hôtel de Valois et porter la main sur mon vénéré oncle ! que dis-je ! qui a osé frapper mon épée royale du choc de sa rapière infâme et me menacer, moi, le roi !

Il y eut entre ces quatre personnages un instant de silence terrible.

Et, dans ce silence, s'ils n'eussent été tous les quatre affolés par les pensées diverses qui leur traversaient l'esprit, ils eussent pu entendre le bruit d'un sanglot étouffé.

Ce sanglot venait du cabinet d'où Mabel écoutait et voyait tout.

Mabel était tombée lourdement à genoux, et murmurait :

— Mon fils ! Mon Jehan !

Marigny, d'une voix sourde, continua :

— La cour des Miracles choisit Buridan pour son chef et pour son roi. Buridan a autour de lui des lieutenants redoutables, car ces hommes dont vous avez mis la tête à prix, sire, n'ont plus rien à ménager et sont capables de faire eux-mêmes ce qui chez vous n'est qu'une parole, c'est-à-dire de brûler Paris, de brûler le Louvre ! car ces hommes ce sont les d'Aulnay ! c'est Guillaume Bourrasque ! c'est Riquet Haudryot !

Un nouveau frémissement d'angoisse agita Valois et Marguerite.

Marigny poursuivit, et il semblait qu'une sorte de rage le soulevait de plus en plus :

— J'ai fait cerner la Cour des Miracles, sire ! j'ai pris les premières mesures de préservation. J'ai fait ce qu'il était en mon pouvoir de faire pour essayer de sauver votre trône, mais peut-être est-il trop tard ! car je sais que l'étendard infâme de révolte a été planté au milieu de la Cour des Miracles, ce qui est le signe que ces gens préparent quelque formidable expédition ! et ce n'est pas tout ! Je sais que Buridan, cette fois, est décidé à l'entreprise la plus audacieuse ; je sais qu'il est résolu à vaincre ou à mourir ! car ce n'est plus sa propre vie qu'il veut sauver ! c'est son amour, cette fois, qu'il jette en défi à votre premier ministre, à vous-même, à Paris, à la face du monde ?

Marguerite fixa sur Marigny des yeux dilatés par l'horreur. Elle avait compris, elle !

Valois et le roi, frémissants tous deux, se penchaient sur le premier ministre. Et Marigny, éclatant enfin comme si sa rage et sa fureur eussent fait explosion dans sa poitrine :

— Et voyez, sire, jusqu'où peut aller mon désespoir ! Voyez ce que je suis capable d'entreprendre à cette heure contre Buridan ! car celle qu'il aime... celle qu'il détient prisonnière dans la Cour des Miracles par la plus effroyable des audaces, eh bien ! sire, c'est ma fille !

A ce moment, si quelqu'un était entré dans le cabinet, il eût vu Mabel se relever, sortir rapidement comme affolée et s'élancer hors du Louvre.

— Vous entendez, sire ! rugit Marigny, vous entendez, reine ! tu entends aussi, toi, Valois ! ma fille est aux mains de Buridan, et Buridan est roi de la Cour des Miracles !

Valois s'était mordu les lèvres jusqu'au sang pour étouffer le hurlement de la jalousie féroce qui lui venait contre Buridan.

Marguerite, pâle comme une morte, songeait :

— Oui, brûler Paris tout entier plutôt que de les savoir l'un à l'autre !

Et Marguerite de Bourgogne était la mère de Myrtille !

Et Charles, comte de Valois, était le père de Buridan !

Ainsi, tous les intérêts vitaux et passionnels du roi, de la reine et de Valois se trouvaient concentrés sur la tête d'Enguer-rand de Marigny, qui venait d'être appelé au Louvre pour y être arrêté !

Marigny pouvait seul sauver le trône de Louis Hutin.

Marigny pouvait seul sauver la passion de Valois et l'amour de Marguerite.

Ces trois êtres se jetèrent un long regard et sans doute se firent la même réponse. Car le roi, marchant rapidement à la porte derrière laquelle se trouvait Hugues de Trencavel, prononça quelques mots à l'oreille de son capitaine...

L'arrestation était contremandée !

. . . .

— Venez, madame la reine ! cria Louis Hutin d'une voix éclatante. Venez, comte de Valois ! venez, Marigny ! écoutez tous, hommes nobles, vassaux, féaux, seigneurs !...

Marigny, Valois et la reine étaient entrés dans la grande galerie.

Du fond du Louvre, de toutes parts, officiers et chevaliers accouraient à la nouvelle que des choses extraordinaires se passaient.

En quelques minutes, plus de cinq cents personnages étaient groupés dans la vaste galerie, éclairée par les rayons du soleil qui filtraient à travers les vitraux de couleur des nombreuses fenêtres, accrochant des paillettes d'or et d'argent aux rutilantes armures, aux broderies des manteaux, et il semblait qu'un souffle ardent agitait la multitude des cimiers comme un vent de tempête. Le roi prit place sur son estrade. A ses pieds, la reine, Enguerrand de Marigny, le comte de Valois, le connétable de Châtillon, Geoffroy de Malestroit, ducs, comtes, chevaliers, chacun à sa place, tous debout, appuyés sur leurs épées, frémissants, dardaient leurs regards sur le roi.

Un silence effrayant pesa sur cette assemblée de rudes hommes d'armes aux éclatants costumes, encadrée par la haie des archers et des hallebardiers dressés tout le long des murailles. Louis promena son regard sur cette réunion à la fois éclatante et sombre, et d'une voix forte prononça :

— Nous avons la guerre !...

A ces mots une clameur énorme ébranla les murs de la vaste galerie, fit trembler les vitraux et se répercuta au loin à travers le Louvre et jusque dans Paris.

— Vive le roi !

— La guerre, la guerre !...

— Bataille ! sus ! sus ! tue ! pille !

— Saint-Denis ! Saint-Denis ! sus aux Flamands !...

— Montjoye ! mort aux Flandres !...

Le silence enfin se rétablit peu à peu, et par grondements successifs.

Alors Louis Hutin, qui avait écouté ces clameurs avec un frémissement de joie, car ces cris de guerre et de mort répondaient aux aspirations de sa nature batailleuse, Louis Hutin reprit :

— Il ne s'agit pas des Flandres ! Un ennemi plus immédiat nous menace ! ce n'est pas aux frontières que nous devons porter la guerre ! c'est dans l'Ile de France, c'est dans cette ville ! c'est au centre de Paris ! Ducs, seigneurs, cheva-

liers, c'est la guerre de la monarchie
contre la révolte, c'est la guerre des
hommes nobles contre les manants ! ce
sont vos privilèges à défendre ! c'est mon
trône à sauver ! c'est la guerre de la
cour de France contre la Cour des Miracles !...

— La Cour des Miracles !

Cette fois, ce ne fut pas une clameur
joyeuse.

Cette fois, ce ne fut plus le cri de joie
des hommes d'armes heureux d'aller ba-
tailler par monts et par vaux...

Chevaliers, nobles seigneurs, ducs et
comtes se regardèrent tout pâles :

— La Cour des Miracles !

Ce fut d'abord une sorte de murmure
étouffé, un bruissement de colère et de
terreur mêlées, puis cela monta, grandit
comme les grondements du tonnerre à
l'horizon, et enfin cela éclata dans un
étrange cliquetis des épées tirées, dans un
effroyable tumulte d'imprécations entre-
choquées, dans un déchaînement de la
haine de l'homme noble contre l'homme
de révolte...

— Aux truands ! aux truands !

— Des fascines autour de la Cour des
Miracles !

— Aux fourches, les gueux !

— A la hart ! au feu ! au feu !...

Alors l'effrayante nouvelle franchit le
Louvre et se répandit dans Paris. Alors
les boutiques se fermèrent, les bourgeois
se cadenassèrent chez eux. Les chaînes
furent tendues. Dans les rues on ne vit
plus que les patrouilles de cavalerie et
d'archers. Des rumeurs sinistres se propa-
gèrent à travers la ville avec la rapidité
inconcevable dont semblent être animées
toutes les nouvelles d'épouvante. Aux
abords du Louvre, des compagnies se massaient. Dans le Louvre, on se préparait,
on fourbissait les armes, et un conseil de
guerre se tenait chez le roi.

Quatre mille hommes d'armes étaient
prêts à marcher. Dans toutes les paroisses, le tocsin se mit à sonner à toute
volée.

C'était la guerre.

La guerre des seigneurs contre les mendiants !

Et partout, dans Paris, un nom volait
de bouche en bouche, prononcé avec terreur, avec des malédictions, avec des menaces de mort.

— Buridan !... Buridan !...

Paris tout entier se dressait contre
Buridan !...

. . . .

Et dans la Cour des Miracles, au fond
de ce seul logis où Hans l'avait conduit,
Buridan se trouvait seul, seul avec Myrtille. Et là, de ces deux êtres de jeunesse,
de vie et d'amour, de ces lèvres balbu-
tiantes, qui se cherchaient, de ces regards
qui s'étreignaient, c'était un chant de paix
souveraine et de bonheur infini qui montait doucement, rythmé par le murmure
de ces deux noms bégayés avec ivresse :

— Buridan !...

— Myrtille !...

VI

OÙ CHACUN SE PRÉPARE A FRAPPER

Le sire de Marigny avait été désigné par
Louis Hutin pour commander en chef les
troupes chargées de cette singulière expédition en plein Paris. Nous disons singulière par respect pour nos idées moder-
nes, pour la vision spéciale que nous
donne le Paris de nos jours. Mais, à l'époque dont nous avons tenté, dans cet ou-
vrage, d'esquisser quelques traits essentiels, une bataille contre la Cour des Miracles ne pouvait surprendre personne. Le
truand et le mendiant armés de privilèges, unis en corporation, vivaient au
cœur de Paris comme en pays ennemi, et
chacune de ces deux grandes catégories
faisait la guerre à sa façon : le truand par
la violence, le mendiant par la ruse. Ils
formaient une véritable armée ayant ses
chefs, ses généraux, son généralissime, et
des chroniqueurs de foi n'estiment pas à
moins de quinze mille le nombre de ces
soldats embrigadés qui, l'occasion venue,
pouvaient faire masse et s'unir sous le
même étendard. Quinze mille dans le Paris moderne, c'est peu. Quinze mille dans
le Paris de Louis X, qui comptait environ
deux cent mille habitants, dans un temps
où une armée régulière de vingt mille
hommes était considérée comme formidable, c'était énorme. Donc, rien d'étonnant
à ce que Louis Hutin eût préparé l'expédition contre la Cour des Miracles avec le
même soin qu'une expédition contre un
redoutable ennemi extérieur.

Le comte de Valois, qui, en toute autre
occasion, eût éprouvé une crise de jalousie et de rage, vit avec une secrète satisfaction son rival placé à la tête de l'expédition. Il étudia la situation morale de
Marigny dans cette affaire, il la jugea
affreuse et s'en réjouit. En effet, vain-
queur ou vaincu, Marigny ne pouvait
trouver à la Cour des Miracles où était
enfermée sa fille, que douleur et désespoir.

Et puis, enfin, l'arrestation du premier
ministre n'était que partie remise.

Valois, donc, placé sous les ordres de
son rival, songea à tous les hasards de
cette bataille qui se préparait, et se promit d'aider un peu ces hasards. Une flèche
mal dirigée, un coup de poignard dans
la mêlée, cela pouvait arranger bien des
choses et supprimer la nécessité de l'arrestation qui serait hasardeuse, s'il prenait
fantaisie à Marigny de s'enfermer dans
son hôtel de la rue Saint-Martin, forteresse où il pouvait soutenir un long siège.

Quant au roi, il était tout feu, tout
flamme. Il passait ses archers en revue.
Il montrait une joie terrible à s'agiter
dans ce bruit d'armes qui l'enchantait.
Il promettait une prime par tête de
truand ; Valois, à grand'peine, obtint de

loi qu'il ne marcherait pas de sa personne dans la mêlée, mais le Hutin se promit de se placer pour tout voir lorsque viendrait le moment de l'action.

Enguerrand de Marigny, dès les premiers moments, fit occuper fortement toutes les voies qui aboutissaient à la Cour des Miracles. Il était peut-être le seul dans cette affaire qui agît avec sincérité. Il voulait la mort de Buridan. Il se disait que, du père de Myrtille et du chef des rebelles aimé par elle, l'un des deux devait rester sur le carreau.

Une fois certain que nul ne pouvait plus sortir de la Cour des Miracles, Marigny, malgré l'impatience du roi, voulut prendre des mesures telles que pas un truand ne pût échapper au massacre.

Ceci posé, nous reviendrons maintenant à deux personnages qui, à ce point de notre récit, nous intéressent particulièrement: Mabel d'une part, Marguerite de Bourgogne d'autre part.

Lorsqu'elle fut convaincue que Myrtille n'était plus au pouvoir de Valois, Mabel, revenue au Louvre, eut des heures d'angoisse et de doute déchirant. Puis, tout à coup, les rumeurs guerrières lui apprirent que des événements nouveaux se préparaient. Elle écouta, épia, interrogea et apprit seulement que le roi préparait la destruction de la Cour des Miracles.

Après la conférence qui eut lieu, entre Marguerite, le roi et Valois, après l'arrivée de Marigny qu'on disait arrêté et qui ne le fut pas, Marguerite était rentrée chez elle, la rage au cœur. Mabel la voyait aller et venir, puis se jeter dans son grand fauteuil ; elle l'étudiait, mais elle connaissait le caractère de Marguerite, se gardait bien de l'interroger... Seulement, sous un prétexte ou un autre, était toujours là, prête à recueillir l'aveu qui s'agitait sur les lèvres de la reine.

— Ce Roller? murmura celle-ci à un moment. Ce soldat qui a apporté ces émeraudes ?

Mabel tressaillit.

S'il prenait fantaisie à la reine de voir Wilhem Roller !...

Roller, délivré, était maintenant au logis du cimetière des Innocents !

Mais presque aussitôt elle se rassura :

— Es-tu bien sûre, continuait la reine, qu'il n'a pu dire un mot à personne ?

— Vous pouvez vous rassurer, madame, fit Mabel. Cet archer n'a rien dit, et il est probable à cette heure qu'il ne pourra plus jamais parler !

Marguerite approuva d'un hochement de tête, et comme sa suivante faisait mine de se retirer :

— Reste, dit-elle. Reste près de moi. J'ai l'âme inquiète, Mabel, je me ronge...

— Que craignez-vous ? Le roi n'a et ne peut avoir aucun soupçon...

— Il ne s'agit pas du roi ! fit sourdement Marguerite. C'est Buridan, Mabel, c'est cet homme qui m'a bafouée... c'est lui qui occupe tous les instants de ma misérable pensée... plus misérable que jamais depuis que je sais...

— Que savez-vous, madame ?

— Rien... Ou plutôt, tiens ! peut-être me donneras-tu un conseil... Buridan est à la Cour des Miracles...

Mabel frissonna et se sentit mourir de terreur.

Mais, domptant d'un effort cette faiblesse, la mère de Buridan reprit d'une voix où la reine n'eût pu remarquer aucune émotion :

— C'est donc contre lui que se prépare l'expédition ?

— Contre lui ! fit la reine. Il va mourir...

Mabel se raidit contre sa douleur. Elle n'eut pas un soupir.

— Eh bien ! fit-elle d'un étrange accent, s'il meurt, vous serez vengée de lui, et les destinées se seront accomplies !

— Que veux-tu dire ?

— Rien, madame, sinon que j'ai toujours pensé que Buridan mourrait par vous, tué par le poison, tué par le poignard ou noyé dans quelque fleuve... Vous voyez bien que les destinées s'accomplissent, puisqu'il va mourir !

— Oui ! dit la reine, dont le visage s'assombrit encore. Il va mourir, j'en éprouve une joie affreuse, et en même temps, une douleur qui me déchire...

— Une douleur ! Vous !... Je ne comprends pas, madame !

— Oh ! gronda la reine, si tu ne comprends pas que je haïsse Buridan au point de souhaiter sa mort et que je l'aime assez pour être désespérée de cette mort, comprends au moins le tourment qui me ronge, puisque...

La reine se tut.

Mabel, d'une voix éteinte, avec une lueur d'espoir au fond de l'âme, demanda :

— Auriez-vous maintenant l'intention de le sauver ?

— Moi ! fit la reine, dans un éclat de rire strident, moi ! si je pouvais... si j'étais un de ces archers qui vont assiéger la Cour des Miracles !... je voudrais entrer la première et le poignarder de mes mains, quitte à mourir de douleur sur son corps !... Non, vois-tu, ce qui me tue, c'est de savoir qu'elle est avec lui ! c'est que, s'il meurt, il mourra dans ses bras, à elle ! c'est que, jusqu'à la fin, il l'aura aimée, adorée..., tandis que moi...

— Myrtille est à la Cour des Miracles ?... haleta Mabel.

— Elle y est !

— Avec Buridan ?

— Oui ! Et c'est le père même de Myrtille, c'est Enguerrand de Marigny qui m'a appris le malheur qui me frappe.

Marguerite de Bourgogne se leva, et, toute droite, pâle, les yeux flamboyants, murmura :

— J'aurai du moins une consolation. C'est de savoir que tous deux ont péri !

Il y eut un long silence pendant lequel ces deux femmes demeurèrent plongées chacune de son côté dans une sombre rêverie.

— Oui, dit enfin Mabel, ce sera une terrible consolation pour vous. Car rien ne peut les sauver, n'est-ce pas, madame ?

— Rien ! Rien au monde ! Je les ai condamnés tous deux !

— Tous deux ! Buridan et Myrtille, n'est-ce pas ? Et rien, pas même un retour d'amour chez vous, pas même un éclair de pitié, rien ne peut faire que Buridan et Myrtille ne meurent ensemble ?

— Sois tranquille : ils mourront tous deux !...

. . . .

Mabel était sortie de l'appartement de la reine. Juana qui la vit passer, frissonna de peur à la voir si pâle, avec un visage si terrible. Mabel ne s'arrêta pas, descendit par l'escalier familier qui lui était pour ainsi dire réservé, franchit diverses cours et se trouva enfin hors du Louvre.

— Ils mourront tous deux ! murmura-t-elle alors. Pas un retour d'amour ! Pas un éclair de pitié ! Rien ! Rien au monde ne peut les sauver... Eh bien ! qu'elle meure, elle aussi !

Elle courut au Logis hanté.

Roller était là, qui attendait avec la patience que donne la haine.

— Le moment est-il venu ? demanda l'archer.

— Pas encore, mais bientôt, dit Mabel. Écoute, il y a ici, dans cette pièce, un rouleau de parchemins. Si le roi lit ces papiers, Marguerite sera déchue, condamnée, exécutée : ta vengeance sera aussi terrible que tu as pu l'imaginer. Je vais m'absenter quelques heures, ou quelques jours... Lorsque je reviendrai, je te dirai ce qu'il y a à faire. Si je ne reviens pas d'ici trois jours, tu agiras seul...

— C'est bien, dit Roller. Où sont les parchemins ?

— Je te le dirai. Et si je ne suis pas là pour te le dire, tu chercheras : tu trouveras sûrement. Rappelle-toi seulement ceci : un rouleau de parchemins. Mieux que le poison, mieux que le poignard, ces papiers tueront Marguerite.

A ces mots, elle s'éloigna, sortit du logis et se dirigea vers la Cour des Miracles.

Que voulait-elle ?... Tenter de sauver son fils et Myrtille ? Ou simplement mourir avec eux ? Elle ne savait pas au juste. Mais ce qu'elle voulait de toutes ses forces, c'était le revoir une dernière fois, et lui dire : Je suis ta mère !...

Pendant deux jours, Mabel rôda autour de la Cour des Miracles.

Elle avait d'abord pensé que, facilement, elle y parviendrait. Mais la première sentinelle à laquelle elle se heurta la repoussa en la menaçant de sa pique. Par toutes les voies qu'elle tenta, l'une après l'autre, elle se heurta aux mêmes sentinelles et aux mêmes postes : il était impossible de passer.

Pendant ces deux jours, c'est à peine si elle mangea juste assez pour se soutenir. A mesure que le temps s'écoulait, sa fièvre et son désespoir augmentaient.

Le soir du deuxième jour, en écoutant des archers, elle comprit que l'assaut aurait lieu le lendemain.

Alors elle s'en alla.

Près de l'église Saint-Eustache, elle s'assit sous un auvent, sur une marche de pierre, et demeura là deux heures, l'esprit vide, s'acharnant à trouver un moyen de pénétrer jusqu'à son fils et ne trouvant rien. Ce qu'elle souffrit dans ces heures de torture fut abominable... Deux cents

toises à peine la séparaient de Buridan. Et Buridan, c'était son fils. Et ce fils, jamais, depuis les temps lointains de Dijon, elle n'avait pu le serrer dans ses bras. Et ce fils, c'était elle qui avait cherché à l'attirer à la Tour de Nesle ! Quand elle songeait qu'elle avait parlé à Buridan sans le reconnaître, elle se mordait les poings, une sorte de rage furieuse s'emparait d'elle. Et toujours ce refrain sinistre lui revenait :

— Comment faire pour le revoir ?...

Tout à coup, elle se leva et se mit à courir vers le Louvre.

Avait-elle trouvé le moyen ?...

Du moins, elle l'espérait ! Voici : elle irait se jeter aux pieds de la reine, lui avouerait tout, depuis la rencontre de Dijon, lui crierait que Buridan, c'était son fils, le fils de Valois, l'enfant que Bigorne devait noyer...

Et, pour son fils, elle demanderait grâce !...

Il était tout près de onze heures. Un grand silence s'était depuis longtemps appesanti sur la ville ; mais maintenant ce silence était pour ainsi dire troué par des rumeurs brusques qui s'élevaient, puis tout à coup s'apaisaient. Puis ces rumeurs diverses, venues de divers points, se fondirent en un seul grondement ininterrompu, et Mabel vit que de toutes parts des compagnies d'archers, d'arbalétriers et de hallebardiers marchaient vers la Cour des Miracles.

Au Louvre, toutes les portes étaient fermées, les ponts-levis avaient été levés et les fossés pleins d'une eau bourbeuse séparaient la forteresse royale du reste du monde. Les tours crénelées se dressaient mystérieuses et menaçantes dans le ciel noir, mais Mabel savait sans doute le moyen d'entrer, même quand personne ne pouvait plus pénétrer dans le Louvre, car, peu de temps après avoir quitté l'église Saint-Eustache, elle était dans l'appartement de la reine. Tout de suite, avec la familiarité que lui donnaient, non seulement ses fonctions, mais cette sorte de complicité qui l'unissait à la reine, elle entra dans la chambre à coucher de Marguerite.

Elle était vide.

Vide, l'oratoire. Vides, les autres salles.

Les deux princesses, Jeanne et Blanche, dormaient dans leur chambre commune ; les servantes et suivantes s'étaient retirées...

Juana seule était là qui attendait.

La jeune fille semblait profondément troublée. Elle avait les yeux rouges comme si elle eût beaucoup pleuré.

Mais Mabel ne remarqua pas cette agitation.

— Où est la reine ? demanda-t-elle.

— Sortie, dit Juana. Il se passe des choses terribles...

— Oui... l'attaque de la Cour des Miracles... fit Mabel avec une sorte de calme farouche.

— Non... Non... pas cela... ici... chez le roi...

Alors Mabel regarda plus attentivement Juana. Elle comprit que la petite avait quelque secret qui l'étouffait. Elle voulait parler, et elle n'osait pas...

— Voyons, dit Mabel, tu as confiance en moi, n'est-ce pas ? Tu sais que je puis arranger bien des choses... ; est-ce que Louis a appris ?...

— Non, fit Juana avec un soupir. Le roi n'a encore aucun soupçon sur la reine. Mais... ô vierge Notre-Dame... c'est bien terrible... que faire ?

— Quoi, parle donc ! gronda Mabel.

— Le sire d'Aulnay... ce pauvre jeune Philippe..., fit Juana d'une voix faible.

— Eh bien ?

— Eh bien ! fit Juana, je parlerai. Oui, vous pouvez beaucoup. Mon Dieu, vous savez si j'aime ma reine et si je lui suis dévouée, mais ce pauvre jeune homme !... fallait-il le laisser mourir ?... Enfin, je l'ai vu...

— Tu as vu Philippe d'Aulnay ? Toi ?

— Oui.

— Dans les oubliettes ?...

— Oui !... Et il m'a commandé de prévenir le roi qu'il était là !... Et j'ai prévenu le roi !

— Et la reine l'ignore ?...

— La reine le sait. Seulement, ce qu'elle ne sait pas, c'est que c'est moi qui ai prévenu le roi. Alors... oh ! c'est affreux ! sauvez-le ! oh ! sauvez-le !...

— Sauvez qui ?... parle donc, misérable !

— Philippe !... La reine a été chez Stragildo. Et Stragildo va descendre dans les oubliettes... vous comprenez ?... La reine ne veut pas que Philippe parle !...

Déjà Mabel n'écoutait plus. Elle s'était élancée au dehors.

— Le sauvera-t-elle ? songeait Juana, persuadée que Mabel allait empêcher Stragildo de frapper Philippe d'Aulnay, car, dans la situation d'esprit où elle se trouvait, elle se raccrochait à cet espoir, si faible qu'il fût.

Mabel ne pensait pas à Philippe.

De tout ce que lui avait dit Juana, elle n'avait retenu qu'une chose, c'est que la reine était chez Stragildo. Dix minutes plus tard, elle arrivait à l'enclos aux Lions. Un valet, qu'elle avait placé là et qui était sa créature, lui apprit que la reine était venue et qu'elle avait longuement parlé à Stragildo en secret, puis que tous deux étaient partis ensemble. Mabel ne s'étonna pas. Elle savait parfaitement que, plus d'une fois, Marguerite de Bourgogne avait couru les rues de Paris, la nuit, avec Stragildo, pour unique escorte.

— Où a-t-elle été ? Pas au Louvre, puisque j'en viens.

— Non, pas au Louvre : à la barque.

La barque était constamment amarrée, presque en face de la Tour de Nesle. Rien ne la distinguait des nombreux canots et bachots de mariniers ou pêcheurs : elle servait à Marguerite de Bourgogne toutes les fois qu'elle se rendait à la Tour de Nesle.

— Qu'a-t-elle été faire à la Tour en une nuit pareille ? songea Mabel.

Mais, en même temps, elle prenait en toute hâte le chemin du fleuve. Tout à coup elle se frappa le front. Et alors, changeant de direction, elle marcha vers le cimetière des Innocents.

— Si elle refuse ? gronda-t-elle. Et même, sachant que je suis la mère de Buridan, si elle me fait tuer par Stragildo ? Elle sera donc impunie ? Elle aura donc accompli cette dernière scélératesse, et moi, je mourrai désespérée, maudite, n'ayant abouti à rien ? Non ! oh ! non, si je meurs, il faut que quelqu'un, après moi, puisse la frapper ! Il faut que je puisse me venger du fond de la tombe, puisque je n'aurais pu me venger vivante !

Elle trouva Roller qui, en prévision de tout événement, ne s'était pas déshabillé et dormait, étendu sur un grand coffre en bois.

— Suis-moi ! lui dit Mabel.

Roller frémit d'impatience et d'espoir, et tous deux se mirent en route. En chemin, Mabel, en quelques mots, expliqua au Suisse ce qu'elle attendait de lui...

Ils franchirent le fleuve et abordèrent près de la Tour.

Roller alla se poster sous le saule où tant de fois Philippe d'Aulnay avait fait le guet. Là, Mabel lui parla une dernière fois. Roller tira son poignard et dit simplement :

— C'est bien !...

Alors Mabel entra dans la Tour de Nesle.

Pendant que Marigny se préparait à frapper Buridan, que Valois se préparait à frapper Marigny, que Roller guettait la reine pour lui donner le coup de mort, Marguerite de Bourgogne se préparait à assassiner Philippe d'Aulnay.

Lorsque Mabel l'avait quittée, Marguerite était demeurée seule dans son appartement, l'âme tout entière occupée de Buridan et bien loin de penser à Philippe d'Aulnay.

Pourquoi eût-elle pensé à lui ?

Il était dans une oubliette. Nul ne savait que le jeune seigneur mourrait là peu à peu, excepté le geôlier et les soldats qui l'avaient entraîné, mais ces soldats et ce geôlier étaient d'une fidélité à toute épreuve : du moins elle le croyait.

Philippe d'Aulnay n'était donc pour elle qu'une ombre, un souvenir qui, bientôt, s'effacerait lui-même.

Elle n'avait plus rien à en redouter. Il n'existait plus.

Marguerite pensait donc uniquement à Buridan, tantôt souhaitant sa mort, et quelquefois voulant le sauver...

Ce fut dans ce moment que le roi entra tout à coup chez elle.

Une visite de Louis était toujours pour Marguerite un danger possible, mais depuis quelques jours surtout, depuis que les soupçons du roi semblaient s'être enfin éveillés, ce danger se précisait. Dans l'instant même où le Hutin entra chez elle, Marguerite cessa donc de songer à Buridan, à Myrtille, à l'amour ; tout disparut de son esprit, et, avec la fermeté, on peut même dire le courage d'une âme vigoureusement trempée, elle se donna tout entière au rôle d'épouse tendre et fidèle qu'elle soutenait avec une énergie étrange.

— Par Notre-Dame, dit Louis en entrant, la nouvelle est incroyable, mais elle est sûre : je viens d'envoyer aux cachots de la grosse Tour, et devinez qui s'y trouve ?

— Sire, balbutia Marguerite, comment pourrais-je le savoir ?

— Le sire d'Aulnay ! fit le roi, en éclatant de rire. Comment y est-il ? le diable le sait ! Qui l'a arrêté ? Et où cela s'est-il fait ? Nul n'a pu le dire. Mais, quel que soit celui qui m'a mis ce rebelle entre les mains, je l'enrichirai, par tous les diables ! J'ai voulu vous en donner la nouvelle, chère amie, sachant toute l'inquiétude que vous aviez...

— En effet, sire, c'est une heureuse nouvelle. Un de vos ennemis acharnés...

— Non, non, Marguerite, dit le roi, en secouant la tête. Le sire d'Aulnay n'a jamais été mon ennemi...

— Quoi ! N'a-t-il pas osé croiser le fer contre vous ?

— Oui. Mais aussi vrai qu'il y a un Dieu et une Vierge, Philippe d'Aulnay n'est pas mon ennemi. Seulement...

— Seulement, quoi, Sire ? fit Marguerite, frémissante de terreur.

— Il sait ! dit Louis. Il sait le nom de la femme qui me trahit. Et maintenant que je le tiens, je l'obligerai bien à parler, fût-ce par la torture...

Marguerite hocha silencieusement la tête.

En elle-même, elle rugissait d'épouvante, et son esprit éperdu cherchait un moyen d'écarter la menace mortelle. Louis se promenait avec agitation. De Buridan, de l'attaque contre la Cour des Miracles, de cette expédition qui eût dû l'occuper tout entier, pas un mot. Marguerite put alors mesurer quelle place le soupçon avait pris peu à peu dans l'âme du roi. Toute sa vie, maintenant, tenait dans ce mot : — Il voulait savoir.

Il voulait connaître qui le trahissait.

Et la reine se rendait compte clairement que, si le roi était ainsi acharné à connaître cette femme et cette trahison, c'est qu'il la soupçonnait, elle.

Il n'osait le dire. Peut-être même ne se l'avouait-il pas. Mais, pour Marguerite, c'était sûr : son mari la soupçonnait.

Qu'un mot échappât à Philippe d'Aulnay, elle était perdue, sans ressource.

Le roi continuait à se promener avec agitation, sans dire un mot. Et pourtant, elle voulait savoir ses intentions. Non seulement son titre de reine, sa gloire, sa puissance, mais encore sa vie même dépendaient de ce que Louis allait décider.

A un moment, il se dirigea vers la porte comme pour s'en aller aussi brusquement qu'il était venu. Elle trembla. Mais elle se raidit.

— Sire, dit-elle avec fermeté, il ne faut pas que vous continuiez à vivre dans ce doute qui vous fait un mal affreux. Il faut faire interroger cet homme...

— Faire interroger ? fit le roi, d'une voix étrange, en s'arrêtant tout à coup. Non, Marguerite. Car fût-ce Dieu lui-même qui interroge ce Philippe, je suis sûr que Dieu ne me rapporterait pas exactement ses paroles... puissé-je être foudroyé si je blasphème ! Non, je veux moi-même lui parler, moi-même entendre le nom de l'infâme créature... comprends-tu, Marguerite ?... Je veux savoir, enfin !

Une rage sourde grondait dans ces paroles du roi, ses lèvres tremblaient ; il fit deux pas vers Marguerite, qui, à ce moment, comprit qu'il était sur le point de l'accuser directement.

— Sire, dit-elle avec une sérénité digne d'admiration, si vous le permettez, je serai près de vous dans cette épreuve pour vous encourager, s'il le faut, et vous aider à forcer ce misérable à dire ce qu'il sait...

Le roi poussa un long soupir, son visage se détendit, son regard reprit l'expression de tendresse qu'il avait toujours quand il se posait sur la reine.

— Non, dit-il doucement, ces spectacles hideux de la torture ne doivent pas troubler la limpidité de vos beaux yeux... ; j'irai seul dans les oubliettes de la grosse Tour.

— Mon cher Sire, reprit Marguerite, toujours avec cette sérénité que nous avons signalée, allez-y au plus tôt. Plus vite vous saurez, plus vite l'infâme dont vous cherchez le nom sera châtiée... Que n'y allez-vous pas tout de ce pas ?...

— Non, dit Louis entièrement rasséréné, je dois maintenant m'occuper de ces drôles que nous allons faire un peu griller dans leur terrier de la Cour des Miracles, mais, dès demain matin, je descendrai aux oubliettes...

Sur ces mots, Louis serra tendrement sa femme dans ses bras et sortit.

— Demain matin ? murmura Marguerite, avec un sourire livide. J'ai toute la nuit devant moi ! Et que ne fait-on pas en une nuit ?... Allons, cette fois encore, je suis sauvée !

Dans ce moment, elle chancela.

Si forte qu'elle fût, la secousse qu'elle venait d'éprouver menaçait de la terrasser. Elle courut à un bahut où sur une étagère étaient rangés divers flacons, dont l'un d'eux contenait un violent cordial que Mabel lui avait préparé sur sa demande. Elle but quelques gouttes de la liqueur et ses joues décolorées reprirent leur incarnat, ses yeux reprirent tout leur feu.

Qui avait prévenu le roi ? Comment Philippe était-il encore vivant ?

Elle ne s'en inquiétait pas. Marguerite n'était pas de ces esprits qui cherchent pourquoi et comment le mal était arrivé... elle combattait le mal, tout d'abord.

Elle s'enveloppa donc d'un manteau, rabattit la capuche sur sa tête, dit quelques mots à Juana, afin qu'elle pût être prévenue en cas d'alerte, puis sortit du Louvre par le chemin ordinaire qu'elle avait pris si souvent pour aller à ses nocturnes et terribles rendez-vous.

Quelques minutes plus tard, elle pénétrait dans la rue Froidmantel et arrivait à l'enclos aux Lions dont la porte s'ouvrit sur un coup de sifflet qu'elle répéta trois fois.

Stragildo dormait profondément, la conscience tranquille.

Réveillé par le valet qui avait ouvert à Marguerite, le gardien en chef des lions arriva bientôt dans la pièce où l'attendait la reine.

— Est-ce que ma reine veut avoir une nouvelle entrevue avec Cyclope ? demanda-t-il avec cette humble et insolente familiarité qui lui était ordinaire.

— Chien ! gronda Marguerite. L'heure n'est pas aux plaisanteries.

— Je suis tout aux ordres de Votre Majesté, dit Stragildo, soudain courbé et rampant.

Marguerite se recueillit quelques moments, puis elle dit :

— Sais-tu où se trouve Philippe d'Aulnay ?

— Si je le savais, fit le bandit d'une voix sombre, j'irais le trouver à l'instant.

— Pourquoi ? demanda Marguerite, en tressaillant.

— Pour lui enfoncer six pouces de cette lame au défaut de l'épaule, dit Stragildo, en montrant son poignard. C'est le bon endroit. De tous ceux que j'ai frappés là, je n'en ai pas vu un seul qui soit revenu.

— Ainsi, tu frapperais cet homme d'un coup mortel ? Tu lui en veux donc ?

— Je l'avoue, dit Stragildo en se redressant.

— Que t'a-t-il fait ?

— Rien. Je lui en veux, parce que je lui en veux. Lui et son frère Gautier, je veux leur mort. Ne me demandez pas pourquoi. Je n'en sais rien. C'est peut-être seulement parce qu'ils sont vivants...

Cette étrange parole fit frémir la reine.

— Tu en veux à Philippe *parce qu'il est vivant ?* reprit-elle.

— Oui, ricana le bravo. Il devrait être mort. Il n'a pas le droit d'être vivant. Lui et son frère, je les ai bien ficelés dans le sac, j'ai bien jeté le sac par-dessus le parapet de la Tour, le sac est bien tombé dans le fleuve... et pourtant... ils sont vivants. Je leur en veux de cela et d'autre chose encore. Et puis, il suffit qu'ils aient inquiété ma reine. Je n'oublierai jamais le jour où vous voulûtes rendre visite à Cyclope.

— Pourtant, dit la reine pensive, Philippe me sauva ce jour-là.

— Eh bien, oui ! Il vous a sauvée. Et de cela aussi je lui en veux. Il n'avait pas le droit de vous sauver. Cela me regardait seul. Mais tout cela importe peu. Comme je le disais à Votre Majesté, si je savais où trouver Philippe d'Aulnay, dans une heure il serait mort.

Les yeux de Stragildo flamboyèrent de haine.

— Malheureusement, ajouta-t-il, j'ignore où le trouver.

— Je vais te le dire, moi ! dit la reine.

— Bon ! grogna le bandit en lui-même. C'est pour cela qu'elle vient me trouver. Eh bien ! tant mieux si je puis faire à la fois ses affaires et les miennes.

Alors Marguerite, ayant fait signe à Stragildo de se rapprocher d'elle, se mit à lui parler à voix basse. Et, quand elle eut fini, Stragildo reprit :

— Je suis prêt.

— C'est bien, dit la reine. Suis-moi.

— Allez-vous donc vous-même me faire entrer au Louvre et m'escorter jusqu'au cachot de Philippe d'Aulnay ?

— Non, Stragildo. Je vais à la Tour de Nesle et tu vas m'y accompagner. Là, quand le moment d'agir sera venu pour toi, je te le dirai, tu iras au Louvre, tu descendras aux oubliettes et tu frapperas !

Stragildo ne fit aucune objection et suivit Marguerite.

Mais en lui-même, il songeait :

— Au diable les femelles qui ne savent pas vouloir ! Puisque le Philippe doit être occis cette nuit, pourquoi pas tout de suite ?... Elle va à la Tour de Nesle... Pourquoi, puisque aucun damoiseau ne l'y attend ?...

Ainsi raisonnait Stragildo, avec sa grossière logique.

Il ne pouvait concevoir que Marguerite de Bourgogne se rendît à la Tour de Nesle sans motif sérieux de plaisir ou de haine.

Marguerite monta jusqu'à la plate-forme et Stragildo l'y suivit.

Elle s'accouda au parapet et regarda au loin, dans la nuit.

Une sombre rêverie s'empara d'elle.

Bientôt, sans doute, elle oublia Stragildo, Philippe d'Aulnay, le roi, elle oublia tout au monde. Son regard où brillait une flamme intense alla chercher dans le sombre Paris nocturne un point d'où montaient de sourdes rumeurs...

La Cour des Miracles !...

Et alors son sein s'oppressa, ses yeux se gonflèrent.

Un sanglot râla dans sa gorge. Et elle murmura :

— Buridan !... Buridan !... va mourir !...

VII

MARGUERITE

— Stragildo !...

— Je suis là, madame !...

L'homme courbé en deux, enveloppé de sa cape, physionomie sinistre dont on ne distinguait que le sourire sardonique, s'approcha presque en rampant, traversa la plate-forme de la Tour élevée, où se passait cette scène, et murmura :

— Vous venez de m'appeler, madame...

La femme releva sa tête, frissonna, et dit :

— Es-tu prêt ?...

L'homme sourit. Il écarta un pan de son manteau et montra un court poignard à lame acérée, large, l'arme de l'assassinat.

A l'éclair de l'acier répondit dans le crépuscule l'éclair qui jaillit des yeux de la femme. Elle aussi eut un sourire livide, ses regards, par delà la Seine, allèrent chercher le Louvre, et, silencieuse, estompée dans la nuit tombante, cette figure terrible apparut dans toute sa signification.

— 28 —

Car cette plate-forme, c'était celle de la Tour de Nesle !...

Et cette femme, c'était Marguerite de Bourgogne, reine de France !...

Paris s'endormait dans un silence lourd de crainte — ce Paris étrange de l'an 1314, qu'il faut évoquer comme le fantôme d'une cité disparue, en s'enfonçant de près de six siècles dans la profondeur des temps passés — plus étrange encore par cette soirée d'été où il semblait que l'on redoutât une attaque d'une armée ennemie...

Paris, ce soir-là, avait une physionomie de terreur ; Paris, sillonné de rondes d'archers du guet, de patrouilles à cheval ; Paris avec ses chaînes tendues, ses portes fermées et, au fond des ruelles, la marche silencieuse de troupes armées d'où montait le sourd bruissement du cliquetis des armures.

Ces masses de gens d'armes, pareilles à des flots se déversant en un bassin central, affluaient vers le même point de Paris...

Et c'était ce point que maintenant contemplait Marguerite de Bourgogne, ce point sur lequel se concentrait toute l'ardeur de ses pensées, et elle murmura :

— La Cour des Miracles !... Dans quelques heures, le siège sera complet ! Dans quelques heures, l'assaut, peut-être, sera donné par les archers du roi contre la Cour des Miracles !... En ce moment, le comte de Valois, Enguerrand de Marigny prennent leurs dernières dispositions ! Demain, peut-être, le roi me dira : « Rassurez-vous, Marguerite, le capitaine Buridan, roi des truands, est mort !... »

Un sanglot râla dans la gorge de la reine de France.

— Buridan mort !... Quoi ! cela peut donc être ! Je verrai donc ce corps tout sanglant de blessures !... Ou s'il est pris vivant !... Oh ! l'horreur des horreurs !... le roi me mènera donc à Montfaucon voir pendre celui que j'adore !...

Elle baissa la tête, deux larmes brûlantes glissèrent sur ses joues.

— O l'unique amour de ma vie d'amour !... Oh ! l'unique passion d'une existence toute cousue de passions !... O toi que seul j'ai adoré parmi tant d'hommes qui m'ont étreinte dans leurs bras, toi dont je ne connais pas le baiser, toi dont j'adore le mépris jusqu'à la haine... Buridan !... O mon Buridan ! Que fais-tu à cette effroyable minute où tu dois mourir !...

Quelque chose grinça dans l'ombre.

C'était le rire de Stragildo.

Et Stragildo disait :

— Eh ! madame, le drôle n'est pas tant à plaindre, puisqu'il passe sa dernière nuit dans les bras de la jolie Myrtille !...

Le visage de Marguerite se convulsa. De la douleur, il passa sans transition à la haine violente.

Son sein se souleva en tumulte.

Elle gronda :

— Myrtille !... Ma rivale !... Myrtille est aimée de Buridan ! Myrtille aime Buridan !... Oui, nuit heureuse pour eux ! Nuit horrible pour moi !... Ils s'aiment ; ils se le disent à la veille de mourir... et moi, moi qui l'adore, je suis là, impuissante, à me consumer de rage !

— Vous serez vengée, madame, dit Stragildo. L'attaque de la Cour des Miracles, où s'est réfugié Buridan, aura lieu au point du jour. Demain, vous saurez que les deux amoureux sont morts, car jamais Paris n'a vu une armée aussi puissante que celle qui investit en ce moment le repaire des truands dont la défaite est assurée.

— Myrtille ! continua la reine, sans avoir entendu peut-être, c'est ma rivale... et Myrtille, c'est ma fille... Epouvante et horreur de ma pensée aux abois : j'ai une fille ! c'est le seul enfant qui soit né de mes amours successives !...

« Oui, Myrtille, c'est l'enfant de Marguerite de Bourgogne et d'Enguerrand de Marigny !... Or, je n'ai aimé qu'un homme au monde, c'est Buridan !... Et il a fallu que Buridan rencontre ma fille. Il a fallu qu'il l'aime ! Il a fallu qu'il en soit aimé !... Mère et amante, je suis frappée par une mystérieuse fatalité dans la maternité et l'amour !... Mère, je n'éprouve que de la terreur pour ma fille, car elle est la preuve vivante que Marigny fut mon maître ! Amante, je n'éprouve que de la haine et de la jalousie pour ma fille, car Buridan l'aime !... »

A ce moment, Stragildo, pareil au génie malfaisant, se rapprocha de la reine :

— Madame, dit-il avec son sourire de férocité paisible, pourquoi vous inquiéter ainsi de choses qui n'en valent pas la peine ?... Songez que j'ai des hommes à moi parmi les archers qui vont attaquer la Cour des Miracles. Songez que mes hommes ont l'ordre de vous débarrasser de cette jeune fille !... Myrtille morte, Enguerrand de Marigny, son père, en mourra de douleur ; cela fera deux !...

La reine palpitait, agitée de frissons tumultueux.

Son esprit éperdu oscillait entre la jalousie et l'amour.

— Allons, reprit Stragildo avec sa familiarité de valet possesseur de secrets effrayants, il est temps d'agir ! Ce n'est plus vers la Cour des Miracles qu'il faut regarder, madame ! Buridan est condamné ! Rien ne peut le sauver, ni lui, ni ses compagnons : Gautier d'Aulnay, Guillaume Bourrasque, Riquet Haudryot et Lancelot Bigorne, tous ces hommes qui ont tenu tête à ce qu'il y a de plus puissant au monde !...

— C'est vrai ! murmura Marguerite avec une sorte d'admiration passionnée. Leur histoire... l'histoire de Buridan, c'est une fabuleuse histoire d'héroïsme et d'audace ! Oh ! la provocation qu'ils ont adressée à Enguerrand de Marigny, le tout-puissant ministre ! Oh ! le courage qu'il lui a fallu, à mon Buridan, pour conduire au pied du gibet de Montfaucon Charles, comte de Valois, oncle du roi !...

— Buridan a fait grâce à Valois !... Valois ne fera pas grâce à Buridan ! ricana Stragildo. Vous pourriez ajouter, madame, que l'insolente hardiesse de ces truands a faim… vous coûter la vie par deux fois !… et à moi aussi ! Vous pourriez ajouter que, dans le Pré-aux-Clercs, ils ont tenu tête à quatre compagnies royales ! Et enfin, qu'ils ont fait le comte de Valois prisonnier ! Et encore que votre Buridan a osé choquer son épée contre celle du roi !… Ils sont perdus, vous dis-je !

Un profond soupir gonfla le sein de Marguerite.

La voix de Stragildo se fit plus sourde, plus ironique.

— Où est l'heureux temps où vous n'aviez pas d'amour au cœur, madame !… Alors, les choses se passaient en douceur, et votre vie, la mienne aussi, s'écoulait tranquille au milieu des plaisirs… Lorsqu'un gentilhomme… ou un bourgeois… ou quelque jeune manant, quelque écolier, quelque truand même, lorsque cet homme, dis-je, quel qu'il fût, m'était désigné, lorsque votre regard s'était abaissé sur lui, vous me faisiez signe… et il connaissait, pour une nuit, les enivrants mystères de la Tour de Nesle !

— Oh ! mes remords ! râla Marguerite en se couvrant le visage à deux mains. Oh ! les spectres de la Tour d'amour et d'horreur !…

— Et le matin, poursuivit Stragildo avec son ricanement de démon, le matin, l'heureux élu connaissait les mystères de la mort !… Un bon sac pour linceul, et le sac jeté par-dessus le parapet de cette plate-forme !… Et c'était tout !… La Seine continuait à rouler, paisible et souriant au soleil !…

— Tais-toi, démon ! rugit Marguerite.

— C'est bon. Je me tais, reine ! ricana Stragildo. Mais l'heure passe ! Prenez garde !… Oui, prenez garde, madame ! continua Stragildo d'un accent soudain plus sombre. Prenez garde ! Car une nuit… nuit fatale… nuit de malédiction… le sac fut bien jeté par-dessus le parapet… C'est moi-même qui l'avais lié, et solidement, je vous jure. Et, cette fois, le sac contenait deux hommes au lieu d'un !…

— Philippe d'Aulnay !… Gautier d'Aulnay ! les deux frères !

— Oui, les deux frères ! Le sac tomba dans la Seine, mais l'infernal Buridan était là ! Oh ! ce dut être, au fond de l'eau, une rude lutte ! Mais voilà que Philippe et Gautier d'Aulnay sont vivants, madame !… Ne nous occupons pas de Gautier d'Aulnay, puisqu'il est à la Cour des Miracles avec Buridan et que tous les habitants de la Cour des Miracles vont mourir !… Mais Philippe ! madame, Philippe !… Je vous dis qu'il est temps !…

Marguerite passa ses mains sur son front inondé de sueur froide.

Elle jeta au loin, vers la Cour des Miracles, des yeux hagards.

Mais, maintenant, les ténèbres étaient opaques : pas une lumière ne brillait dans Paris… elle ne vit rien… rien que la nuit du fond de laquelle montaient de sourdes rumeurs.

Alors, ce regard, elle le ramena sur Stragildo.

— Que dis-tu ? balbutia-t-elle.

— Je dis, madame, gronda Stragildo,

que vous avez fait saisir Philippe d'Aulnay. Je dis que, par une imprudence folle, vous l'avez fait enfermer au Louvre !… Je dis que le roi vient d'apprendre que Philippe d'Aulnay est prisonnier au Louvre et qu'il veut le voir, l'interroger !… Je dis que, si un mot échappe à Philippe, vous êtes perdue !

— C'est vrai ! C'est vrai ! bégaya la reine. Oh ! qu'il meure donc, celui-là ! Qu'il meure, cet homme qui me poursuit de son amour de spectre ! Je l'ai toujours haï… J'ai toujours pensé que mon malheur viendrait de lui !…

— C'est une chose effroyable à penser, madame, que cet homme connaît tous les secrets de la Tour de Nesle ! Et qu'il vous aime d'un amour désespéré ! Qui sait à quoi la jalousie peut le pousser ? Qui sait s'il ne va pas raconter au roi, votre époux, comment et pourquoi il fut lié dans un sac et jeté à la Seine ! Raconter ce qu'il a vu ! ce qu'il a entendu !… Ah ! madame ! Je vous dis qu'il est temps !…

Peut-être une dernière hésitation montait-elle au cœur de Marguerite jusqu'à ses lèvres, car elle murmura d'une voix presque douce :

— Et pourtant cet homme m'aime !… Je n'ai jamais vu regard plus doux et plus suppliant que le sien !… Buridan est le seul homme que j'aie aimé… Philippe d'Aulnay est le seul homme qui m'ait aimé !…

Marguerite de Bourgogne oubliait le roi Louis, qui l'adorait de toute la fougue de sa passion juvénile et sincère.

Mais son époux ne comptait pas, à ses yeux !

— Eh bien ! madame ? reprit Stragildo.

— Eh bien ! gronda Marguerite, je te demande comme tout à l'heure : Es-tu prêt ?…

Et, comme tout à l'heure, Stragildo souleva son manteau, montra son poignard, et il murmura :

— Philippe d'Aulnay, maître de vos secrets, a pu échapper aux flots de la Seine, grâce au Buridan de l'enfer… mais il n'échappera pas au poignard de Stragildo… n'en reçût-il qu'une égratignure…, car quiconque est piqué de cette pointe-là, madame, meurt dans l'heure qui suit !… J'attends, madame, j'attends que vous me disiez enfin en quel cachot se trouve d'Aulnay !…

— Eh bien !… va donc ! rugit sourdement Marguerite de Bourgogne. Tu trouveras Philippe d'Aulnay dans le cachot numéro 5…

Stragildo eut une sorte de grondement de satisfaction de chien qu'on lâche enfin sur la piste de la bête !…

— Fasse le diable que j'arrive à temps ! gronda-t-il. Car vous avez bien hésité, madame !…

Et, rapide, silencieux, glissant dans les ténèbres, il s'élança dans l'escalier de la Tour, sortit, franchit la Seine et se rua vers le Louvre.

Comme il passait le pont-levis, Stragildo vit le roi qui, escorté de flambeaux et d'hommes d'armes, traversait une cour…

— Où va le roi ? demanda-t-il d'une voix

rauque à un archer. Il se rend à l'attaque de la Cour des Miracles ?...

— Non, répondit l'archer. Le roi va interroger un prisonnier qui se trouve dans le cachot numéro 5.

— Malédiction ! rugit Stragildo.

Marguerite de Bourgogne, demeurée seule sur la plate-forme de la Tour de Nesle, avait repris sa contemplation.

Peut-être même avait-elle oublié Philippe d'Aulnay et le danger immédiat qui la menaçait.

Peut-être, à ce moment, n'y avait-il place dans son imagination éperdue que pour une vison : celle de Myrtille et de Buridan...

Mais bientôt un grand silence s'étendit sur Paris, qui sembla dormir d'un lourd sommeil.

Alors Marguerite fut secouée d'un frisson d'angoisse...

Les ténèbres lui apparurent menaçantes et se remplirent de spectres.

Dans le silence, elle distingua des plaintes et de sourdes malédictions.

La peur s'empara d'elle.

Elle voulut regagner l'étage de la Tour, témoin de ses orgies passées, et se retourna.

A ce moment, elle tressaillit.

Une femme était devant elle !... Peut-être un de ces spectres qu'elle voulait fuir et qui s'incarnait pour lui barrer le chemin... car cette femme semblait vraiment porter le masque de la mort sur son visage tragique.

Cependant, après un instant de terreur nerveuse, la reine eut une exclamation de joie : elle venait de reconnaître le spectre... la femme si soudainement apparue...

— Mabel ! fit Marguerite.

— Oui, ma reine, c'est moi !...

— Que le ciel te préserve et te bénisse, toi qui viens toujours à la reine dans les moments de danger et qui sembles, d'un souffle, d'un regard, écarter ces dangers l'un après l'autre.

— La reine éprouve-t-elle donc vraiment quelque reconnaissance pour son humble et dévouée servante ?... demanda la femme avec une sorte d'avidité.

— En doutes-tu ? Puis-je oublier tout ce que tu as fait pour moi et que, sans toi, le roi saurait depuis longtemps quels mystères s'abritent dans cette Tour que, parfois, des fenêtres de son Louvre, il contemple d'un air pensif ? Puis-je oublier que, l'autre jour encore, si tu n'étais arrivée à temps, le roi, dont les soupçons sont éveillés maintenant, eût peut-être deviné pourquoi je ne pouvais plus lui représenter les deux émeraudes dont il m'a fait don, et alors j'étais perdue !

Mabel, pendant que la reine parlait, l'avait regardée fixement, comme si elle avait cherché à lire au plus profond de son âme.

— Ainsi, reprit-elle, si j'avais quelque chose à demander à la reine...

Marguerite l'interrompit par un cri de joie.

— Jamais tu ne m'as rien demandé. Tu as toujours refusé les témoignages de ma reconnaissance et je bénirais

l'heure où tu aurais enfin besoin de la reine. Parle donc.. Dis-moi ce que tu veux.

Mabel, avant de répondre, s'avança jusqu'au parapet de la plate-forme et elle jeta un long regard vers ce point de Paris que, tout à l'heure, contemplait Marguerite.

— Madame, fit-elle en se retournant vers Marguerite, vous disiez que j'arrive toujours au moment où il faut écarter de vous quelque péril. Seriez-vous donc menacée en ce moment ?

— Oui ! fit la reine d'une voix sourde. Philippe, ce Philippe que j'ai fait jeter dans une oubliette où il devait mourir... eh bien ! par je ne sais quelle trahison, le roi a su que cet homme était dans un des cachots du Louvre... le roi l'a voulu voir... et, à cette heure, Philippe d'Aulnay lui parle peut-être... à moins que Stragildo ne soit arrivé à temps, ajouta-t-elle avec un sourire terrible.

— Stragildo ? interrogea Mabel.

— Oui. Il est au Louvre, et, s'il parvient à temps dans le cachot de Philippe d'Aulnay, le roi ne retrouvera plus qu'un cadavre. Mais, voyons, qu'as-tu à me demander ?

Mabel garda un instant le silence, puis d'un accent si paisible qu'il en était funèbre :

— Stragildo n'arrivera pas à temps au Louvre, dit-elle.

— Que veux-tu dire ? gronda la reine en frissonnant.

— Je veux dire que, tout à l'heure, je me suis rendue au Louvre, dans l'espoir de vous y trouver. Ne vous y voyant pas, j'ai deviné plutôt quelle fatalité vous avait attirée à la Tour de Nesle, dans cette nuit où se décide le sort de tant d'êtres qui se sont trouvés mêlés à votre existence. Je veux dire qu'au moment où je sortais de la royale forteresse pour venir ici, le roi se rendait au cachot numéro 5...

La reine eut comme un hoquet d'épouvante.

— Je suis perdue ! murmura-t-elle.

— Je le crois ! murmura Mabel avec un calme terrible.

La reine tressaillit. Puis, dans cette minute où se jouait sa vie, elle rassembla toutes ses forces, toutes ses facultés, elle imposa silence à la terreur qui grondait en elle.

— C'est bien, dit-elle, je vais au Louvre ; et là, je saurai si je puis me défendre encore ou si enfin ma destinée va s'accomplir.

Mabel eut un geste qui arrêta Marguerite prête à s'élancer vers l'entrée de l'escalier tournant.

— Vous oubliez, dit-elle, que vous avez promis de m'accorder ce que je suis venue vous demander.

Marguerite éclata d'un rire sauvage.

— Tout à l'heure, j'étais la reine de France et je pouvais tout promettre. En ce moment, si Philippe d'Aulnay a parlé, je ne suis plus qu'une de ces femmes adultères qu'on promène par les rues attachées nues sur un âne, exposées aux huées de la foule et fouettées par le bourreau...

Mabel saisit la main de Marguerite et dit :

— Si je le veux, vous êtes encore la reine honorée, l'épouse bien-aimée de Louis dixième. Que Philippe parle ou se taise, je puis donner au roi la preuve éclatante de votre innocence.

— Tu peux cela ? haleta Marguerite.

Un sombre sourire erra sur les lèvres pâles de Mabel.

— Ai-je donc jusqu'ici manqué une seule fois aux promesses que je vous faisais quand il s'agissait de vous sauver ? Tenez-vous donc en repos, reine, et écoutez l'humble prière de votre servante.

Marguerite demeura étonnée. Jamais elle n'avait vu Mabel ainsi suppliante. Elle en avait toujours éprouvé une vague peur. Il lui sembla deviner, alors, qu'il y avait dans la vie de cette femme quelque secret effroyable et que ce secret, elle allait le savoir.

Il y eut en elle le soupçon soudain que Mabel n'était pas seulement Mabel.

— Parle ! fit-elle, et, quoi que tu me demandes, d'avance je te l'accorde.

Mabel leva les yeux au ciel. Malgré l'obscurité, Marguerite la vit trembler. Puis, elle parla d'une voix infiniment douce, que Marguerite ne lui connaissait pas :

— En ce moment, dit-elle, toutes les dispositions sont prises. D'un côté, Châtillon. D'un autre, Malestroit. Au nord, Hugues de Trencavel ; au midi, Charles de Valois. Et chacun d'eux dirige des centaines et des centaines d'archers. Et il y a encore les chevaliers du roi, nobles seigneurs, meute effroyable, qui cerne de toutes parts l'infortuné. Et pour cette chasse à l'homme, le hideux grand-veneur va, vient, donne des ordres : Enguerrand de Marigny guette sa proie, et on n'attend plus que le roi pour commencer l'attaque de la Cour des Miracles...

Il y avait des sanglots dans la voix de Mabel. Et, ces sanglots, Marguerite les écoutait avec un étonnement infini. Qu'étaient donc Buridan et Myrtille à Mabel, pour que leur sort l'émût aussi profondément ?

Elle frémissait de sa propre douleur et de ses propres terreurs réveillées par les paroles étranges de Mabel. Et elle frémissait aussi parce qu'elle sentait que le secret de cette femme allait monter à ses lèvres.

— C'est vrai, dit-elle sourdement. Au point du jour, la Cour des Miracles ne sera sans doute qu'un immense brasier, et c'est cela que j'ai voulu voir !

— Oui, fit Mabel avec une sorte de solennité, je l'ai deviné quand je ne vous ai pas trouvée au Louvre. J'ai compris que, pour assister de loin à la mort de Buridan et de Myrtille, vous deviez avoir choisi la Tour de Nesle comme observatoire. C'est dans l'ordre et dans la fatalité des choses. Eh bien ! reine, figurez-vous maintenant que j'ai voulu pénétrer dans la Cour des Miracles. Figurez-vous que, trois jours et trois nuits, j'ai erré, j'ai rôdé, je me suis présentée à tous les passages, à toutes les ruelles, à tous les boyaux sombres qui aboutissent à ce cloaque. Partout, je me suis heurtée aux sentinelles. De partout, j'ai été repoussée.

Un sanglot plus fort déchira la gorge de Mabel.

Les soupçons maintenant se précisaient dans l'esprit de Marguerite. Elle commençait à entrevoir qu'entre Mabel et Buridan, il y avait une mystérieuse relation.

Mabel, tout à coup, se tourna vers la reine, la saisit par les deux mains, rapprocha son visage du sien et, d'une voix ardente, murmura :

— Et, pourtant, vous aimez Buridan !

Marguerite frissonna.

— Je l'aime ! gronda-t-elle, tu le sais. Ce que tu ne sais pas, c'est que je souffre mille morts de savoir qu'il va mourir. C'est que cet amour, depuis trois jours, s'est révélé à moi sous une forme nouvelle ! Avant, Mabel, je savais que j'aimais Buridan. Mais, maintenant, je sais que je l'aime au point de mourir moi-même si, cette nuit, il est frappé à mort !...

Mabel semblait écouter ces paroles avec un frémissement de joie intense.

— Ainsi, dit-elle d'un accent éperdu, s'il y avait un moyen de sauver Buridan ?

Marguerite se débarrassa de l'étreinte de Mabel. Elle se recula, se redressa, et, d'une voix basse, rauque, où tremblait toute la fureur exaspérée de la jalousie :

— Si je savais que quelqu'un au monde, cette nuit, était capable de sauver Buridan, et si ce quelqu'un était devant moi, je le poignarderais de mes mains. Écoute. Tu ne sais pas, toi, qui, sans doute, n'as jamais aimé, tu ne sais pas que la mort même est préférable aux tourments de la jalousie ! Tu ne sais pas que, lorsque je songe à leur bonheur, je m'arracherais le cœur ! Myrtille aux bras de Buridan !... Cette vision me jette à l'agonie du désespoir ! Qu'as-tu donc à me dire à propos de Buridan ? Pourquoi parles-tu de le sauver, toi qui le connais à peine, toi qui as voulu me le livrer, toi qui a essayé de l'empoisonner ? Parle, Mabel ? Parle, vieille sorcière ! ajouta la reine avec un éclat de voix farouche, parle ! qui es-tu et que veux-tu ?

Mabel avait baissé la tête. Elle semblait se faire plus humble et plus suppliante, et pleurait silencieusement.

Enfin, relevant vers Marguerite un visage empreint d'un morne désespoir :

— Quoi ! cela ne vous déchire donc pas le cœur ! Quoi ! si jeune, si beau, si brave, mourir déjà, alors que la vie s'ouvre à peine devant lui ! Cela ne vous fait donc pas frissonner de pitié, de savoir que des milliers de bêtes fauves l'entourent, le guettent, vont se ruer sur lui, et que ce pauvre corps va être déchiré, traîné tout pantelant jusqu'à quelque gibet !

— Tais-toi ! bégaya la reine, tais-toi ! tu me fais mourir ! Que veux-tu donc ?

— La grâce de Buridan ! haleta Mabel. D'un mot, vous pouvez l'obtenir du roi. Un sourire de vous peut faire rentrer dans leurs antres les bêtes fauves déchaînées.

La reine haletait. Il était visible qu'un combat terrible se livrait en elle.

Enfin Marguerite, avec une sorte d'hésitation, prononça sourdement :

Avec un indicible étonnement et une fierté farouche, les truands écoutaient les paroles de Buridan.

— *Guerre! guerre! Mort au prévôt et aux sergents! A la hart Marigny et Valois! hurlèrent les truands.*

La journée se passa à construire des barricades pouvant permettre aux assiégés de résister des mois.

Farouches, rapière au poing, les truands défendaient leurs barricades.

3–XVII.

— Ecoute... dis-moi ce qu'il faut faire pour que Buridan vive... Tu as raison... ce serait trop affreux qu'ayant pu sauver ce jeune homme, je le laisse mourir... et puis... qui sait ?...

— Quoi ? fit Mabel en frissonnant.

— Qui sait si... elle, morte...

— Elle ! rugit Mabel, Myrtille !

— Oui... Myrtille !... c'est infernal, c'est horrible, cela dépasse la mesure humaine du crime... je le sais... tais-toi... mais il faut qu'elle meure...

— Il faut que votre fille meure !...

A voix basse et précipitée, de cette voix qui ose à peine s'entendre elle-même, Marguerite continua :

— Dis-moi ce qu'il faut faire... maintenant que tu m'as mis cet espoir au cœur... oh ! je ne vis plus, vois-tu ! Sauver Buridan... le sauver seul... oui, tu m'y as fait songer... c'est le salut pour moi... car mon sort est lié au sien.

Mabel parut se replier sur elle-même. Elle chancelait.

— Madame, reprit Mabel avec une si intense supplication que Marguerite en éprouva non pas de la pitié, mais un étonnement plus profond, madame, vous parlez de sauver Buridan et de tuer Myrtille ! C'est comme si vous parliez d'éclairer la terre par cette nuit profonde et d'éteindre le soleil au moment de l'aurore. Si vous tuez Myrtille, vous tuez Buridan ! Le pauvre enfant ! A la minute suprême de l'agonie, peut-être mourra-t-il encore avec un sourire de bonheur, s'il sait que Myrtille est sauvée ! Mais le condamner à vivre, madame, et lui faire savoir qu'elle est morte, elle... ah ! madame, plutôt les bêtes fauves, plutôt l'incendie de la Cour des Miracles ! plutôt la corde du gibet !

Mabel râlait. Ses mains frémissantes cherchaient les mains de Marguerite. Ses genoux se ployaient.

Marguerite se pencha sur elle et, avec une sorte de rudesse farouche :

— Dis-moi pourquoi tu veux que Buridan soit sauvé ?

Mabel tomba tout à fait à genoux, et, avec une infinie douceur, avec un accent de simplicité tragique, répondit :

— C'est mon fils !

— Ton fils, Buridan, ton fils !

— Mon fils ! répéta Mabel, d'une voix plus ferme.

En même temps, elle se releva.

— Ecoutez-moi, dit-elle. Bientôt, il sera trop tard pour moi, pour mon fils et pour vous. Je vous dis que Buridan est mon fils. Je vous dis qu'il faut le sauver et sauver aussi celle qu'il aime, sans quoi la vie ne serait pour lui qu'une agonie un peu plus longue.

— Jamais ! gronda Marguerite. Lui, oui ! Elle, non ! Mais, comment es-tu la mère de Buridan, voyons !

— Il est juste que vous sachiez, en effet ! dit Mabel avec une étrange intonation. Vous disiez tout à l'heure que, sans doute, je n'ai jamais aimé. Eh bien ! j'ai aimé ! Voici mon histoire. J'étais jeune, riche, belle ! je portais un nom respecté, un des plus beaux noms de la noblesse du pays où j'étais née. Le nom de ce pays ? Vous allez le savoir. Un homme vint. Il vint comme ambassadeur de France. Je le vis à la cour. Et tout de suite, il prit sur moi un ascendant irrésistible. Il devint mon amant et me jura que bientôt je serais son épouse devant Dieu et les hommes. Cependant j'avais honte de ma faute. Je quittai la cour. J'allai m'ensevelir dans un faubourg de la ville capitale où j'étais née. Le nom de cette ville ? Vous allez le savoir... Je continue : un enfant me naquit. Je l'aimai, je l'adorai avec passion. Quelques années se passèrent. Mon amant était retourné en France. Puis il revint. Et il me fit les mêmes serments. Le nom de cet amant ? Vous allez le savoir...

Marguerite écoutait ce récit avec une sorte d'horreur.

Ses yeux dilatés cherchaient à retrouver sur le visage de Mabel une ressemblance, un souvenir d'une image entrevue jadis et effacée depuis longtemps de sa mémoire. Mabel poursuivit :

— Mon amant revint donc. J'espérais que la vue de son fils le déciderait à m'épouser. Il n'en fut rien : mon amant ne m'aimait plus. Il en aimait une autre, une fille de la cour, comme moi, mais plus belle, plus puissante que moi ! Maintenant, reine, écoutez ceci. Un jour mon amant vint me voir dans la maison isolée où je m'étais réfugiée. A peine était-il entré que sa nouvelle maîtresse fit irruption...

— Le nom de cette maîtresse ! râla Marguerite, livide.

— Vous allez le savoir comme le reste. Cette jeune fille, qui s'était livrée à mon amant, avait une âme passionnée ; son cœur vibrait, mais comme peut vibrer l'airain que rien n'amollit; la jalousie était la marque de son esprit; mais une jalousie capable de crimes monstrueux... cette jeune fille, madame, se jeta sur moi et me poignarda...

Marguerite jeta une sourde imprécation.

— Elle me crut morte !... continua Mabel. Mais je vivais ! je voyais ! j'entendais ! je comprenais ! Et je ne pouvais faire un mouvement... Alors, madame, se passa la chose la plus affreuse. Ma rivale ordonna que mon fils serait tué comme moi !... Et c'est cela, voyez-vous, que je ne lui ai jamais pardonné. Mon amant obéit ! Il remit mon fils... son fils ! oui, son enfant ! Il le remit à un serviteur qui s'éloigna pour aller jeter le pauvre petit dans le fleuve !...

Cette fois, ce fut un gémissement qui jaillit des lèvres de Marguerite.

— Maintenant, écoutez ceci ! continua Mabel, se redressant toute droite, la voix dure, le visage flamboyant, pareille au génie de la vengeance. Ecoutez ! le serviteur ne noya pas l'enfant ! Il fut pris de pitié ! Il le déposa dans une cabane où des gens qui passaient le recueillirent et l'emmenèrent à Béthune, en Artois, et l'y élevèrent !... L'enfant ne mourut pas ! Et moi je ne mourus pas !... Moi, je vins à Paris ; je laissai au temps le soin de changer mes traits... ; quelques années d'ailleurs suffirent à faire de moi une vieille femme, car les heures comptaient doubles pour moi, et chaque minute était une douleur.

— Tais-toi, tais-toi !...

— Alors, poursuivit Mabel sans entendre, je m'insinuai auprès de celle qui m'avait poignardée et avait donné l'ordre d'assassiner mon fils. Je devins sa suivante préférée, son amie ; je l'étudiai, je reconnus en elle la femme aux passions violentes, et je préparai la plus terrible des vengeances !...

— Tais-toi, spectre !...

— Il faut bien que je vous dise tout !... Le nom du pays où les choses se passèrent : la Bourgogne !... Le nom de la ville capitale : Dijon ! Le nom de mon amant : Charles, comte de Valois, oncle du roi de France !... Le nom de la jeune fille qui se donna à lui et me poignarda : Marguerite de Bourgogne !

— Et ton nom, à toi, spectre maudit, je n'ai pas besoin que tu le dises ! car bien souvent il a sonné comme un glas à mes oreilles : tu es Anne de Dramans !...

— Oui ! répondit Mabel avec une terrible et auguste simplicité.

— Eh bien ! rugit Marguerite, c'est la dernière fois que ce nom sera prononcé ! Cette fois, du moins, mon poignard achèvera ce qu'il a commencé à Dijon !...

Dans le même instant, Marguerite laissa tomber son manteau, saisit le poignard qui était suspendu à sa ceinture, sans que Mabel fît un mouvement pour fuir ou se défendre.

— Meurs, cette fois ! acheva Marguerite.

Et, d'un coup violent, elle frappa Mabel au sein.

Mabel ne tomba pas...

D'un deuxième coup plus furieux, elle la frappa au même endroit.

Cette fois, la lame se brisa.

Marguerite recula, effarée, en grondant :

— Oh ! est-il donc vrai que tu es sorcière ?

Pour toute réponse, Mabel écarta son vêtement à l'endroit où elle avait été frappée et montra une de ces cottes de mailles fines, serrées, telles qu'on les fabriquait dans les ateliers de Milan ou de Tolède, les deux grands centres de travail de l'acier : l'un en Italie, l'autre en Espagne.

Et Mabel ajouta alors :

— Du jour où j'ai commencé de vivre près de Marguerite de Bourgogne, j'ai dû me prémunir contre le fer et le poison. Si vous étiez un esprit vulgaire, Marguerite, je vous dirais : Oui, je suis sorcière, et vous me croiriez peut-être comme l'a cru le roi Louis qui est votre époux, et comme l'a cru aussi Charles de Valois, qui eût dû être le mien. Mais, à cette heure d'angoisses que nous vivons toutes les deux, la fraude est inutile, et je me contente de vous affirmer que si vous me frappez par le poignard, la pointe en sera émoussée, et que, si vous aviez essayé de me verser du poison, le poison n'aurait eu sur moi aucun effet, car depuis des années, j'y ai habitué mon corps. Maintenant, vous savez qui je suis et ce que je veux, ou plutôt ce que j'ai voulu. Voilà longtemps, Marguerite, que je creuse la trappe souterraine où vous devez tomber. Rappelez-vous. C'est moi qui ai triomphé de vos premières alarmes et de vos dernières pudeurs. C'est moi qui ai aménagé pour vous la Tour de Nesle. C'est moi qui vous ai donné Stragildo. Et depuis l'époque lointaine où s'est déroulé ici le premier de ces drames d'amour et de mort dont est tissée votre existence, toute votre infamie est notée acte par acte, minute par minute. C'est ainsi que je vous ai conduite à l'abîme. Je puis vous y pousser d'un geste : si je le veux, le roi saura tout. Et maintenant, Marguerite, voici ce qui me reste à vous dire :

« Depuis que je sais mon fils vivant, ma vengeance, si longtemps et si précieusement préparée, n'est plus dans mon esprit qu'un rêve qui s'efface. Je vous sauve si vous sauvez mon fils et celle qu'il aime. »

Marguerite demeura longtemps sans répondre.

Enfin, elle gronda :

— Ainsi, tu me donnes à choisir entre ta vengeance et ton pardon, entre ma perte et le salut de Buridan ?

— Oui, je vous donne à choisir entre la paix et la guerre. Et je vous jure que, si vous choisissez la guerre, c'est vous, reine, qui serez écrasée.

— Eh bien ! je choisis la guerre. Dussé-je être écrasée comme tu me l'annonces, dussé-je, déchue de mon rang, traîner une existence lamentable, tout vaut mieux que la certitude de leur bonheur. La guerre, soit. La guerre, dont ton fils et ma fille vont être les premières victimes.

Et farouche, Marguerite de Bourgogne, sur la plate-forme de la Tour de Nesle, tendit son poing dans un geste de menace vers la Cour des Miracles.

Mabel, sans un mot, sans un geste, se dirigea vers l'escalier tournant, qu'elle descendit, et elle sortit de la Tour.

De l'ombre de ce saule, sous lequel Philippe d'Aulnay avait si souvent guetté, un homme s'avança et demanda :

— Est-il temps ? Faut-il agir ?

Mabel répondit :

— Oui. L'heure de ta vengeance est venue, Wilhelm Roller. Va m'attendre au Logis du cimetière des Innocents. Et si tu ne m'as pas revue avant midi, tu porteras au roi de France les papiers dont je t'ai parlé.

Sur ces mots, Mabel s'éloigna en toute hâte, et Roller demeura quelques instants à la même place, puis à son tour s'éloigna.

. . . .

Roller avait à peine fait quelques pas que, d'un massif qui baignait son feuillage dans les flots de la Seine, bondit un homme.

Sous les premières lueurs de l'aube, il y eut un éclair d'acier.

Un bras se leva et s'abaissa dans un geste rapide.

Roller s'abattit avec un sourd gémissement.

L'homme le considéra un instant avec un sourire, puis le saisit par les pieds et le traîna jusqu'à la Seine.

Là, comme une secousse d'agonie agitait encore le malheureux, l'homme, cette fois, lui planta son poignard en pleine poitrine et laissa l'arme dans la blessure.

Puis il se redressa et regarda autour de lui.

A ce moment, Marguerite de Bourgogne, fatale et tragique, apparaissait à la porte de la Tour de Nesle. Elle vit l'homme et murmura :

— Stragildo !

Le bravo s'approcha de la reine. D'un geste et d'un sourire, il lui désigna le malheureux qu'il venait de tuer et qui gisait inanimé sur le bord du fleuve.

Marguerite n'eut pas un geste d'étonnement. Seulement, elle demanda :

— Pourquoi ?

— Parce que j'ai entendu quelques mots que votre estimable suivante disait à cet homme.

Stragildo ajouta :

— Savez-vous, madame, que votre suivante est une redoutable vipère ?... Eh bien ! ceci était la dent venimeuse qui devait vous mordre aujourd'hui. J'ai arraché la dent, voilà tout.

Marguerite, pensive, s'approcha du corps inanimé, l'examina et tressaillit en reconnaissant l'archer qu'elle avait fait jeter dans une oubliette.

Pendant quelques minutes, elle demeura à demi penchée sur ce malheureux, plongée dans la sombre rêverie qui est la pensée des grands criminels.

Puis son poing se leva vers le ciel, comme pour un défi suprême, et elle se jeta dans une barque amarrée, au pied de la Tour de Nesle. Stragildo entra dans la barque et saisit l'aviron.

— Ramène-moi au Louvre, dit la reine, et raconte-moi ce que tu as vu, ce que tu as entendu dans le cachot de Philippe d'Aulnay.

✶ · · · · · · · · · ■ · · · · · ·

VIII

LES OUBLIETTES DU LOUVRE

Philippe d'Aulnay, dans sa prison, avait eu une vision. Une femme d'une éclatante beauté lui était apparue souriante, devant laquelle il tombait à genoux en murmurant :

— Marguerite !...

Les yeux extasiés se fixèrent sur l'apparition.

— Sois bénie, Marguerite ! toi qui viens te pencher sur l'agonie du malheureux qui n'a cessé de t'adorer.

Ce n'était pas une apparition : c'était une femme en chair et en os.

Ce n'était pas Marguerite : c'était Juana.

· · · · · · · · · · · · · · · ·

Comment la petite suivante de la reine avait-elle eu l'idée de descendre à ce terrible sous-sol de la grosse Tour où se trouvaient les oubliettes du Louvre ?

C'était une âme sentimentale et tendre. Il y avait dans son cas autant de pitié, peut-être, que d'amour véritable : Juana n'avait vu Philippe d'Aulnay que deux ou trois fois. Ce visage mélancolique l'avait vivement frappée. Sans savoir de quoi souffrait le jeune homme, elle l'avait plaint de tout son cœur. Souvent, elle avait souhaité que Philippe fût blessé et qu'elle fût appelée à le soigner. Peu à peu, la physionomie pâle de Philippe était entrée dans son esprit, avait occupé ses rêveries, et, lorsqu'il avait été arrêté, descendu au cachot numéro 5, elle en avait éprouvé une grande douleur. Pourtant, elle n'avait pas été jusqu'à concevoir qu'elle pût essayer de le sauver.

Puis cette idée affreuse s'était présentée à elle que quiconque était plongé dans les cachots du deuxième sous-sol n'en sortait pas vivant. Elle se rappela que les malheureux enfermés dans ces tombes qu'étaient les oubliettes y mouraient de la plus hideuse des morts : de faim et de soif.

Alors un grand courage vint à la petite Juana. Elle se dit que, s'il lui était impossible de tirer Philippe d'Aulnay de son cachot, elle pouvait tout au moins essayer de prolonger son existence. Et qui sait, se disait-elle, si un jour gagné, ce n'est pas pour lui la vie sauve et peut-être la liberté ?

Comme elle songeait à ces choses, peu à peu se dessina dans son esprit un plan que nous allons voir se développer. Mais il faut dire que ce ne fut pas sans un rude combat que Juana se décida à passer à l'exécution de ce plan, car elle aimait la reine d'une affection sincère, profonde et admirative. Aussi ce ne fut pas sans trembler pour elle qu'elle se décida à tenter l'impossible pour Philippe d'Aulnay.

Le soir, vers dix heures, la reine quitta le Louvre secrètement, comme cela lui était arrivé maintes fois.

— Elle va à la Tour de Nesle, songea Juana. Et, tandis qu'elle court à ses plaisirs, ce pauvre jeune homme agonise. Oh ! ceci est infâme !

Cette fois, le parti de Juana était pris.

L'occasion était d'ailleurs propice.

Juana attendit que la reine se fût éloignée, puis toute tremblante, elle se rendit à la grosse Tour du Louvre dont le rez-de-chaussée était occupé par le geôlier du sous-sol.

Ce geôlier était une sorte de brute qu'on apercevait rarement dans les cours du Louvre. Il vivait dans les ténèbres. Il s'était accoutumé à d'étranges pensées et à des plaisirs sinistres.

Quand il avait enfermé un condamné dans l'une des oubliettes, il aimait à descendre la nuit, pareil à un monstrueux cloporte. Il se glissait le long de l'infect boyau où un homme ordinaire respirait à peine. Et là, il se trouvait à son aise. Il collait son oreille à la porte de fer derrière laquelle agonisait le pauvre diable, et il écoutait ses plaintes, ses prières, ses gémissements. Alors, il se faisait à lui-même des paris. Selon le degré de force de la voix, il arrivait à établir avec une

— 35 —

habileté funèbre l'heure exacte où, entrant dans le cachot, il ne trouverait qu'un cadavre. Ces nuits-là, les nuits où il avait à transporter un cadavre à la Seine, c'étaient ses distractions favorites. Quiconque le rencontrait alors le voyait presque souriant et s'enfuyait épouvanté de ce sourire. Alors il attendait que toutes les lumières se fussent éteintes dans l'immense forteresse royale, puis vers l'heure de minuit, il descendait, et cette fois avec un falot. Il ouvrait et murmurait :

— Voyons si j'ai gagné la pinte d'hypocras que je me suis parié.

Et il se penchait sur le prisonnier avec une sorte de battement de cœur, et un rire fendait sa bouche lippue. Simplement, il disait :

— J'ai gagné.

Alors, en fredonnant, il glissait le cadavre dans un sac dont il fermait solidement l'ouverture. Il jetait le sac sur ses épaules d'hercule, remontait, sortait du Louvre par une porte secrète, descendait jusqu'au bord du fleuve et entrait dans une barque. Là, il attachait deux grosses pierres au sac, l'un à la tête, l'autre aux pieds, et donnait quelques coups d'aviron. On entendait dans la nuit le froissement de l'eau, qui recevait son dépôt et se refermait, indifférente. Puis l'homme regagnait son antre et passait des jours à attendre qu'on lui amenât un nouveau sujet de pari.

Maintenant, il faut dire que, depuis deux ou trois mois, Chopin s'était montré un peu plus souvent et qu'on l'avait vu errer dans ce vaste dédale que formaient les cours et les bâtiments du Louvre.

Chopin, c'était le nom de cet homme.

Quelque bouleversement, sans doute, avait dû s'opérer dans son existence. Il avait la mine effarée et les yeux éperdus d'un dogue qui a perdu son maître. Évidemment, Chopin cherchait quelque chose. Il restait des heures entières à l'affût dans un angle de corridor. Il y avait des jours où il rentrait dans sa tanière, plus sombre et plus triste qu'il n'en était sorti. D'autres jours, au contraire, cette figure bestiale s'humanisait et s'éclairait d'un meilleur sourire.

Les jours où Chopin paraissait ainsi emporter une provision de bonheur, étaient ceux où il avait vu passer la reine.

Le geôlier était-il donc devenu amoureux de la reine ?

Non, mais de sa suivante.

Depuis quelques mois, donc, Chopin passait, étendu sur son lit de sangle, les heures qu'il n'employait pas à rôder à travers le Louvre ou à s'occuper de sa sinistre besogne. Et là, il rêvait avec un prodigieux étonnement à des choses qu'il ne pouvait préciser ni formuler, parce qu'il les avait toujours profondément ignorées. Et comme il était inhabile à varier ses pensées, sa manie de paris lui venait en aide. Il y avait des moments où on l'eût entendu grommeler :

— Je parie une bonne mesure d'hydromel aux épices qu'elle va entrer ici.

Alors il frissonnait et il ajoutait :

— Et si elle entrait tout à coup ! Si je la voyais, là devant moi et que je puisse lui parler, la voir de près, la toucher presque. Je me parie un pot de cervoise et deux oreilles de cochon que je la saisirais dans mes bras et que je l'embrasserais, qu'elle veuille ou non.

Là-dessus, Chopin éclatait de rire, puis, tout à coup, il redevenait triste.

Or, une nuit, le geôlier, — selon son habitude invétérée toutes les fois qu'il avait une oubliette à surveiller, c'est-à-dire lorsqu'il attendait la mort d'un prisonnier, — cette nuit-là, donc, Chopin étant descendu sans lumière, s'était glissé jusqu'à la porte du cachot numéro 5 et avait longtemps écouté, sans rien entendre.

Puis il regagna son taudis et se jeta sur son lit de sangle où il se mit à rêver, sans transition, à des pensées nouvelles. Il pariait sa millième pinte qu'il allait la voir entrer tout à coup et sa millière paire d'oreilles de cochon qu'il l'embrasserait alors sur les deux joues, lorsque la porte s'ouvrit et Juana parut.

Chopin demeura stupide d'étonnement, les yeux en boule, la bouche grande ouverte, et il se mit à rire. Mais, pour un empire, il n'eût pas bougé de sa place.

Juana s'avança vers lui vivement, après avoir refermé la porte.

Chopin se recula, se replia sur lui-même en frémissant.

Juana lui sourit, et Chopin cessa de rire.

Juana lui prit la main et Chopin eut la physionomie effarée d'un être à qui il arrive une catastrophe imprévue.

Il y eut quelques minutes de silence, puis Juana demanda :

— Tu n'as donc rien à me dire, Chopin ?

Chopin se gratta la tête plus énergiquement que jamais et répondit :

— Si fait, il y du nouveau par ici : il y a quelqu'un dans les oubliettes !...

Juana tressaillit et pâlit.

— Voilà ! répéta Chopin.

Quant à Chopin, il avait le sourire de béatitude de quelqu'un qui, du premier coup, a trouvé à dire la chose la plus intéressante et mis en œuvre toute la séduction dont il est capable.

— Ce n'est pas cela que je te demande, fit Juana avec une moue.

— Et quoi donc ? demanda Chopin, étonné que ses paroles n'eussent pas immédiatement conquis la jeune fille.

— Je ne sais pas, moi... mais je croyais... il me semblait avoir vu que tu me regardais quand je passais... mais je me suis trompée peut-être, ce n'est pas moi que tu regardais...

— Oh ! si ! s'écria Chopin.

— Eh bien ! donc, j'ai supposé que tu avais quelque chose à me dire, et comme tu ne venais pas à moi, je suis venue à toi, voilà.

— Voilà, répéta Chopin.

— Veux-tu que je te dise ? reprit Juana après un silence, eh bien, tu meurs d'envie de m'embrasser.

— Même que je me suis parié deux oreilles de cochon grillées que je vous embrasserais. Seulement, c'est pour rire. Une telle chose ne peut m'arriver.

Et Chopin leva sur la jeune fille un regard empreint de détresse et d'admiration.

Juana, surmontant la répulsion que lui inspirait le geôlier, s'assit près de lui, jeta un bras à son cou et, de sa petite main délicate, se mit à fourrager dans la barbe rouge, épaisse et rude de Chopin.

Le geôlier croyait rêver. Il n'osait faire un mouvement, de crainte que le rêve ne s'évanouît.

Tout à coup, Juana murmura quelques paroles à son oreille. Chopin ouvrit des yeux énormes et bégaya :

— Quoi ! dans votre chambre ?...

— Oui, insista Juana, et je viendrai te chercher.

— La nuit prochaine ?

— Comme je te le dis !

Il y eut un nouveau silence, pendant lequel Chopin, ayant baissé la tête, ruminait le bonheur inouï qui lui arrivait. Ses oreilles bourdonnaient. De temps à autre, il jetait un coup d'œil en dessous à la jeune fille, comme pour s'assurer que c'était vrai, qu'elle était bien là.

Juana suivait avec anxiété les effets du poison qu'elle venait de verser dans ce cœur féroce et naïf. Lorsqu'elle se crut sûre de la victoire, elle reprit, d'une voix qui tremblait malgré elle :

— Seulement, j'y mets une condition.

— Mille conditions ! grogna Chopin.

— Une seule suffit et la voici : je suis curieuse, je veux voir de près les oubliettes. Quand je te voyais, Chopin, nul dans le Louvre, pas même le roi, ne me paraissait aussi beau que toi...

Chopin poussa un soupir comme un bœuf qu'on assomme.

— Mais c'est dans les oubliettes, vois-tu, que je voudrais te voir. Là, dans l'exercice de tes fonctions terribles, tu dois être vraiment ce que je me suis figuré.

— C'est facile, dit Chopin, le front illuminé d'orgueil. Et il est de fait que nul, parmi les plus forts, les plus braves, ne pourrait faire le métier que je fais ici.

Juana frissonna.

Mais ces paroles du sinistre geôlier fouettèrent sans doute son courage, car, cette fois, ce furent ses deux bras qu'elle lui jeta autour du cou.

— Chopin, murmura-t-elle, si tu veux que je t'aime, si tu veux que je sois à toi, il faut m'ouvrir la porte du prisonnier qui est au numéro 5.

Chopin bondit. Il eut comme un rugissement.

— Impossible ! gronda-t-il, ce serait pour moi le gibet et peut-être pis encore... Non... Laissez-moi !

L'étreinte de Juana se faisait plus douce et plus violente, les *non* désespérés du geôlier se faisaient de plus en plus faibles...

* * *

— Marguerite ! balbutia Philippe à genoux, les bras tendus vers l'apparition.

Juana déposa dans un coin le falot que Chopin lui avait confié en s'arrêtant à la porte du cachot.

Puis elle s'approcha du jeune homme et présenta à ses lèvres le goulot d'un flacon rempli d'une eau fraîche et limpide.

Philippe but avidement.

— Maintenant, murmura la jeune fille, voici dans un panier de quoi manger. Voici dans cette cruche de quoi boire. Mangez et buvez à votre faim et à votre soif, car demain soir je reviendrai encore et vous apporterai des provisions...

En parlant ainsi, Juana avait d'abord pris un panier que Chopin lui passait par la porte entre-bâillée, puis la cruche, et elle les déposait dans un angle du cachot.

— Malheureusement, ajouta-t-elle, Chopin ne veut pas que je vous laisse de torche, mais prenez courage... en attendant, mangez et buvez.

— Marguerite ! dit ardemment le jeune homme, j'ai faim de tes caresses, j'ai soif de tes baisers.

Le cœur de Juana se mit à battre plus fort.

— Je ne suis pas Mme Marguerite, dit-elle. Vous ne me connaissez pas. Hélas ! comment me connaîtriez-vous ? Comment m'auriez-vous jamais remarquée ?... Allons... courage... il faut maintenant que je parte...

— Marguerite ! râla Philippe, ne m'abandonne pas ! ne t'en vas pas !

Il avait saisi les mains de la jeune fille et les serrait nerveusement.

Alors une pensée subite traversa l'esprit de Juana. Elle se pencha sur le prisonnier, examina cette physionomie convulsée, ces yeux hagards, et un cri de terreur jaillit de ses lèvres :

— Fou ! le malheureux est dément !...

Philippe, maintenant, laissait déborder sa passion en plaintes déchirantes, entremêlées de violentes effusions de joie. Il disait tout ce qu'il avait souffert.

La terreur grandissait dans l'esprit de Juana. Le fou s'exaltait.

— De grâce, murmurait Juana, calmez-vous, je vous en supplie... je ne suis pas la reine !...

Tout à coup Philippe se tut, il considéra plus attentivement la jeune fille et alors il reprit :

— C'est vrai, vous n'êtes pas Marguerite !...

Une lueur de raison éclairait sans doute à ce moment les ténèbres de ce cerveau comme le falot de Juana éclairait les ténèbres du cachot où se déroulait cette scène étrange.

— Ne voyez en moi que son humble servante, reprit Juana, mais croyez aussi que je suis prête à tout faire pour vous sauver...

Philippe d'Aulnay paraissait réfléchir. Il avait lâché les mains de Juana.

— Vous voulez me venir en aide ? dit-il tout à coup.

« Eh bien, allez dire au roi Louis que je veux lui parler. Allez dire au roi que Philippe, seigneur d'Aulnay, veut le voir !...

— Le roi ! bégaya Juana.

— Oui, le roi, dit Philippe avec impatience. Qu'attendez-vous pour aller le chercher !...

— Demain ! je vous promets que demain...

— Tout de suite ! gronda Philippe. Oh ! elle dit qu'elle veut me venir en aide, et elle me refuse la seule chose au monde qui puisse me sauver !

— Cela peut vous sauver ? dit Juana. haletante et convaincue que le prisonnier lui parlait alors avec toute sa raison.

— Si je le vois à l'instant, répondit le fou, je n'ai qu'un mot à lui dire et nous sommes tous sauvés !

Juana eut une dernière hésitation terrible. Car il lui fallait un fier courage pour oser pénétrer jusqu'au roi de France.

— Je vais donc, mourir ! reprit amèrement Philippe.

— Non, non ! fit Juana qui se mit à pleurer. Il ne sera pas dit que je n'aurai pas tout fait au monde pour vous sauver.

Juana s'élança, vive et légère comme une messagère d'espoir...

Chopin referma la porte. Le cachot retomba dans ses ténèbres et l'esprit de Philippe retomba dans la nuit. Juana avait à peine disparu que le pauvre dément avait oublié qu'il avait demandé à voir le roi. Sa folie reprit sa forme primitive, et il murmura avec ferveur :

— Elle est venue ! Marguerite est venue ici... elle reviendra, elle me l'a juré... Si je pouvais compter les minutes qui me séparent d'elle encore !...

Une heure, deux heures peut-être se passèrent.

Puis un bruit de pas et de verrous tirés... et, tout à coup, le cachot s'emplit de lumière, deux hommes entrèrent, tandis que plusieurs archers se rangèrent dans l'étroit espace du couloir, prêts à sauter sur le prisonnier à la moindre alerte.

Les deux hommes, c'étaient le roi et le comte de Valois.

Philippe les regarda avec étonnement.

— Qui êtes-vous ? demanda-t-il.

— La question est plaisante ! gronda Louis Hutin. Voyons, es-tu décidé maintenant à me dire le nom de celle qui me trahit ? Le secret que contenaient ces papiers que tu as brûlés à la Tour de Nesle, vais-je le savoir ? écoute, tu as osé faire rébellion contre ton roi... tu as osé porter la main sur moi... je te pardonne tout cela, si tu parles !...

A ce moment, parmi les archers qui gardaient la porte, se glissa un homme qui sans doute avait ses entrées partout, car les soldats le laissèrent passer avec une sorte de respect craintif.

C'était Stragildo...

Il passa la tête dans le cachot et il écouta ce qui se disait.

— Voyons ! reprit le roi. Qui t'a arrêté ? Qui t'a fait jeter dans ce cachot ?... Je te ferai grâce, entends-tu, je te ferai sortir si tu consens à parler, à dire toute la vérité à ton roi !...

Philippe d'Aulnay le regardait étrangement. Un prodigieux travail s'accomplissait dans son esprit. Sa raison n'était plus qu'un chaos. Et, dans ce chaos, un éclair, une seul, une lueur sinistre illuminait la nuit...

Philippe était fou... et, dans cette minute, il se rendait compte de sa folie !...

Philippe venait de reconnaître le roi !

Philippe sentait, comprenait que, d'un instant à l'autre, il allait retomber dans la pleine démence, que sa raison allait échapper à sa surveillance...

Oh ! alors... est-ce que chacune de ses inconscientes paroles n'allait pas être une terrible accusation contre Marguerite ?...

— Parle, gronda de nouveau Louis.. parle donc, par Notre-Dame ! ou je te fais écorcher vif et je livre ta carcasse aux chiens...

— Le roi ! rugit au fond de lui-même Philippe épouvanté. Le mari de Marguerite !...

Il se rencoigna dans un angle du cachot, s'accroupit la tête sur les genoux, les mains aux oreilles pour ne pas entendre, les yeux fermés pour ne pas voir, la langue serrée contre les dents pour ne pas parler !

Et il sentait qu'il allait parler !...

Fou de fureur, Louis le secoua par les épaules.

— Parle ! hurla-t-il. Le nom. Ce nom que tu sais ! Le nom de celle qui me trahit et qui est ta maîtresse ! Mort du diable ! Parle ou je te tue !...

Le roi soudain recula avec un cri d'horreur et d'effroi...

Ce cri, Valois lui-même, Valois qui n'était pas tendre, le répéta...

Ce cri, les archers qui pouvaient voir ce qui se passait, le répétèrent...

Stragildo pâlit.

Et vraiment, c'était affreux ce qui venait de se passer. C'était une de ces épouvantables visions comme le délire seul en enfante...

Philippe d'Aulnay venait de se redresser...

Et, sur son visage livide, sa bouche apparut sanglante, toute rouge... et, en même temps, de cette bouche, une sorte de tronçon de chair rouge tomba.

Philippe d'Aulnay, d'un coup de dent frénétique, venait de se trancher la langue pour ne pas dénoncer Marguerite de Bourgogne !...

Presque aussitôt, il retomba tout d'une masse, sans connaissance.

. . . .

— Sire, dit Valois à Louis, lorsqu'ils furent remontés dans l'appartement du roi, je me charge d'obtenir de cet homme les aveux nécessaires ; qu'il puisse parler ou qu'il écrive, je le forcerai, moi, à dire ce nom que vous cherchez ! seulement, je vous demanderai la permission de faire transporter l'homme au Temple où je l'aurai sous la main.

— Fais, Valois ! répondit le roi.

Quelques minutes plus tard, Philippe d'Aulnay, toujours évanoui, était jeté sur une charrette et transporté au Temple.

— Maintenant, murmura alors le comte de Valois, tu ne peux plus rien dire contre moi, Marguerite ! car j'ai une arme terrible contre toi !...

Et Valois, ayant mis son prisonnier en lieu sûr, se hâta de se diriger vers la Cour des Miracles pour assister à l'assaut,

Louis Hutin, de son côté, se prépara à monter à cheval. Mais, avant de quitter le Louvre, il fit demander si la reine dormait, et, comme on lui répondit que Mme Marguerite, inquiète de toutes ces rumeurs insolites, se tenait dans son oratoire, il s'y rendit...

Marguerite venait de rentrer.

Le récit que Stragildo venait de lui faire en la ramenant au Louvre, l'avait fait frissonner, mais l'avait aussi rassurée.

Ce fut donc d'un front serein qu'elle reçut son royal époux.

Louis qui, dans toutes les expéditions, quelles qu'elles fussent, ne voyait qu'une partie de plaisir, lui proposa de venir assister à la prise et au sac de la Cour des Miracles, ainsi qu'à la pendaison de Buridan et des autres rebelles qui devait s'ensuivre.

— Sire, pardonnez-moi, dit Marguerite en pâlissant. Je ne suis qu'une femme et ces spectacles de violence me font mal. Je prierai pour vous, sire...

— Oui ! murmura Louis en la serrant passionnément dans ses bras, vous êtes la plus douce des femmes ! Et je suis bien heureux, Marguerite, d'être aimé d'un ange tel que vous !... Adieu donc ! Dans quelques heures, j'espère, je viendrai vous annoncer que ces misérables rebelles ont vécu !...

— Dieu vous garde, sire !

Louis Hutin s'éloigna.

Quant à Marguerite, elle défaillait. Déjà elle ne songeait plus ni au roi, ni à Philippe d'Aulnay, ni aux menaces de Mabel.

— C'en est fait ! râla-t-elle éperdue. Buridan va succomber. Rien ne peut le sauver !... Rien ! Oh ! si ! Encore un espoir ! Encore cette tentative !...

Fiévreusement, Marguerite se mit à écrire les lignes suivantes :

« Buridan, une dernière fois, veux-tu être sauvé ? Veux-tu vivre dans la richesse, les honneurs et la puissance ? Rappelle-toi ce que je t'ai dit à la Tour de Nesle !... Ce que je t'offrais alors, je te l'offre encore. Dans quelques heures, Buridan, tu vas mourir. L'instant est suprême. Si tu veux... tu diras oui à celle que je t'envoie. Le reste me regarde !... »

Marguerite plia le papier sans le signer ni le cacheter.

Puis elle courut à un bahut dont elle ouvrit un tiroir.

Dans ce tiroir, il y avait plusieurs parchemins en blanc scellés du sceau royal et portant la signature du roi de France.

Elle saisit un de ces parchemins et au-dessus de la signature écrivit :

— Ordre de laisser passer le porteur des présentes.

Puis elle frappa de son marteau d'argent.

Juana parut, pâle encore de ce qu'elle avait osé faire, de sa visite à Chopin, suivie de la visite à Philippe d'Aulnay, suivie de la visite au roi. Elle ignorait encore ce qui s'était passé entre Philippe et le roi ; elle ignorait également que le prisonnier avait été transporté au Temple.

— Juana, lui dit la reine, prends ce billet et cache-le dans ton sein.

La jeune fille obéit.

— Maintenant, reprit Marguerite, voici un laissez-passer signé du roi. Avec ce parchemin, tu franchiras le cordon des troupes placées autour de la Cour des Miracles. Dans la Cour des Miracles, tu trouveras Jean Buridan. Tu lui remettras le billet que tu portes dans ton sein et tu reviendras me dire ce qu'il t'aura répondu. Si tu n'es pas rentrée avant le jour, Juana, je suis perdue. Va, ma fille.

Juana s'élança pleine d'ardeur.

Nous avons dit qu'elle aimait la reine d'une affection profonde et sincère.

* * * * * * * * * * * * *

IX

LAISSEZ PASSER

Après avoir, au pied de la Tour de Nesle, prononcé quelques mots à l'oreille de l'homme qui l'attendait là, Mabel s'était éloignée.

On a vu ce qui était arrivé à l'homme : Un double coup de poignard de Stragildo.

L'homme était resté étendu sur la berge où Stragildo l'avait laissé, soit insouciance, soit qu'il eût été pressé de rejoindre la reine.

Mabel n'avait rien vu de ce drame.

Ayant franchi la Seine, elle s'était dirigée vers la Cour des Miracles pour renouveler sa tentative insensée, pour essayer une dernière fois de pénétrer jusqu'à Buridan.

Comme elle l'avait dit à la reine, elle avait passé trois jours et trois nuits à essayer de franchir la ligne des archers qui encerclait la Cour des Miracles. Repoussée de partout, on a vu quelle résolution le désespoir lui avait suggérée et qu'elle avait été chercher la reine au Louvre, puis à la Tour de Nesle.

Mabel était sortie de la Tour de Nesle plus désespérée encore qu'elle n'y était entrée.

Dès lors, la perte de Marguerite fut résolue dans son esprit.

Il n'y avait plus pour elle aucun moyen de sauver son fils. Il n'y avait plus même aucun moyen de le voir une dernière fois.

Pourtant, poussée par une sorte d'instinct, elle se rapprochait encore de la Cour des Miracles. Plus elle avançait, plus elle voyait de soldats rangés le long des rues et prêts à marcher. A ce moment, ayant levé la tête, elle aperçut entre les toits rapprochés le ciel qui pâlissait : le jour allait venir.

— Encore une heure, murmura Mabel, et tout sera fini.

Elle continua d'avancer et se heurta enfin à une escouade d'archers qui barrait dans toute sa largeur la ruelle où elle se trouvait. Il y avait là un officier, et Mabel tressaillit en reconnaissant Geoffroy de

Malestroit. A cent pas de là, la ruelle débouchait dans une sorte de courtille où tout n'était que silence et ténèbres : c'était la Cour des Miracles.

— Mon petit est là ! murmura Mabel. Il est là, plein de vie, et dans une heure ce sera fini !

— Au large ! cria l'un des archers.

Avec l'impétuosité du désespoir, Mabel se jeta en avant, en criant :

— Seigneur de Malestroit, écoutez-moi, je viens de la part de la reine.

Les soldats croisèrent leurs piques et l'une de ces piques lui déchira l'épaule.

Elle ne sentit pas la blessure. Elle considérait avec des yeux hagards Malestroit qui s'avançait vers elle et lui disait :

— Vous venez de la part de la reine ?

— Oui, balbutia la mère de Buridan. C'est-à-dire, non. Je vais vous dire la vérité. Écoutez-moi, mon digne seigneur, vous me connaissez, n'est-ce pas ?

— Il me semble, en effet, t'avoir déjà vue, femme.

— Vous m'avez vue chez la reine. Je suis sa suivante. Je suis Mabel.

Geoffroy de Malestroit, brave soldat, mais superstitieux comme tous ceux de son époque, recula d'un pas, car Mabel passait au Louvre, non seulement pour la dépositaire fidèle des secrets de la reine, mais encore pour un de ces êtres qui avaient des relations suivies avec les puissances infernales. Et, comme Mabel essayait de saisir une de ses mains, il gronda :

— Ne me touche pas, femme ! Mais, que demandes-tu ?

— Une chose bien simple : laissez-moi passer jusqu'à la Cour des Miracles. Qu'est-ce que cela peut vous faire ? Une femme de plus ou de moins dans le carnage qui va commencer.

Malestroit secoua la tête et fit un signe à ses hommes qui resserrèrent leurs rangs.

Mabel remarqua ce signe et la manœuvre des soldats.

Un sanglot râla dans sa gorge.

— Vous n'aurez donc pas pitié de moi, vous aussi ? Tenez, je vais tout dire, mon digne seigneur. Supposez que vous soyez dans cette Cour des Miracles, supposez que ces fascines soient pour vous brûler et ces soldats pour vous tuer. Supposez que votre mère veuille vous voir une dernière fois au moment où vous allez mourir...

Malestroit tressaillit.

— Vous vous attendrissez, haleta Mabel, en refoulant ses sanglots. Je suis mère, mon cher seigneur. Et mon fils est là. Figurez-vous que je l'ai vu deux fois à peine depuis le temps lointain où il n'avait que six ans et que j'ai passé ma vie à le regretter, que j'ai usé mes yeux à le pleurer. Ce n'est pourtant pas une grande faveur que je vous demande. Qu'est-ce que je veux ? Je veux aller mourir avec mon fils. Ayez pitié, monseigneur...

— Comment s'appelle ton fils ? demanda Malestroit, ému.

— Buridan, répondit Mabel.

Elle n'eut pas plutôt prononcé ce nom,

sourdement répété par les archers, qu'elle comprit qu'elle venait de se fermer la route, et se maudit de n'avoir pas su retenir le nom de Buridan.

— Archers ! cria Malestroit, repoussez cette femme.

Cinq ou six soldats se jetèrent sur Mabel et exécutèrent l'ordre.

— Et toi ! cria Mabel, maudit sois-tu ! Et puisses-tu succomber un des premiers sous les coups des truands de la Cour des Miracles !

Malestroit pâlit et voulut jeter un nouvel ordre.

Mais Mabel, repoussée à coups de piques, renvoyée de soldat en soldat, comme une balle, était bien loin déjà.

Alors elle s'éloigna, erra quelque temps à l'aventure, morne, murmurant confusément tantôt des supplications et tantôt des imprécations.

Tout à coup, il lui sembla qu'un pas furtif et léger courait près d'elle... Elle se retourna et à dix pas aperçut une jeune fille qui s'avançait rapidement.

— Juana ! fit sourdement Mabel. Où va-t-elle à cette heure, vers quelle besogne infâme ?

La jeune fille, de son côté, en apercevant Mabel qu'elle reconnut sur-le-champ, s'était arrêtée.

Dans la situation d'esprit où se trouvait Mabel, alors qu'elle ruminait des plans de vengeance contre Marguerite, l'apparition soudaine de Juana lui causa une sorte de satisfaction. Elle rêvait de frapper non seulement la reine, mais ceux qui l'avaient fidèlement servie, c'est-à-dire Stragildo et Juana.

La jeune fille s'avançait sans défiance. Lorsqu'elle fut près d'elle, Mabel, tout à coup, la saisit par les deux poignets qu'elle étreignit violemment.

— Te voilà, petite Juana, fit Mabel avec un ricanement haineux. Où vas-tu donc ainsi ? quel malheureux vas-tu chercher à attirer dans les filets de la ribaude ?

— Oh ! murmura Juana, vous me faites peur. Jamais je ne vous ai vue ainsi. Laissez-moi. J'ai un message à remplir qui ne souffre aucun retard.

— Un message de la reine, n'est-ce pas ? fit Mabel avec le même accent d'ironie.

— Sans doute, reprit Juana qui se remettait un peu. La reine n'est-elle pas notre commune maîtresse ? N'avez-vous pas vous-même cent fois porté ses messages ? Si vous aviez été au Louvre tout à l'heure, c'est vous, de préférence à moi, qu'elle eût chargée de celui-ci.

— Eh bien ! donne. Je m'en charge, ricana Mabel, sans autre idée d'ailleurs que de faire obstacle à un projet quelconque de la reine.

— Impossible, dit Juana. Laissez-moi passer.

Mabel étreignit plus énergiquement les poignets de la jeune fille et gronda :

— Moi aussi, j'ai prié, j'ai supplié pour qu'on me laisse passer, et on m'a repoussée. A mon tour je te dis : « Tu ne passeras pas. »

— Ça, êtes-vous folle ! Je vous dis que le message est pressé. Je vous dit que, si

la reine sait que vous m'avez retardée,
vous pourriez vous en repentir. Oh ! mais
vous me faites mal ! Laissez-moi.

— Le message ! Je le veux !

— Vous me tuerez plutôt.

— Oh ! c'est donc bien grave ! **Allons**,
Juana, rends-toi de bonne volonté, ou tu
seras la première à y passer comme tous
les maudits qui ont approché la ribaude
de la Tour de Nesle, comme la maudite
elle-même.

Juana poussa un cri de terreur et jeta
autour d'elle un rapide regard : la rue
était déserte. Une sorte de folie furieuse
semblait s'être emparée de Mabel. Son visage flamboyait. Elle subissait comme une
crise d'hystérie, mais c'était l'hystérie du
meurtre. Puisque son fils allait mourir,
dans ce cœur ulcéré par de longues années de douleur et de haine, il n'y avait
plus que des instincts de mort. Dans sa
pensée convulsionnée, il n'y avait plus
que des projets de meurtre. Elle avait lâché l'un des poignets de Juana, et, de sa
main libre, elle cherchait le poignard
qu'elle portait à la ceinture, comme la
plupart des femmes de qualité.

— Vous êtes donc résolue à me tuer ?
balbutia Juana, ivre d'épouvante.

Mabel, sans rien dire, leva l'arme.

Un instant encore, et l'arme s'abattait **sur**
le sein de la jeune fille. A ce moment,
Juana fouilla rapidement sous son manteau, en tira deux papiers, l'un envelop-
pant l'autre, et les tendit à Mabel.

Dans le mouvement que fit celle-ci pour
les saisir, Juana se dégagea et s'enfuit
comme une biche que poursuit la meute.

Mabel demeura hébétée, ses deux papiers à la main, les yeux fixés sur Juana
qui disparaissait au bout de la rue.

— J'eusse dû frapper ! gronda-t-elle. Je
veux leur mort à tous.

Puis ramenant machinalement ses yeux
sur les parchemins, elle murmura :

— Sans doute un message pour quelque malheureux. Il sera du moins sauvé
pour aujourd'hui.

Et, avec cette morne indifférence qu'elle
avait maintenant pour tout ce qui ne tou-
chait pas à Buridan, elle laissa tomber les
parchemins à ses pieds, puis s'en alla lentement.

Tout à coup, prise d'une idée subite,
elle revint brusquement sur ses pas.

— Il faut que je sache le nom du malheureux. Si je pouvais le sauver tout à
fait ! Moi qui ai porté tant de ces messages mortels, si je pouvais au moins prévenir cet inconnu de ne pas se rendre au
piège où on l'appelle !

Elle se baissa et ramassa les papiers
qu'elle venait de jeter. Elle déplia celui
qui servait d'enveloppe au deuxième et
tout de suite son regard tomba sur le
sceau royal et la signature « Louis, roi ».

— Laissez passer le porteur des présentes, murmura Mabel en lisant.

Un flot de sang avait empourpré son
visage ordinairement si pâle.

— Laissez passer, reprit-elle, mais où ?
où Juana devait-elle se rendre ?... ce
deuxième papier me l'indiquera peut-être.

Elle le déplia et le lut d'un trait.

Dans le même instant, elle fut saisie
d'un tremblement convulsif, une joie insensée flamboya dans ses yeux ; elle tomba
à genoux et cria :

— Dieu est avec moi !

Ce billet, c'était celui que Marguerite de
Bourgogne avait écrit pour Buridan et
que Juana devait porter à la Cour des Miracles.

X

OU SIMON MALINGRE ET GILLONNE CROIENT RÊVER

Nous prierons maintenant le lecteur de
se transporter avec nous dans la Cour des
Miracles, où étaient venus chercher un
asile, sous la conduite de l'ancien truand
Lancelot Bigorne, les compagnons que la
haine ou l'amour avaient pour ainsi dire
acculés dans cette impasse : la haine du
comte de Valois, la haine d'Enguerrand de
Marigny, la haine du roi Louis Hutin,
trois haines moins dangereuses encore à
elles trois que l'amour de Marguerite de
Bourgogne.

Nous entrons à la Cour des Miracles au
moment où Simon Malingre et Gillonne
viennent de ramener Myrtille à Buridan,
c'est-à-dire à un moment où Marigny
avait fait poster quelques sentinelles autour de la Cour des Miracles, mais où, en
somme, le siège n'était pas commencé.
Gillonne et Malingre avaient donc pu entrer facilement et accomplir la première
partie de leur programme qui consistait
à réunir les deux fiancés depuis si longtemps séparés. La deuxième partie de ce
programme consistait à prévenir Valois
qu'il trouverait à la fois Buridan et Myrtille dans la Cour des Miracles.

La troisième partie consistait à faire assassiner Buridan.

Pour le moment, Malingre et Gillonne
considérèrent que le plus pressé pour eux
était de s'éloigner de la Cour des Miracles, car ils redoutaient les questions de
Buridan et les explications qui pourraient
s'ensuivre.

Profitant donc du moment d'émotion
soulevé dans toute la société Buridan par
l'arrivée soudaine et inespérée de Myrtille,
Gillonne et Malingre s'étaient éclipsés.

Après être sortis du beau logis que Hans
avait offert à Buridan, ils se dirigèrent
vers l'une des ruelles qui semblaient se
tordre autour de la Cour des Miracles
comme autant de bras autour de la tête
d'une pieuvre.

Gillonne et Malingre marchaient doucement comme de bons bourgeois qui font
une visite à un musée des horreurs. Mais,
en somme, on ne leur disait trop rien, et
Gillonne minaudait :

— Mais ils sont charmants, tous ces
truands et mendiants !

— 41 —

Ce qui ne les empêcha pas de pousser un double soupir de satisfaction lorsqu'ils eurent pénétré enfin dans la ruelle qui devait les éloigner de la Cour des Miracles. Alors, ils se mirent à courir.

Mais ils n'avaient pas fait vingt pas que Malingre se sentit harponné à la jambe en même temps que Gillonne était harponnée au bras.

Malingre regarda sa jambe et vit qu'elle était arrêtée par un crochet de fer.

Gillonne regarda son bras et constata également qu'elle venait d'être saisie par un crochet de fer.

En même temps, une double voix rocailleuse et goguenarde prononçait :

— On ne passe pas par là !

Alors Malingre s'aperçut que le crochet de fer qui le retenait n'était que l'extrémité d'une tige emboîtée au moignon de jambe d'un cul-de-jatte.

Pendant ce temps, Gillonne constatait, de son côté, que le crochet de fer qui l'avait arrêtée formait pour ainsi dire la main d'un manchot des deux bras.

L'homme sans bras et l'homme sans jambes se placèrent devant les deux fuyards. Il est sans dire que le cul-de-jatte était assis sur une sorte de petite carriole basse qu'il manœuvrait rapidement.

Malingre ôta son toquet et salua, tandis que Gillonne faisait révérence sur révérence. La main de fer du manchot lâcha Gillonne et le pied de fer du cul-de-jatte lâcha Malingre.

Et les deux estropiés, en chœur, se mirent à nasiller :

— La charité, s'il vous plaît ! Pour l'amour des saints et de la Vierge, faites la charité à deux infortunées victimes de la guerre !

Gillonne et Malingre fouillèrent précipitamment dans leurs escarcelles et laissèrent tomber quelques pièces de monnaie que les malandrins attrapèrent au vol. Puis, heureux d'en être quittes à si bon compte, les deux fuyards s'élancèrent. Mais, presque aussitôt, ils se sentirent de nouveau saisis, et cette fois chacun d'eux par deux mains vigoureuses, deux mains en chair et en os, mais qui semblaient, elles aussi, avoir la dureté du fer. Malingre et Gillonne se retournèrent et, effarés, reconnurent le cul-de-jatte qui, trouvant sans doute que sa carriole ne marchait pas assez vite, s'était mis à courir purement et simplement avec ses jambes, et le manchot qui, de dessous son manteau en loques, exhibait ses bras musculeux.

— Sont-ils entêtés ? ricana le manchot.

— Puisqu'on vous dit qu'on ne passe pas par là ! ajouta le cul-de-jatte.

Malingre et Gillonne recommencèrent leurs révérences et s'éloignèrent à reculons, les yeux fixés sur les deux mendiants, dont l'un déjà n'avait plus de bras, et dont l'autre avait réintégré son véhicule.

Les deux associés rentrèrent dans la Cour des Miracles et, apercevant une autre ruelle déserte, s'y engagèrent en toute hâte.

Mais, à peine y furent-ils, que cinq ou six aveugles, surgissant de l'obscure allée d'un taudis, s'avancèrent les mains étendues, hésitant, tâtonnant et criant lamentablement :

— Faites la charité ! Pour l'amour des saints et de la Vierge, ayez pitié de nous, pauvres aveugles qui n'y voyons pas clair !

De nouveau, Gillonne et Malingre fouillèrent leurs escarcelles et laissèrent tomber quelques deniers sur le sol fangeux de l'infecte chaussée.

Les aveugles se précipitèrent à genoux et, en un clin d'œil, les pièces de monnaie eurent disparu.

Malingre, qui était avare, poussa un soupir.

Gillonne admira l'habileté avec laquelle ces aveugles qui n'y voyaient pas clair avaient fait disparaître toute cette menue monnaie qu'elle n'eût peut-être pas retrouvée, elle, avec ses yeux clairvoyants.

Mais comme, en somme, ce n'était là que des aveugles, Malingre et Gillonne eurent la même idée : l'un à droite, l'autre à gauche, ils essayèrent de se glisser subtilement en rasant les murs. Mais alors les aveugles, se prenant par le bras, formèrent une muraille vivante qui barrait tout la largeur de la ruelle et crièrent :

— On ne passe pas par là !

Les deux fugitifs commencèrent à croire qu'ils faisaient un rêve fantastique et, à toutes jambes, rentrèrent dans la Cour des Miracles où ils se rassurèrent peu à peu devant l'aspect paisible des quelques rares habitants de ce lieu, qui ne semblèrent même pas s'apercevoir de leur présence. Ils cherchèrent une troisième issue, tout en surveillant du coin de l'œil, à droite et à gauche, pour voir si le cul-de-jatte, le manchot et les aveugles n'étaient pas à leurs trousses. Cette troisième ruelle qu'ils choisirent pour assurer leur fuite leur parut si honnête que, cette fois, ils se crurent délivrés de toute la gent mendiante.

En effet, c'était un passage parfaitement tranquille où il n'y avait qu'un nain sautillant sur la chaussée.

— Un nain ! grommela Malingre ; si celui-là aussi me demande l'aumône, je l'étrangle.

— Sans compter, reprit Gillonne, que si cela continue ainsi, mon escarcelle va être vide.

Malingre s'avança donc bravement dans le passage, suivi de Gillonne devenue prudente. Le valet du comte de Valois marcha droit sur le nain qui, à son approche, leva sur lui un œil craintif et parut chercher à se faire plus petit.

— A la bonne heure ! grommela Malingre. En voilà un, au moins, qui a peur ! Place ! hurla-t-il, place, avorton ! ou je t'écrase comme un insecte !

Le nain tira la langue, puis, sautant d'un bond au milieu de la chaussée, se mit à crier d'une voix de basse-taille :

— Faites la charité ! Ayez pitié d'un pauvre avorton de la nature qui n'a que trois pieds de haut, en y comprenant les talons de ses souliers et la chevelure de sa tête !

Et, cette fois, l'œil craintif du nain se fit si menaçant que Gillonne acheva de vider son escarcelle, tandis que Malingre, cherchant la sienne, s'apercevait avec désespoir qu'elle n'était plus à sa ceinture : le nain, détendant les bras, venait de la lui subtiliser. Et, alors, l'avorton ajouta tranquillement :

— Volte-face ! on ne passe pas par là !

— C'est trop fort ! rugit Malingre qui, exaspéré de la perte de son escarcelle et certain d'une facile victoire, leva le poing pour le laisser retomber à toute volée sur la tête du nain.

Mais alors il demeura hébété de stupeur et de terreur...

Le coup de poing n'avait pas atteint le nain à la tête, mais au ventre !

Le nain, se détendant comme un ressort, venait de s'allonger démesurément et de se transformer en géant ! En sorte que Malingre, qui d'abord était obligé de baisser les yeux pour voir la figure de l'homme, devait maintenant les relever pour s'assurer que c'était bien le même individu.

— Je vous dis qu'on ne passe pas par le royaume des nains et des géants, dit l'homme sans se mettre en colère.

— Permettez, seigneur nain... balbutia Malingre.

— Je ne suis pas nain ! gronda le mendiant en fronçant les sourcils.

— Permettez, seigneur géant... reprit Malingre affolé.

— Je ne suis pas géant, dit l'homme qui, en effet, et instantanément, reprit une taille moyenne.

Gillonne et Malingre avaient assisté, hagards, à cette nouvelle transformation. Mais déjà l'homme-protée, raccourcissant de nouveau sa taille, était redevenu le nain primitif, et, paisiblement comptait sur ses genoux le contenu de l'escarcelle de Malingre.

— Permettez, monsieur... bégaya Malingre.

— Je ne suis pas sieur ! dit sévèrement le nain.

— Et qui êtes-vous donc alors ?

— Il me semble pourtant que cela se voit assez : j'appartiens à la confrérie des mendiants (1).

— Eh bien ! maître mendiant ! pourriez-vous nous dire par où nous pourrions nous éloigner de ce séjour qui est enchanteur, je l'avoue, mais que, cependant, nous croyons avoir suffisamment admiré pour cette fois ?

— Par où vous voudrez ! fit l'homme, tous les chemins sont libres, excepté toutefois le passage des nains et des géants.

— Merci, seigneur mendiant, firent ensemble Gillonne et Malingre avec force salutations.

— Excepté aussi le royaume des aveugles ! ajouta le nain. Excepté aussi la rue aux manchots et aux culs-de-jatte !

— Nous ne le savons que trop, dit Malingre en se retirant, suivi de Gillonne ;

mais enfin, si les autres passages sont libres...

— Excepté aussi la rue aux borgnes ! cria de loin le nain. Excepté aussi le passage des cancéreux et ulcéreux ! Excepté la rue aux bossus et la rue aux goitreux !...

— Mais alors, que nous reste-t-il pour nous en aller ? rugit Malingre, qui commençait enfin à soupçonner qu'il était plus facile d'entrer à la Cour des Miracles que d'en sortir.

Le nain dédaigna de répondre, et les deux associés se retrouvèrent dans la Cour des Miracles, ahuris, terrifiés, se demandant à quel chemin aérien ou souterrain ils pourraient bien demander leur salut.

Mais alors ils s'aperçurent que la Cour des Miracles avait étrangement changé d'aspect. Des groupes nombreux stationnaient, de-ci de-là, et les regardaient en ricanant. Ils essayèrent de faire quelques pas, et ils furent entourés par une bande de culs-de-jatte et de manchots, parmi lesquels ils reconnurent le manchot et le cul-de-jatte de tout à l'heure.

— Pas par là ! Pas par là ! crièrent les estropiés en les bousculant.

Les deux malheureux retombèrent ainsi au milieu d'une troupe d'aveugles qui se mit à les pousser en hurlant :

— Pas par ici ! Pas par ici !

Enfin, poussés, bousculés, lancés de groupe en groupe, de nains en goitreux, de cancéreux en géants, Simon Malingre et Gillonne se trouvèrent jetés à travers la porte d'un logis, laquelle porte se referma immédiatement derrière eux. Ils se virent alors dans une salle spacieuse, mais misérablement meublée, et où la lumière n'entrait que par une imposte grillée d'épais barreaux de fer. Au fond de cette salle, était assis un homme qui leur dit :

— Enfin, vous voilà donc ! Voilà une heure que je vous attends !

— Lancelot Bigorne ! s'exclama Simon Malingre, et sa figure effarée grimaça un sourire.

C'était, en effet, Lancelot Bigorne. Et c'est lui qui avait organisé toute cette comédie dont Malingre et Gillonne venaient d'être les victimes. Il avait suivi le couple au moment où celui-ci s'était éclipsé du logis habité par Buridan. En quelques instants, et grâce à cette sorte de franc-maçonnerie de la Cour des Miracles, les deux intrus avaient été signalés, le mot d'ordre donné.

— Tu nous attendais ? fit Malingre, que la présence de Bigorne rassurait déjà.

— C'est-à-dire que, depuis cette intéressante conversation que nous avons eue ensemble chez Noël-Jambes-Tortes, je te cherche partout. Or, en t'apercevant tout à l'heure, je me suis dit que tu étais venu ici uniquement pour me parler de la bonne affaire.

— Ah !

— Et la présence de l'estimable Gillonne m'a confirmé dans mon opinion... Aurais-tu donc, ajouta Bigorne avec inquiétude, renoncé à... hum !... Hi han !... comment disais-tu ?

____

(1) *Confrérie qui avait ses statuts, ses règlements, ses privilèges, ses suppôts, ses massiers, son porte-bannière, tout comme les autres confréries.*

Malingre jeta un rapide regard à Gillonne. Ce regard voulait dire :

— C'est ici une rencontre inespérée ! Avec l'aide de Bigorne, nous sommes sûrs de la victoire !... Je n'ai renoncé à rien, reprit-il, à haute voix. Au contraire, mon projet s'est agrandi, amélioré, amplifié...

— C'est donc devenu un grand projet ?

— Oui, grand... tiens ! comme la colline de Montmartre !...

— Ou, comme le mont Faucon, dit froidement Bigorne.

— Tout juste ! fit Simon Malingre en éclatant de rire.

Mais Gillonne dut sans doute comprendre l'allusion au gibet, car elle tressaillit, et ce fut elle qui reprit en dévisageant Bigorne :

— Toute la question, maintenant, est de savoir si Lancelot Bigorne est toujours des nôtres, ou s'il renonce à partager avec nous la fortune que nous allons conquérir.

— La fortune ? Peste, non ! je n'y renonce pas ! Et même j'ai hâte de saisir par son unique cheveu cette capricieuse déesse qui, jusqu'ici, n'a pas daigné jeter sur moi le moindre regard. Voyons, il s'agirait donc de ?...

Bigorne fit le geste de quelqu'un qui donne un coup de poignard.

— Oui ! dit Simon Malingre.

— Buridan ?... fit Bigorne dans un souffle.

— Oui ! répéta Malingre.

Lancelot baissa la tête et devint méditatif. Gillonne suivait attentivement les jeux de cette physionomie mobile. Quant à Malingre, il était sûr de la victoire. Enfin Bigorne releva la tête et prononça :

— Hi han !...

— Quoi, hi han ! fit Malingre effaré.

— Rien. C'est une manière que j'ai de me parler à moi-même pour m'éclairer les idées. Voyons, si je me souviens bien, il s'agirait donc, comme dit maître Buridan qui a étudié pour être docteur, de poser un syllogisme, savoir : 1° nous prouvons au noble comte de Valois que Buridan n'est ni plus ni moins que son propre fils.

« Or, Valois veut dès lors se débarrasser de ce fils gênant. Est-ce bien cela ?

— Bigorne, fit Malingre, j'ai toujours pensé que tu étais un vrai docteur.

— Bon. Reste la conclusion : nous envoyons Buridan *ad patres*...

— Et Valois nous paye la messe d'enterrement ! fit Malingre en éclatant de rire. Mais ce n'est pas tout. Par la même occasion, la jolie Myrtille...

— Arrête, dit Lancelot, j'ai deviné. C'est ici un deuxième syllogisme, aussi intéressant que le premier. Le noble comte de Valois est féru de Myrtille, fiancée de Buridan. Il sait à cette heure que celle qu'il aime est aux mains de son rival.

« Nous supprimons le rival et ramenons la donzelle au prince. Coup double. Donc, double écot. Double messe : enterrement et mariage !

— C'est admirable, dit Malingre, comme tu as l'intelligence subtile. Il ne reste plus, Lancelot, qu'à passer à l'exécution. En ce qui concerne Myrtille, c'est fait :

elle est au pouvoir de Jean Buridan. Et Valois le sait. Il faut donc lui apprendre maintenant, à ce digne seigneur, que non seulement ce Buridan est un rival heureux, mais encore qu'il est un fils redoutable dont l'existence est pour lui un danger perpétuel. Dès lors, tu comprends notre triomphe, du jour où nous lui ramènerons Myrtille et où nous lui dirons : « Monseigneur, Buridan est mort !... »

— Hi han ! se mit à braire Bigorne.

— Hein ? fit Malingre.

— Rien. C'est de la joie... Va toujours, mon digne compagnon.

— Nous sommes donc d'accord ?

— *Optimé !* comme dit le docteur Chelliet.

— Eh bien ! il faut donc d'abord que Gillonne et moi nous allions trouver le comte de Valois ! dit Malingre en se levant. Viens, Gillonne. Bigorne va nous faire sortir de la Cour des Miracles sans que nous ayons maille à partir avec les aveugles, les nains, les manchots, les culs-de-jatte, les géants, les bossus...

— Un instant, dit froidement Gillonne, qui n'avait cessé d'étudier la physionomie de Lancelot Bigorne. Je ne veux pas m'en aller, moi !

— Ah ! ah ! fit Bigorne qui, à son tour, alors, se mit à étudier ce visage énigmatique.

— Bon ! fit Malingre. Es-tu folle ?

— Folle ou non, je reste, dit Gillonne en appuyant sur chaque mot. Que veux-tu ? Je l'aime, moi, cette petite Myrtille ! Je ne voudrais pas la faire pleurer. Écoute, Malingre, je trouve que la fortune acquise à ce prix serait bien lourde à supporter...

— Çà, elle perd la tête !... gronda Malingre.

— Je dis, continua Gillonne, que je ne veux pas prêter les mains à cette trahison ! Je dis que le pauvre Buridan mérite de vivre et de vivre heureux avec celle qu'il adore ! Je dis que je tiens en détestation ce comte de Valois qui poursuit de sa haine deux gentils amoureux, lesquels ne demandent rien au monde que le droit de s'aimer...

— Oh ! oh ! songea Bigorne, la commère est plus dangereuse que ce misérable Malingre ! Quelle limace !... Voyons, si je l'écrasais d'un coup de talon ?...

— Bigorne, cria Malingre, ne l'écoute pas.

— J'ai dit ce que j'ai dit ! reprit Gillonne. Si le seigneur Buridan était ici, je lui crierais : « Prenez garde ! On veut vous tuer. On veut vous enlever Myrtille !... »

Malingre lança un regard stupéfait à Gillonne, et Bigorne murmura :

— Cette sorcière m'a deviné !... Mes braves amis, reprit-il, je vois avec peine que vous n'êtes pas d'accord. J'en ai le cœur déchiré. L'une veut rester et sauver Buridan. L'autre veut sortir de la Cour des Miracles pour courir chez l'illustre comte de Valois ! Que faire ?

— Que Gillonne reste ! dit Malingre. J'agirai donc seul... seul avec toi, Bigorne !

Lancelot hocha tristement la tête.

— Ne m'as-tu pas dit que tu dois prendre Gillonne pour femme ? dit-il.

— Oui. Eh bien...

— Eh bien ! jamais je n'aurai le courage de vous séparer. Ce serait pour moi un vrai remords. Je n'en dormirais plus.

— Au diable la Gillonne ! grinça Malingre. Je la répudie !

— Impossible, dit Bigorne. Vous n'êtes pas mariés encore.

Bigorne se dirigea vers la porte. Malingre s'accrocha à lui.

— Non, non ! cria Bigorne. Je ne puis me mettre sur la conscience la séparation de deux fiancés tels que vous. Vous resterez donc tous deux. Quand vous serez d'accord, vous me le direz !

Et Bigorne, se débarrassant de l'étreinte désespérée de Malingre, s'élança au dehors.

Simon Malingre entendit le bruit des verrous que l'on poussait, et, terrifié, se laissa tomber sur un escabeau. Il ne sortit de sa stupeur que pour accabler Gillonne de reproches et d'injures. Gillonne, sombre et pensive, le laissa dire. Puis, quand il eut fini, elle laissa simplement tomber ce mot :

— Imbécile !...

— Comment, imbécile ? fit Malingre.

— Tu ne vois donc pas que Bigorne nous a joués ? Tu ne vois donc pas qu'il appartient corps et âme à Buridan ? Tu ne vois donc pas qu'il t'a arraché ton secret mot à mot et que nous sommes ses prisonniers ?

— Ses prisonniers ! dit Malingre effaré. Ainsi ces manchots, ces aveugles, ces nains ?...

— Des hommes à lui qu'il a apostés pour nous barrer tous les chemins et nous pousser ici où il nous attendait !...

— Nous sommes perdus ! murmura Malingre épouvanté.

— Pas encore ! répondit Gillonne.

X

LA VEILLÉE DES ARMES

Trois jours donc s'étaient écoulés depuis ces événements, c'est-à-dire depuis la réunion de Buridan et de Myrtille, depuis la capture de Malingre et de Gillonne par Lancelot Bigorne. Et nous arrivons à cette soirée où la reine Marguerite monta sur la plate-forme de la Tour de Nesle, à cette nuit où Juana pénétra dans le cachot de Philippe d'Aulnay et où le même Philippe fut transporté, tout sanglant, tout muselé, au Temple, où Valois devait le surveiller de près et l'obliger à révéler ce nom que le roi voulait savoir.

Pendant ces trois jours, un étrange événement s'était accompli à la Cour des Miracles.

La première journée qui avait suivi leur réunion s'était passée pour Buridan et pour Myrtille comme une minute de bonheur. Les amoureux en avaient long à se dire... Buridan se réveilla le soir de ce rêve d'ivresse qu'il venait de faire tout éveillé, et songea alors à mettre sa fiancée en lieu sûr, c'est-à-dire à quitter promptement non seulement la Cour des Miracles, mais encore Paris.

Seulement, lorsque Guillaume Bourrasque et Riquet Haudryot, envoyés en éclaireurs, allèrent étudier les ruelles avoisinantes, ils s'aperçurent que la Cour des Miracles était cernée de toutes parts et qu'il n'y avait aucune possibilité de sortir.

Le coup fut terrible pour Buridan.

Bientôt l'impossibilité même de tenter une sortie armée lui fut démontrée.

Buridan passa cette nuit-là à chercher lui-même un passage, mais partout il vit que toute tentative serait vaine : c'était le siège...

Que serait ce siège ?...

Il ne venait à l'esprit de personne, dans la Cour des Miracles, que cette cité des mendiants pût être attaquée. On supposait seulement que Buridan et ses compagnons seraient sommés de se rendre, et qu'après une démonstration, les archers finiraient par se retirer, comme cela était arrivé maintes fois : c'étaient dix ou quinze jours à passer là...

D'ailleurs les vivres abondaient.

La Cour des Miracles demeurait calme.

Buridan s'organisa donc dans le logis où Hans l'avait installé : Lancelot Bigorne, Guillaume Bourrasque et Riquet Haudryot occupèrent le rez-de-chaussée.

Buridan et Gautier d'Aulnay s'accommodèrent du premier étage.

Myrtille fut installée dans une chambre fort propre des combles, ce qui avait l'avantage de l'isoler pour ainsi dire de la Cour des Miracles. En outre, dans le cas improbable où le royaume d'Argot et d'Égypte serait envahi, et où le logis serait attaqué, les assaillants auraient d'abord le rez-de-chaussée, puis le premier à emporter de vive force avant de parvenir jusqu'à Myrtille.

Ces dispositions prises, il n'y avait plus qu'à attendre, et Buridan attendit en se rongeant les poings d'impatience et d'inquiétude.

Mais le lendemain, à la première heure, Hans vint le trouver.

Hans avait eu, pendant la nuit, des conciliabules animés avec des groupes de mendiants.

Ce qui s'était dit dans ces conciliabules, nous allons le savoir.

— Bonjour, mon cher hôte, dit Buridan. Il paraît donc que nous sommes prisonniers ?

Hans, sans répondre, prit le jeune homme par la main et le conduisit jusqu'à la fenêtre qui dominait l'ensemble de la cour et dont il baissa le châssis.

— Regardez à votre gauche, dit Hans.

Buridan se mit à la fenêtre et regarda dans la direction indiquée.

— Que voyez-vous ?

— Diable ! Je vois une véritable montagne de piques et autres armes entassées.

De quoi armer deux beaux régiments dont notre sire le roi aurait tant besoin...

— Bon. Et que voyez-vous encore ?

— Une cinquantaine de femmes. Il y en a des jeunes et des vieilles, des jolies et des hideuses, mais toutes s'occupent au même travail.

— Oui, dit Hans, elles fourbissent les rapières, aiguisent la pointe des piques et s'assurent que les poignards ont gardé leur fil. Maintenant, sire Buridan, regardez à votre droite. Que voyez-vous ?

— Diable ! diable ! Je vois une centaine d'autres femmes occupées à une besogne que je ne distingue pas bien, mais qui me paraît d'essence batailleuse...

— En effet. Ces femmes, sire Buridan, vérifient, l'une après l'autre, toutes les arbalètes que nous possédons, et nous en avons deux mille. Elles remplacent les cordes d'arc en mauvais état, elles font fonctionner les détentes... Et devant nous, qu'y a-t-il ?

— Diable, diable, diable ! Je vois devant moi qu'on s'occupe à fabriquer des flèches et des dards que l'on accommode d'une pointe d'acier. Ah çà ! mon cher hôte, ajouta Buridan en se retournant, mais nous allons donc avoir la guerre ?

— Il paraît que oui, dit Hans.

— Avec qui, seigneur !...

— Mais avec les gens du roi de France ; avec ceux du sire de Châtillon et du comte de Valois ; avec ceux de Malestroit et de Trencavel, avec le ban et l'arrière-ban, le guet et le contre-guet, avec le prévôt Précy, avec Paris tout entier : cela fait une jolie armée que dirige en personne le premier ministre Enguerrand de Marigny.

— Enguerrand de Marigny ! fit sourdement Buridan. Le père de Myrtille ! songea-t-il.

— Enguerrand de Marigny, reprit Hans, c'est celui qui dirige toute cette armée qui, en ce moment, assiège le royaume d'Argot. Quelques-uns des nôtres ont pu l'approcher d'assez près. Et je vous dis, cet homme est résolu à détruire la Cour des Miracles. A moins qu'il ne soit poussé par une autre idée, ajouta Hans en regardant fixement Buridan.

Buridan, un instant, baissa la tête et devint pensif. Puis, cette tête aux lignes fières sur laquelle se jouait en ce moment un rayon d'audace et de défi, il la releva sur Hans :

— Vous avez raison, dit-il, Marigny est poussé par une idée : Enguerrand de Marigny, ministre tout-puissant, plus puissant peut-être que le roi, Enguerrand de Marigny, l'homme le plus riche de Paris et de France, l'homme qui ne peut dénombrer ni ses écus ni ses serviteurs, l'homme qui ignore le compte de ses châteaux, eh bien ! dans la félicité de cet homme, il y a un ver rongeur : tant que je vivrai, Enguerrand de Marigny ne sera pas heureux...

— Eh bien ? fit Hans, croyant que Buridan s'arrêtait.

— Eh bien ! ce n'est pas contre la Cour des Miracles ni même contre mes compagnons qu'Enguerrand de Marigny a amassé dans toutes ces rues avoisinantes tout ce qu'il y a d'archers et de gens d'armes dans Paris.

— Et contre qui donc ?

— Contre moi ! dit Buridan.

Hans parut à son tour devenir pensif. Une sorte de mélancolie farouche voila ce visage violent. Il se dirigea vers la fenêtre, jeta un coup d'œil sur le vaste quadrilatère irrégulier que formait la Cour des Miracles, et, appuyant sa rude main sur le châssis, il murmura :

— Voilà quinze ans que ces hommes et ces femmes que vous voyez m'ont élu leur chef et m'ont choisi comme roi d'Argot. Je les connais tous et toutes. Je sais l'inébranlable confiance qu'ils ont en moi, depuis le duc de Thunes et le duc d'Egypte jusqu'au dernier des francs mitous. Si les troupes d'Enguerrand de Marigny nous attaquent, quel carnage ! Combien parmi ces hommes robustes, ingénieux, audacieux, verront luire le soleil de demain ? Combien parmi ces jeunes femmes seront vivantes encore dans deux jours ?

Cette mélancolie qui s'était étendue sur le visage de Hans s'assombrit encore. Ses poings se crispèrent. Un double éclair jaillit de ses yeux. A ce moment, Buridan prononça :

— Il y a un moyen d'éviter ce carnage : faites-moi conduire à Enguerrand de Marigny, et je vous jure que les troupes royales vont se retirer aussitôt.

Hans ne répondit pas tout de suite. Il semblait plongé dans une rêverie qui emportait au loin sa pensée.

— Oui, murmura-t-il, mais si bas que Buridan ne l'entendit pas, quelle force de révolte, quelle puissance on pourrait dresser contre la puissance maudite des hommes nobles, si quelqu'un pouvait, mieux que je n'ai su le faire, entraîner cette armée de mendiants !

Alors, lentement, il se retourna vers Buridan et lui dit :

— Je vous ai accueilli ici comme un frère ; je vous ai donné un asile et vous me répondez par une insulte.

Buridan tressaillit.

— Vous êtes jeune, continua Hans, et vous avez l'esprit troublé par l'amour. Votre insulte, d'ailleurs, était généreuse, puisqu'en me proposant une action vile vous aviez seulement l'intention de sauver un ramassis de mendiants et de ribaudes. Mais, sachez-le, il n'est pas un de ces mendiants, pas une de ces ribaudes qui accepteraient d'avoir vie sauve moyennant la lâcheté que vous me proposez. N'en parlons plus. Ce soir il y aura réunion générale dans cette cour, et là, devant tout le royaume d'Argot assemblé, j'aurai, moi, une autre proposition à vous faire.

Sur ces mots, Hans sortit, laissant Buridan stupéfait.

. . . .

Cette journée s'écoula dans une inquiétude mortelle pour le jeune homme. S'il avait été seul, l'idée d'une bataille à livrer l'eût galvanisé. Mais il y avait Myrtille ! Et Buridan, à la seule pensée que la jeune fille allait sans doute mourir, se sentait paralysé.

Le soir vint enfin.

Tout autour de la Cour des Miracles, on entendait les rumeurs, les chants, les cris des troupes royales, impatientes d'en venir aux mains, et soigneusement entretenues dans cette impatience par une libérale distribution de vin aux épices.

Lorsque la nuit fut devenue noire, il se fit un étrange mouvement dans la Cour des Miracles.

Trois rues sur lesquelles s'embranchaient une foule de ruelles formaient en réalité le royaume d'Argot, dont la Cour des Miracles proprement dite n'était pour ainsi dire que la capitale. C'était la rue des Francs-Archers, c'était la rue Saint-Sauveur, c'était la rue aux Piètres.

De ces trois rues, comme autant de rivières gonflées qui débordent, un triple flot d'hommes et de femmes débouchaient dans la Cour des Miracles. Trois feux avaient été allumés. Autour de chaque feu, des tables et des bancs avaient été installés. De place en place, des torches de résine brûlaient. Un peu en arrière de chaque torche était placé un tonneau. Sur les tables, autour desquelles prenaient place les arrivants au fur et à mesure et sans ordre, il y avait des brocs et des gobelets. De temps à autre, l'un des mendiants, au hasard, se levait, allait tourner la cannelle d'un tonneau, remplissait un broc et versait à boire à la tablée dont il faisait partie.

Au centre de la place, se dressait la pique, ornée d'un quartier de charogne, nous disons ornée, car, pour ces gens, c'était un véritable ornement. A quelques pas en arrière de cette sorte de hideux étendard, des planches avaient été posées en travers sur des tonneaux vides et cela formait une estrade qu'éclairaient plusieurs torches et d'où l'on dominait l'étrange et vaste scène des truands assemblés.

Un silence relatif régnait sur cette foule qui ne s'était pas assemblée pour une ripaille, mais sur un mot d'ordre donné par le chef suprême, c'est-à-dire le roi d'Argot. Il y avait peut-être là cinq à six mille hommes et femmes qui avaient afflué de tous les points du royaume d'Argot. Et tous avaient pris place en bon ordre. Le duc de Thunes, le duc d'Egypte, leurs comtes, leurs suppôts, leurs massiers, les Egyptiens, les hubins, les calots, les coquillards, les courtauds de boutanches : personnages hideux, farouches, déguenillés, figures sombres, tout ce monde inouï, fantastique, fabuleux, formait un ensemble de cauchemar.

Et cependant tous ces visages étaient graves, tous les regards étaient tournés vers l'estrade vide pour le moment.

Tout à coup un grand silence se fit dans cette foule : Hans venait d'apparaître sur l'estrade.

Sa colossale stature, sur le fond rouge des torches, se détacha en silhouette monstrueuse.

Il promena un long regard sur la multitude des truands et des ribaudes assemblés.

Puis, d'une voix que l'on put entendre jusqu'aux confins de la Cour des Miracles, il prononça :

— Francs bourgeois, Egyptiens, Argotiers, Courtauds, Sabouleux, Piètres, Capons, Orphelins, Narquois, Rifodés, Polissons, Calots, Francs mitous, nos massiers et suppôts vous ont dit qu'en présence des troupes royales prêtes à envahir le royaume d'Argot, j'ai une importante proposition à vous faire. Cette proposition, la voici. Les troupes royales n'en veulent à aucun de nous. Leur chef, Enguerrand de Marigny, n'a d'autre but que de s'emparer de la personne de Jean Buridan, réfugié parmi nous. Si Jean Buridan est livré à Enguerrand de Marigny, l'attaque dont nous sommes menacés n'aura pas lieu et nous conserverons nos droits et privilèges, entre autres, celui qui fait de la Cour des Miracles un territoire défendu à tous sergents ou archers du guet. Je vous propose donc de faire venir ici le chevalier du guet et de lui livrer Jean Buridan...

Un silence de mort accueillit cette déclaration.

— Que ceux qui sont de mon avis se lèvent ! ajouta Hans.

Nous avons dit qu'il y avait cinq ou six mille hommes et femmes rassemblés là. Ces hommes étaient des mendiants, des voleurs, des tire-laine, des truands ; ces femmes étaient des ribaudes. Les unes vivaient de leurs vénales amours. Les autres vivaient de fraude ou de brigandage.

Lorsque Hans eut fini de parler, sur toute cette foule, il y eut trois hommes qui se levèrent pour approuver.

Dans le même instant, ces trois hommes tombèrent assommés.

Il y eut, dans chacun des groupes dont ils faisaient partie, une rumeur courte et sinistre, puis, de chacun de ces groupes, on vit se détacher cinq ou six hommes emportant un cadavre. L'une de ces bandes entra dans la rue des Francs-Archers, l'autre dans la rue Saint-Sauveur, la troisième dans la rue aux Piètres. Les porteurs funèbres atteignirent les premières lignes de troupes royales et jetèrent parmi les archers stupéfaits les cadavres des trois argotiers qui venaient d'être assommés. Puis ces porteurs paisibles et farouches regagnèrent leur place et ce fut tout.

— Eh bien ! Jean Buridan ! cria alors Hans d'une voix éclatante, que penses-tu de ces gens sans feu ni lieu, sans foi ni loi, de sac et de corde, bons à pendre et à rouer...

Buridan, Bigorne, Bourrasque, Haudryot et Gautier d'Aulnay étaient au pied de l'estrade.

— Répondez, monseigneur de Valois, dit Lancelot Bigorne.

— J'y vais ! fit Buridan. Oui, moi, fils de Valois et cousin germain du roi de France, je vais dire à ces truands ce que je pense d'eux !

Il monta sur l'estrade.

Dans la multitude, il y eut une rumeur de curiosité, le nom de Buridan courut de table en table.

Puis de nouveau, le silence régna.

— Argotiers du royaume d'Argot, dit-il, voulez-vous de moi pour compagnon ?

Une immense acclamation gronda sourdement d'abord, puis monta, éclata, se déchaîna, et cette voix énorme de la foule s'engouffrant par les rues comme une rumeur de tempête, fit frissonner au loin les bourgeois barricadés chez eux..

Le silence peu à peu se rétablit. Buridan continua :

— Voilà ma réponse au roi d'Argot. Truands, ribaudes, gens de sac et de corde, sans foi ni loi, sans feu ni lieu, bons à pendre et à rouer, j'ai vu de près le roi de France, et je l'ai trouvé lâche. J'ai vu de près monseigneur le comte de Valois, oncle du roi, et je l'ai trouvé vil. J'ai vu de près monseigneur Enguerrand de Marigny, premier ministre du royaume, et je l'ai trouvé féroce. J'ai vu de près la reine Marguerite de Bourgogne, et je l'ai trouvée infâme. En ce moment, il y a cinquante mille Parisiens qui se réjouissent de ma mort prochaine uniquement parce que j'ai essayé de me défendre contre la lâcheté, la vilenie, la férocité et l'infamie coalisées contre moi ! Il y en a vingt mille qui rêvent au moyen de me livrer parce qu'il y a de l'or à gagner, ma tête étant à prix. J'ai cherché en haut ce qui fait de l'homme une noble créature, c'est-à-dire la loi d'humanité que les lois des puissants essayent d'étouffer. Et c'est parmi vous, truands, gens de sac et de corde, que je l'ai trouvée !...

Les truands se regardèrent entre eux avec un indéfinissable étonnement.

Ces paroles, ils les comprenaient vaguement.

Une sorte de fierté farouche leur venait. Mais, — disons-le, — qu'était-ce qu'un truand ?

Le mot de Hans, répété par Buridan, donnait la définition : un homme de sac et de corde.

La plupart de ces gens étaient des bêtes fauves...

Seulement, il y avait parmi eux certaines pensées ayant cours : le respect de l'hospitalité était une de ces pensées. Et Buridan, emporté par l'émotion, soulevé peut-être par le spectacle terrible et grandiose qu'il avait sous les yeux, attribuait à cette foule des sentiments qui n'étaient qu'en lui-même.

Les truands ne comprirent qu'une chose : c'est que Buridan faisait leur éloge. Et qu'était-ce que Buridan pour eux ? Un homme qui tenait tête à toutes les forces contre lesquelles eux-mêmes étaient en lutte : roi, ministres, prévôt, archers du guet...

Cette fois, ce fut donc une tempête de clameurs qui se déchaîna.

Buridan attendait sur l'estrade, debout près de Hans, qui souriait étrangement.

Hans fit signe, et le silence se rétablit.

— Argotiers, dit-il, puisque vous ne voulez pas livrer Jean Buridan et ses compagnons, il faut songer à vous défendre. Demain, peut-être, la Cour des Miracles sera envahie... c'est un défi suprême que vous venez de jeter à l'autorité royale, c'est la guerre que vous déclarez au premier ministre, au prévôt, à la force, à l'ordre...

— Guerre ! Guerre ! rugirent les truands, comme avaient rugi les seigneurs assemblés dans la grande galerie du Louvre.

— Mort au prévôt et aux sergents ! glapirent les ribaudes.

— A la hart Marigny et Valois ! hurlèrent capons et rifodés.

— Eh bien, soit ! la guerre ! dit Hans d'une voix qui domina le tumulte. Mais c'est ici une guerre nouvelle, à laquelle nul de nous n'est habitué. Nous savons la guerre des rues. Nous savons comme il faut dresser l'embuscade où tomberont les écus des bourgeois. Mais nous ne savons pas l'art des batailles rangées. Moi, roi d'Argot, je déclare donc qu'il nous faut un chef, un capitaine. Moi, roi d'Argot, je déclare que j'obéirai à cet homme qui peut nous donner une victoire d'où nos privilèges sortiront affermis pour des siècles.

— Oui ! oui ! un chef !... Et j'obéirai, dit le duc d'Egypte.

— Un capitaine qui nous guide ! dit de son côté le duc de Thunes.

— Ducs, comtes, massiers, suppôts, argotiers ! reprit Hans, ce chef est tout désigné. Le voici. C'est Jean Buridan !

— Hurrah ! Hurrah ! Hurrah !

— Vive le capitaine Buridan !...

Une clameur formidable monta dans les airs. Et dans quelques paroisses voisines, croyant à une attaque de Paris par les truands, on sonna le tocsin qui se mit à mugir dans la nuit.

A toutes les tables, tous les truands étaient debout. Et dans l'esprit de Buridan, il y avait autant de tumulte que dans les airs... Chef de truands !... Le jeune homme se répétait ce mot terrible en lui-même. Pâle, sombre, agité de pensées qui se heurtaient, se contredisaient, il frémissait d'une sorte d'horreur.

Et cependant il ne disait pas non !...

Cette capitainerie fantastique et hideuse, qui faisait de lui un chef de bandits, il l'acceptait !...

— Pour toi, Myrtille ! murmura-t-il. Pour te sauver !... Dussé-je périr dans l'ignominie...

Et comme il demeurait immobile, comme les acclamations s'élevaient plus violentes, plus farouches, Hans décrocha de sa ceinture une dague courte qu'il dégaina. Et il mit l'arme dans la main de Buridan, comme une sorte d'insigne...

Machinalement, le jeune homme la prit. Sa main se crispa sur la poignée. L'acier, dans la lueur des torches, jeta un éclair...

Alors, mendiants, Egyptiens, truands, se formèrent en une longue colonne qui défila devant l'estrade, étrange théorie d'êtres déguenillés et sordides, de visages hideux et flamboyants, effrayante procession qui hurlait :

— Hurrah ! Hurrah ! Hurrah !

— Vive le capitaine Buridan !

Buridan était rentré dans son logis. Cette effrayante émotion, qui l'avait étreint à la gorge s'était calmée et, avec un sourire plein de défi, il murmura :

— Capitaine de messieurs les truands !...

Par son seul aspcet, Marigny semblait vouloir terrasser les truands.

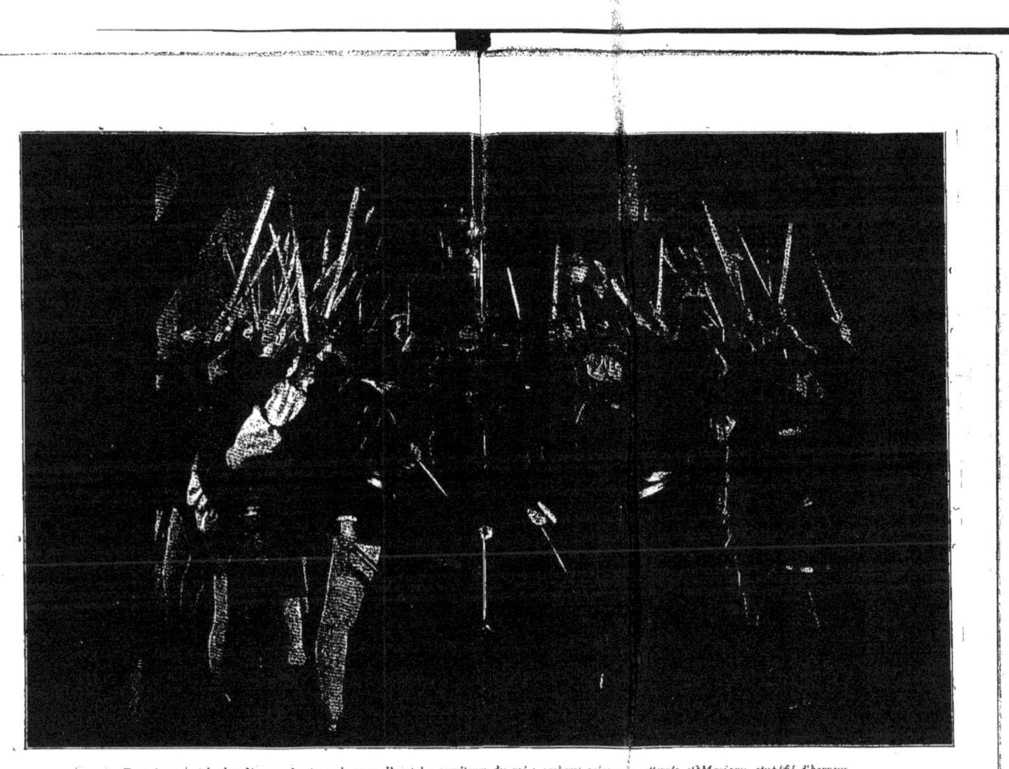

Tout à coup, tels des démons, les truands encerclèrent les serviteurs du roi : archers, seigneurs atterrés et Marigny, stupéfié d'horreur.

Refoulés par les troupes de Marigny, les truands avaient reculé.

3–XXI.

nait de parler ainsi et, le visage dans le visage, risquant le tout pour le tout :

— Vous venez d'insulter deux femmes appartenant à la reine. Votre nom ?

— Çà, fit l'officier interloqué, es-tu folle, femme ?... Holà, qu'on arrête...

— Votre nom ? répéta Mabel en mettant sous les yeux de l'officier le parchemin royal.

L'officier pâlit.

Il s'inclina, se courba et balbutia :

— Je ne savais pas... Par grâce, n'exigez pas mon nom et pardonnez-moi...

— C'est bien. Je pardonne. Faites-moi escorter jusque hors des lignes...

— Dix hommes d'escorte ! cria l'officier en respirant. Et qu'on veille à ce que pas un mot, pas un regard ne déplaise à ces deux femmes jusqu'à ce qu'elles soient hors des lignes ! Sans quoi, les fers !...

Les hommes désignés se mirent en rang et s'avancèrent dans la rue, suivis de Mabel et de Myrtille. Plus on s'enfonçait dans la rue, plus le nombre des archers augmentait. Il y en avait dans toutes les maisons. Les habitants de ces maisons avaient dû céder la place aux soldats qui s'y étaient installés. Les archers qui n'avaient pu trouver place dans les logis avaient improvisé de véritables campements sur la chaussée tortueuse, et ils avaient mis à contribution les ustensiles des cuisines des logis abandonnés. Les uns faisaient rôtir des quartiers de viande devant des feux qu'ils avaient allumés. Les autres jouaient aux dés. On entendait d'énormes jurons, des menaces à tout pourfendre, et tout cela se confondait en une seule, immense et assourdissante vocifération ; mais nul n'osait parler aux deux femmes qui passaient, protégées par leur escorte.

Tout à coup, Mabel, à l'un des nombreux détours de la rue, comprit qu'elle se trouvait dans le voisinage d'un chef important. Et, en effet, là, bien que les hommes d'armes fussent plus nombreux un grand silence régnait dans la nuit.

Devant une maison, un double rang de hallebardiers montait la garde.

Mabel était forte et courageuse.

Mais elle se sentit défaillir.

Ces hallebardiers portaient sur la poitrine l'écusson d'Enguerrand de Marigny !

— Hâtez le pas, dit-elle, d'une voix qui ne tremblait pas, au chef de l'escorte, car la reine attend la réponse que je dois lui apporter.

A ce moment des trompettes sonnèrent.

Plusieurs officiers sortirent de la maison et, parmi eux, un homme de haute stature, à la physionomie rude, aux yeux sombres.

— Marigny !... murmura Mabel.

Instinctivement, elle se retourna et enlaça la taille de Myrtille d'un bras comme pour la protéger.

Mais déjà Marigny les avait aperçues.

— Quelles sont ces deux femmes ? demanda-t-il. Pourquoi ont-elles une escorte et d'où viennent-elles ?

D'un geste prompt comme l'éclair, Mabel remit au chef de l'escorte le parchemin royal et lui glissa ces mots à l'oreille :

— Répondez. Il y a cinquante écus d'or pour vous si ce chef ne nous retient pas trop longtemps. C'est de la part de la reine.

— Monseigneur, dit le soldat en déployant le parchemin, ces femmes ont un laissez-passer et elles sont attendues au Louvre dans un instant.

Marigny jeta un coup d'œil sur le parchemin et, d'un geste indifférent, ordonna qu'on laissât passer les deux inconnues.

Dans le même instant, ses yeux se portèrent sur le visage de Mabel.

Il tressaillit.

Son visage devint très pâle.

Il fit deux ou trois pas rapides.

— Mabel ! fit-il sourdement.

— Eh bien, oui ! c'est moi, monseigneur, répondit Mabel qui, par un prodige d'énergie, parvint à conserver tout son calme. Et, en même temps, elle serrait à le briser le poignet de Myrtille.

— Tu viens de la Cour des Miracles ?

— Oui, monseigneur.

— Qui t'y a envoyée ?

— Qui serait-ce, sinon la reine ?

A ce moment, elle sentit que Myrtille défaillait et de nouveau elle l'enlaça de son bras pour la soutenir.

La situation était effrayante.

— Si elle perd connaissance, songea Mabel avec un sang-froid terrible, nous sommes perdues et mon fils est mort.

Mabel n'hésita pas.

D'un mouvement si prompt et si souple que nul n'eut le temps de voir ce qu'elle faisait, elle dégagea le petit poignard qu'elle portait à la ceinture et, enlaçant le cou de la jeune fille, elle la piqua de deux coups de pointe à la gorge.

Myrtille poussa un léger cri.

Mais la douleur physique produisit l'effet qu'attendait Mabel ; elle domina et anéantit pour un instant la douleur morale de cette jeune fille qui se trouvait en présence de son père et qui se disait qu'il lui était défendu de se faire reconnaître de ce père.

L'image de son fiancé passa devant les yeux de Myrtille et elle se redressa dans un suprême effort.

— Qu'as-tu été faire à la Cour des Miracles ? reprenait Enguerrand de Marigny d'une voix suppliante. Ecoute ! je ne te demande ni tes secrets ni ceux de la reine !

« Je ne te demande pas quel message tu as pu porter à Jean Buridan de la part de Marguerite de Bourgogne. Mais si tu as pitié de moi plus que tu n'as eu pitié un soir où je t'ai vainement suppliée au Louvre, dis-moi seulement si tu as vu ma fille... Oh ! tu ne sais pas, tu ne peux pas savoir ce qu'endure le cœur d'un père, lorsque...

Dans ce moment, un soupir désespéré gonfla le sein de Myrtille.

Elle se renversa dans les bras de Mabel.

Sa capuche retomba légèrement...

— Damnation ! gronda Enguerrand de Marigny, c'est Myrtille !

En même temps, devant la foule des archers stupéfaits, avec une sorte de cri où il y avait une joie furieuse et un défi suprême, il saisit sa fille dans ses bras puissants, la souleva et l'emporta mourante dans l'intérieur du logis.

— Malédiction ! rugit Mabel.

Et elle-même se jeta d'un bond à la suite de Marigny.

Celui-ci avait déposé Myrtille sur une sorte de large canapé rembourré de coussins, et, sans plus s'occuper d'elle, au bruit que fit Mabel en entrant, il se retourna et, lançant à celle-ci un regard foudroyant, marcha sur elle, terrible, presque auguste, car, dans cette minute, il portait sur sa physionomie le double sentiment de la joie et de la douleur paternelles à leur suprême degré.

— Voilà donc, fit-il, dans un grondement farouche, ce que tu as été chercher à la Cour des Miracles ! Voilà donc ce que tu dois ramener à Marguerite de Bourgogne ! Je te savais féroce, car tu n'as pas eu pitié de moi, le soir où tu pouvais d'un mot m'aider à sauver ma fille ! Je savais que, si Marguerite est un démon sur cette terre, tu es, toi, l'âme damnée de ce démon. Je connaissais vos abominables secrets à toutes deux, car j'ai interrogé les pierres de la Tour de Nesle, et ces pierres m'ont répondu par le rire démoniaque de l'orgie ou par la plainte affreuse de ceux qu'elles ont vu mourir. Or, tout cela ne me regardait pas, moi. Mais ce qui me regarde, c'est ma fille. Je la tiens. Je la garde. Va dire à ta maîtresse qu'Enguerrand de Marigny la défie de venir chercher ici notre enfant ! Va, démon ! retire-toi ! Ote-toi de ma présence ! ou, par ce Dieu vivant, je t'écrase de ce poing qui n'a jamais frappé une femme !...

Enguerrand de Marigny leva son poing formidable qui tremblait, prêt à s'abattre sur la tête de Mabel.

— Marigny, dit Mabel, regarde derrière toi.

Marigny se retourna d'instinct, et vit Myrtille qui, à pas chancelants, les mains jointes, marchait vers lui.

— Enguerrand de Marigny, reprit Mabel, demande à ta fille si elle veut rester près de son père ou suivre Mabel la maudite.

Le poing retomba lentement et Marigny, hagard, balbutia :

— Qu'est-ce à dire ?... Elle ne t'entraîne donc pas de force ? Tu la suis donc volontairement ?... Parle !.. Je comprends, ajouta-t-il tout à coup en se frappant le front, Marguerite de Bourgogne, c'est ta mère ! et, pauvre enfant, t. veux rejoindre ta mère !... Oh ! ma fille, mon enfant chérie, tu ne sais pas, j'espère que tu ne sauras jamais quelle mère ton destin t'a donnée !... Lorsque, heureuse et confiante, tu attendais ma venue à la Courtille-aux-Roses, lorsque je n'étais pour toi que maître Claude Lescot, le marchand, lorsque je te prenais sur mes genoux et que tu m'interrogeais sur mes longues absences, souvent tes questions innocentes m'ont fait pâlir. Et lorsque tu me demandais pourquoi je pâlissais, pourquoi je n'osais te répondre, mon cœur se déchirait de douleur ; la crainte et l'horreur envahis-

saient mon âme à la pensée que tu pourrais un jour m'arracher le redoutable secret que je traînais dans mon existence, et apprendre que Claude Lescot c'était Enguerrand de Marigny, et que ta mère, enfant, s'appelle Marguerite de Bourgogne !... Si je ne puis te dire l'entière vérité sur celle qui t'a mise au monde, apprends du moins ceci : lorsque tu étais au fond d'un cachot du Temple, une femme t'est apparue. C'était Marguerite de Bourgogne. Marguerite savait que tu étais sa fille, je te le jure sur Dieu qui nous entend et nous juge ; oui, Marguerite savait que la sorcière Myrtille, c'était son enfant, Marguerite pouvait d'un mot la sauver, et Marguerite a refermé elle-même sur sa fille la porte de fer derrière laquelle tu agonisais !... Maintenant, Myrtille, mon enfant chérie, oublie un instant que c'est le premier ministre qui te parle. Rappelle-toi seulement que je suis encore pour toi Claude Lescot, que tu as tant aimé. Et maintenant, Myrtille, dis-moi, est-ce à Marguerite de Bourgogne que tu veux aller ? ou bien veux-tu accorder à mon cœur meurtri un peu de ta pitié ?... Myrtille, demeures-tu près de ton père, ou suis-tu Mabel, la détestable exécutrice des ordres de ta mère ?... Parle !...

Myrtille se mit à genoux, saisit une main de Mabel, et prononça simplement :

— Père, c'est la mère de Buridan...

Enguerrand de Marigny chancela. Il porta la main à son front et dans sa gorge râla un sanglot qui se termina par un éclat de rire effrayant.

— Buridan ! rugit-il, je l'oubliais presque, celui-là, dans ma joie insensée. Oui, insensée ! puisque j'oubliais que, lorsque la folie d'un amour infâme se loge dans la tête d'une fille, il n'y a plus chez cette fille ni pitié filiale, ni respect humain... Ainsi, tu aimes ! Et parmi tant de loyaux gentilshommes entre lesquels hésitait mon cœur, tu vas choisir, quoi ? Un truand ! l'homme qui a souffleté ton père, devant Paris assemblé, de son mépris et de ses insultes !...

— Mon père ! râla Myrtille, tandis que Mabel, immobile et droite, assistait à cette scène qui contenait la destinée de son fils, comme une statue de l'antique fatalité.

— Tu aimes Buridan ! continua Enguerrand de Marigny d'une voix tonnante, c'est dans l'ordre, fille de Marguerite de Bourgogne ! Ah ! c'est là la mère du truand ! ajouta-t-il avec un éclat de rire. Eh bien ! j'aurais dû le deviner ! A tel fils, telle mère ! La mère s'est faite l'infamie ! le fils s'est fait le vol ! La mère est l'humble et ignoble servante d'une ribaude couronnée, le fils guette les passants aux détours des chemins pour les détrousser et les filles au fond des courtilles pour les enjôler !... Eh bien ! par les plaies du Christ, je ne suis plus ici le père qui pleure et supplie, je suis le ministre qui ordonne et fait justice ! Mère de Buridan, je t'arrête ! Et ton crime, c'est d'avoir pour fils le chef des truands, en rébellion contre l'autorité royale. Fille de Marguerite de Bourgogne, je t'arrête ! Et ton crime, c'est...

A ce moment, et tandis que Marigny, ivre de rage, balbutiait et levait ses deux mains crispées, comme pour saisir à la fois Mabel et Myrtille, à ce moment, disons-nous, un bruit d'éclatante fanfare monta dans la rue.

Une rumeur lointaine grandit et s'approcha rapidement, apportant jusqu'à Mabel les cris mille fois répétés de : « Vive le roi ! ».

Marigny n'entendait rien.

Mais Mabel avait entendu.

D'un bond elle fut à la fenêtre dont elle fit tomber le châssis.

— Eh bien ! cria-t-elle, puisqu'on arrête la fille de Marguerite de Bourgogne, il faut que le monde sache ! Il faut que le monde épouvanté apprenne que la reine de France a été la maîtresse d'Enguerrand de Marigny ! Il faut que le roi sache que son premier ministre arrête la fille de son épouse !

Marigny demeura hébété, comme frappé de la foudre.

— Le roi !... bégaya-t-il en tournant autour de lui des yeux sanglants.

— Vive le roi ! Vive le roi !

Tout à coup, la clameur s'apaisa, et la voix joyeuse de Louis Hutin monta jusqu'à Marigny.

— Oui, mes enfants, criait le roi, nous allons avoir bataille. Encore un peu de patience, mes braves dogues, et nous allons vous donner tous ces sangliers en curée. Le temps de m'entendre avec mon féal Marigny, et ce sera chose faite. Bataille ! par la mort Dieu ! Bataille !

— Vive le roi ! Bataille ! Sus aux truands !

Dans l'escalier retentit le pas de Louis Hutin et de son escorte.

— Voici le roi, dit Mabel à haute voix. Eh bien ! monseigneur, faut-il que je demande à l'époux de Marguerite la grâce de la fille d'Enguerrand de Marigny ?

— Silence ! femme ! rugit Marigny.

— Laissez passer, monseigneur, ou par le Dieu que vous invoquiez tout à l'heure, le roi va savoir.

— Silence ! bégaya Marigny dont les cheveux se dressaient sur la tête.

— Sommes-nous libres ? Je me tais. Sinon...

Marigny courut à une porte, l'ouvrit, ou plutôt la défonça d'un coup de pied.

La porte donnait sur un double escalier.

L'escalier était plein de soldats.

Marigny se pencha.

Et, d'une voix pareille à un rauque gémissement, il cria :

— Ordre du roi ! laissez passer...

Mabel avait saisi, empoigné Myrtille dans ses bras, et farouche, terrible, flamboyante, toute droite, elle descendait l'escalier, emportant la fiancée de son fils...

— Le roi, annonça une voix éclatante à l'autre porte.

Marigny, le visage décomposé, la démarche chancelante, alla à la rencontre de Louis Hutin.

— Sire, balbutia-t-il, en se courbant plutôt comme un homme accablé sous le poids du malheur que comme un seigneur qui salue son roi.

— Eh bien ! Marigny, fit Louis Hutin de sa voix joyeuse, vous avez entendu, n'est-ce pas, que mes braves demandent bataille. Sommes-nous prêts ?

— Oui, sire, nous le sommes ! répondit Marigny en se redressant, et, cette fois, d'un accent si terrible que chacun songea qu'il allait y avoir une fameuse capilotade de truands. Nous sommes prêts, et malheur aux rebelles !...

— Bataille donc ! cria Louis Hutin.

Mabel et Myrtille étaient parvenues au Logis du cimetière des Innocents. Le premier soin de la mère de Buridan fut de barricader la porte d'entrée. Puis elle vint s'asseoir près de la jeune fille, que cette scène avait brisée.

Myrtille pleurait silencieusement.

— Je n'avais pas de mère, murmura-t-elle enfin, et je n'ai plus de père...

— Cet homme est dans la main de Dieu, dit Mabel avec une solennité qui fit frissonner la jeune fille. Où va-t-il ? A quelle catastrophe ?... Je ne sais... mais il est marqué, compté, pesé... ,

— O mon père !...

— Il faut t'habituer à cette pensée que ton père est mort le jour où, pour la dernière fois, tu as vu Claude Lescot... Et quant à Enguerrand de Marigny, tu l'as entendu ! Que ta destinée s'accomplisse donc... et quant à celle qui est ta mère... tout à l'heure, à midi, quelqu'un va venir ici qui pourra t'en parler.

— Quelqu'un ? demanda Myrtille.

Mais Mabel ne répondit pas. Elle s'absorbait dans sa rêverie.

A midi, celui qu'elle attendait ne vint pas : le malheureux Roller n'avait garde de venir ; il avait, comme on dit, reçu son compte. S'il était mort ou s'il lui restait chance de vie, c'est ce que nous verrons en temps et lieu. Quoi qu'il en soit, Mabel ne pouvait imaginer la cause de son absence, et, s'il faut tout dire, cette absence, elle ne la regrettait pas.

En effet, le cœur humain est comme ces plantes qui s'épanouissent et donnent des fleurs, des parfums, dégagent de la beauté quand elles se trouvent à l'air libre et au soleil. Placées dans l'ombre, elles s'étiolent.

Le malheur, c'est l'ombre. Que revienne un rayon de bonheur, c'est-à-dire de soleil, les pensées qui tuent disparaissent et l'homme s'étonne qu'à de certaines minutes il ait pu souhaiter du mal à une créature vivante. S'il n'y avait pas de malheur sur la terre, il n'y aurait pas de méchanceté non plus.

Mabel sortait des ténèbres de la haine.

Elle venait de retrouver son fils. Elle tenait dans sa main la main de celle pour qui son fils vivait : elle entrait dans la lumière.

Une sorte d'indifférence lui venait.

La question vitale, chez elle, n'était plus la vengeance.

Que Marguerite de Bourgogne reçût son

châtiment ou continuât à vivre dans la puissance et la gloire, Mabel comprenait que ce n'était plus là pour elle-même une question de vie ou de mort.

Pendant les deux jours qu'elle passa au Logis du cimetière, elle songea à ces choses sans prendre de résolution. Myrtille reprenait courage. Elle aussi renaissait à la vie.

Le soir du deuxième jour, Mabel sortit : sans doute elle allait aux renseignements. Lorsqu'elle rentra, ses yeux brillaient. Et comme Myrtille l'interrogeait, elle se contenta de lui dire :

— Je crois maintenant que nous pouvons aller attendre à Montmartre, où Buridan ne tardera pas à nous rejoindre... C'est ce que nous ferons demain matin.

Le matin, à l'aube, les deux femmes étaient prêtes à partir.

Mabel songeait à Wilhelm Roller, qui n'avait pas reparu.

— C'est donc que je ne dois plus m'occuper du sort de Marguerite... se dit-elle. Les papiers sont là... Les papiers accusateurs qui prouveront au roi l'infamie de Marguerite. Dois-je les détruire ? Pourquoi ? Dois-je les emporter ?... Non ! Ce que je dois faire, c'est de ne pas m'en mêler !... Les papiers resteront où ils sont ! Si Roller vient et qu'il les trouve... eh bien ! Marguerite sera punie ! S'il ne vient pas, ou si, étant venu, il ne les trouve pas, eh bien ! c'est que Marguerite est pardonnée par Dieu comme elle est peut-être pardonnée par moi ! Laissons-la donc dans la main de Dieu !

Cet arrangement, où il y avait une sorte de fanatisme, était la rigoureuse expression des croyances de ces temps reculés.

Mabel et Myrtille se mirent donc en route. Mabel avait acheté la veille un âne qu'elle couvrit elle-même de son double bât avec beaucoup de dextérité. Elle prit Myrtille dans ses bras et l'assit sur un des côtés du bât ; sur l'autre côté elle plaça un sac contenant divers objets et notamment une cassette très lourde.

La cassette était pleine d'écus d'or.

Ce fut ainsi que Myrtille sortit de Paris.

Deux heures plus tard, la mère et la fiancée de Buridan arrivèrent au village de Montmartre, composé de quelques misérables chaumières agenouillées autour d'une chapelle. Ce fut dans une de ces chaumières qu'elles s'installèrent. Et comme, par-dessus la cime des bois qui couvraient les pentes, on apercevait au loin les remparts et les tours de Paris, Myrtille chercha des yeux le point probable où se trouvait Buridan.

Mais elle ne vit qu'un hérissement de toits aigus, et, au loin, bien loin, les grosses tours du Louvre, et plus loin encore une tour isolée qui semblait s'estomper dans une buée grise et sortait de cette buée comme un fantôme qui surgit du fond d'un rêve.

— Mère, demanda-t-elle, qu'elle est cette tour étrange et solitaire ?

Mabel tressaillit et répondit :

— La Tour de Nesle !

XIII

LA BATAILLE

Le capitaine Buridan avait fait barricader la rue Saint-Sauveur et la rue aux Piètres : c'étaient de fortes barricades composées de poutres, de charrettes renversées, de sacs remplis de terre ; cela formait d'épaisses murailles impossibles à franchir et difficiles à démolir au moment de la mêlée. La rue des Francs-Archers, au contraire, avait été laissée libre. Seulement, ce passage était occupé par une troupe compacte, choisie parmi tout ce qu'il y avait de plus obstiné en truanderie.

Ces gaillards solides et fermes au poste, au nombre d'un millier, s'étaient avancés dans la rue aussi loin que possible, et leur première ligne se trouvait à quelques pas seulement de la première ligne des archers.

Truands et archers passaient le temps à se défier, à s'invectiver, à s'envoyer de formidables bordées de jurons et d'insultes ; la bataille à coups de langue avant la bataille à coup de pique et de hache.

Cependant, dans les maisons de cette rue des Francs-Archers qui touchaient à la Cour des Miracles, un étrange travail s'était accompli dans la nuit.

Des centaines de truands avaient envahi ces maisons et, sous la direction du roi d'Argot, avaient entrepris une mystérieuse besogne avec une dévorante activité.

A peu près vers l'heure où se déroulait entre Marigny, Mabel et Myrtille la scène que nous avons esquissée, Buridan et ses compagnons étaient réunis dans la grande salle du logis que leur avait donné le roi d'Argot.

Guillaume Bourrasque, Riquet Haudryot et Lancelot Bigorne devisaient paisiblement et faisaient des projets.

— Moi, disait Riquet Haudryot, voici ce que je ferai. Je tâcherai de me trouver nez à nez avec Valois ; bien entendu, je le désarmerai, et, quand je le tiendrai sous moi, je lui mettrai la pointe de mon poignard sur la gorge et je lui dirai : Monseigneur...

— La bourse ou la vie ! interrompit Bigorne.

— La bourse, c'est trop peu. « Monseigneur, la moitié de votre fortune et je vous laisse la vie ! » Valois consent. Alors, après la victoire...

— Et si nous sommes rossés ? fit Guillaume.

— Après la victoire, continua Riquet, en haussant les épaules comme si une pareille supposition était insensée, je me rends chez Valois. Il me verse la moitié de sa fortune...

— A moins qu'il ne te pende !...

— Et alors, voilà ; je me retire. J'achète

une charge, je deviens un bourgeois notable. Et qui m'empêchera d'acheter des lettres de noblesse ? Et alors je passe ma vie à m'engraisser, car, Dieu merci, je deviens maigre à tel point que je ne me trouve plus moi-même quand je me cherche. Voilà mon plan, acheva modestement Riquet Haudryot.

— Moi, dit Guillaume Bourrasque, je ne vois pas pourquoi nous n'irions pas au Louvre, après la victoire.

— Et si nous sommes rossés ? fit Riquet reprenant le même mot.

— Ce fut au tour de Guillaume de hausser les épaules.

— Nous allons au Louvre, continua-t-il. Maîtres de Paris, maîtres du Louvre, nous nous installons dans la forteresse royale. Nous transformons tous les officiers en cuisiniers, tous les archers en marmitons.

— Et le roi de France, qu'en fais-tu ?

— Le roi de la bombance ! Un roi qui passerait son temps à ordonnancer de bonnes ripailles serait pour le moins aussi intéressant que celui qui passe sa vie à lever des impôts. Voilà mon plan, à moi !

— Moi, dit Borgne, j'ai des visées plus glorieuses. Le fou du roi est mort dans la dernière année du règne précédent. Notre sire Louis n'a pas encore de bouffon. Lorsque nous l'aurons vaincu, j'irai lui demander l'emploi.

— Quoi ! tu passerais à l'ennemi ?

— Je veux tâter de la vie heureuse, dit Bigorne. Un fou, cela doit être heureux, puisque je vois tant de gens raisonnables qui sont malheureux.

Bigorne, en parlant ainsi, avait peut-être son idée. Car, tout en écoutant d'une oreille ce que lui disaient Guillaume et Riquet, il tendait l'autre à ce qui se disait entre Gautier d'Aulnay et Buridan.

Ces deux-là, aussi, s'occupaient de ce qu'ils auraient à faire au cas où ils sortiraient vivants de la Cour des Miracles. Buridan songeait à sa mère et à sa fiancée qu'il devait rejoindre au village de Montmartre.

— Si notre bonne étoile veut que nous sortions du guêpier, achevait-il, je quitterai Paris, qui devient décidément trop difficile à habiter pour nous. J'emmènerai Bigorne qui m'est dévoué comme un frère et que j'aime par conséquent comme un frère...

A ce mot de frère, Gautier avait tressailli, et sur cette large figure rutilante une ombre avait passé.

— Et vous, cher ami, reprenait Buridan, ne viendrez-vous pas avec nous ?

Gautier secoua la tête.

— Je resterai, dit-il, parce que j'ai d'abord à savoir ce qu'est devenu Philippe, à le sauver s'il vit, et à le venger ... me l'a tué... J'avoue, Buridan, que j'avais compté sur vous pour m'aider. Je ne vous parlerai pas de Marigny qu'ensemble nous avions résolu de frapper. Je ne vous parlerai pas de Valois...

— Valois ! interrompit Buridan, il m'échappe à tout jamais.

— Je ne vous parlerai pas même de cette damnée Marguerite à qui, tous ici, nous en conviendrez, nous devrions garder quelque rancune. Oui, Buridan, s'il ne s'agissait que de ceux-là, je vous dirais : vous avez raison. La lutte que nous avons entreprise, c'est la lutte du pot de terre. Nous serons brisés tôt ou tard. Eh bien ! allons-nous-en !... Mais il s'agit de mon frère, Buridan !...

Ici, Lancelot Bigorne ouvrit ses oreilles toutes grandes.

— Attention ! murmura-t-il, selon ce que va répondre maître Buridan, je serai ou ne serai pas bouffon du roi !...

Et Buridan répondait :

— Gautier, quand je vous ai proposé de partir avec moi, comment avez-vous pu supposer que je vous proposais d'abandonner Philippe ?...

— Bon ! grommela Bigorne, j'irai au Louvre ! Si le roi est toujours dans les mêmes bonnes dispositions, à moi la marotte et les grelots !

— Ainsi, reprenait Gautier, vous ne partiriez pas sans Philippe.

— Sans doute, fit Buridan. Où et quand m'avez-vous jamais vu laisser un ami dans le péril ?

— C'est vrai, cher ami, mais dame... vous aimez, vous avez retrouvé votre petite Myrtille et, bien que je ne sois pas d'humeur tendre, j'aurais compris que l'amour l'emportât en vous sur l'amitié. Hélas ! Philippe, ce noble caractère, ce cœur fier et indépendant, s'est bien laissé enchaîner par une Marguerite !

— Bah ! fit Buridan. Il en reviendra.

— Si vous vous en mêlez, il est sauvé... à moins qu'il ne soit trop tard, et alors...

— Aux armes ! cria une voix du dehors.

— Bon, fit Buridan, nous reprendrons cet entretien ce soir ici, ou, comme disait Léonidas, chez Pluton.

En même temps, il sortit, suivi de Gautier. Lancelot Bigorne emboîta le pas. Quant à Guillaume et à Riquet, ils venaient justement d'engager une partie de dés.

— Cinq et six ! s'écria Riquet. J'ai gagné.

— Tu as perdu ! fit Guillaume en amenant un double six. A moi les dépouilles opimes.

Le roi de la Basoche et l'empereur de Galilée venaient de jouer en trois coups le butin qu'ils comptaient ramasser sur les cadavres de leurs ennemis.

Ils tirèrent donc leurs longues rapières et s'élancèrent.

De puissantes rumeurs montaient de la Cour des Miracles. Les truands, divisés en trois compagnies, se massaient à la barricade Saint-Sauveur et à la barricade aux Piètres. La troisième troupe, moins nombreuse, s'avançait dans la rue des Francs-Archers. De terribles jurons, vociférés dans toutes les langues du monde, se heurtaient en une confusion pareille à la confusion biblique de la Tour de Babel. Les femmes, sur le pas des portes, hurlaient :

— En avant, ribauds et capons, pour sauver vos petits et vos femmes !

— Sus ! courtauds et piètres ! Sus au guet ! Sus aux archers !

Une effroyable clameur s'éleva du côté de la rue aux Piètres, puis, presque aussitôt, du côté de la rue Saint-Sauveur ; les archers venaient de se lancer à l'assaut des deux barricades...

Dans les étroites rues, ils se pousaient, se grimpaient sur le dos, enivrés de bataille, enragés du plaisir de tuer. En quelques minutes, une cinquantaine des plus furieux apparurent sur le sommet de la barricade de la rue Saint-Sauveur où commandait Valois. Des hurlements accueillirent cette apparition. Il y eut parmi les truands un recul d'épouvante, les archers commençaient à descendre de la barricade.

Alors une femme s'élança, une ribaude dépoitraillée, la robe retroussée, les bras nus, brandissant une hache. Derrière elle, deux, trois, dix femmes se ruèrent et, derrière les femmes, les truands, avec d'inimaginables imprécations.

En sorte que des deux côtés de la barricade, des gens grimpaient, se hissaient, retombaient, se relevaient pour s'élancer encore. Et bientôt ce fut sur le sommet de la barricade que se déchaînèrent les clameurs : archers contre truands, hommes, femmes mêlés, les coups de masse pleuvaient et retentissaient étrangement sur les cuirasses et les casques, les haches jetaient au soleil des éclairs livides, et là, dans ce grouillement terrible de corps enlacés, d'armes entre-choquées, de plaintes, de vociférations, un homme debout parmi les cadavres, rudement campé sur ses jambes, cet homme sans armes, ayant jeté sa rapière, apparaissait comme une fantastique silhouette de cauchemar. D'un mouvement uniforme, sans hâte, avec des gestes précis, Guillaume Bourrasque empoignait l'un après l'autre les archers rués à l'escalade. Un instant, on le voyait soulever l'homme dans ses bras, puis l'homme, avec un cri étouffé, décrivait une courbe dans l'espace et venait s'écraser au pied de la barricade.

— Holà ! compère ! glapissait Riquet Haudryot, ce n'est pas de jeu ! tu ne m'en laisses pas !

— Double six ! rugissait Guillaume Bourrasque en précipitant un archer.

Riquet s'escrimait de la rapière. Il bondissait d'un bout à l'autre de la barricade avec une agilité de singe. Autour d'eux, trente combattants, ribaudes et truands, frappaient à tour de bras...

Un silence pesa sur la rue Saint-Sauveur.

Sur la barricade, il n'y avait plus personne que Guillaume et Riquet.

Dans la rue, les archers se retiraient, emportant leurs blessés et laissant une quinzaine de morts. Valois rassemblait ses officiers et, pâle de rage, vociférait :

— Mille écus à qui tuera ces deux misérables.

— Valois, cria Riquet, donne-moi ces mille écus et je me péris de rire !

Les flèches commencèrent à voler autour des deux compagnons.

— Descendons ! fit tranquillement Guillaume. Ici, tout est tranquille jusqu'à demain. On ne s'amuse plus.

Ils descendirent et se dirigèrent vers la barricade aux Piètres.

Mais, à ce moment, une clameur trouant les mille clameurs de la Cour des Miracles s'élevait dans la rue des Francs-Archers.

Guillaume et Riquet s'élancèrent de ce côté : les truands, refoulés par les troupes de Marigny, reculaient en désordre.

Bourrasque et Haudryot se ruèrent en criant :

— A la rescousse ! Mort au guet !...

— Où allez-vous, compères ? fit un homme en se plantant devant eux.

C'était Bigorne.

— Tu ne vois pas que les nôtres reculent.

— Bah ! fit Bigorne en clignant de l'œil, laissez reculer !...

Que se passait-il dans la rue des Francs-Archers ? Là, Marigny avait porté le gros de ses forces, non seulement parce qu'il n'y avait pas de barricade, mais parce que la rue plus large permettait de s'avancer en masse. Le premier ministre commandait en personne. Derrière les bandes d'archers disposées pour marcher l'une derrière l'autre, en face du logis de Marigny, le roi, hissé sur un tonneau, assistait de loin à la bataille et trépignait d'enthousiasme. Près de lui, se trouvait Valois qui venait de le rejoindre et de lui annoncer que la barricade de Saint-Sauveur était imprenable. En même temps, arrivait Châtillon qui, lui, disait que cinquante de ses hommes venaient d'être mis hors de combat devant la barricade aux Piètres, impossible à enlever d'assaut.

— Peu importe ! criait Louis. Ces truands ne savent pas l'art de la guerre. Voyez. Ils ont laissé libre le principal passage, et mes braves vont les mettre en capilotade. Mort du Christ ! que ne puis-je moi-même...

— Sire, dit Valois, il serait indigne de la majesté royale qu'on vous vît combattre un ramassis de mendiants...

— C'est vrai, mon digne oncle, mais j'enrage de cette majesté-là !

Louis était sincère. Il eût à ce moment donné sa couronne à tous les diables ; Marigny et ses principaux seigneurs avaient eu beaucoup de peine à lui prouver que le roi de France ne pouvait dégainer contre les courtauds.

Il enrageait donc, mais il se consolait en assistant au grand assaut donné dans la rue des Francs-Archers. Ses chevaliers, ses seigneurs, tout ce qu'il y avait de plus terrible comme hommes d'armes, marchaient les premiers, entraînant derrière eux les archers. Et il faut dire que, de ces nobles seigneurs, aucun n'avait tiré l'épée, aucun n'avait pris la masse d'armes ou la hache ; quelques-uns tenaient un simple poignard à la main ; d'autres, une courte dague ; aucun d'eux ne portait l'arme de guerre.

En tête de tous, marchait Marigny.

Il était sombre et ses regards flamboyaient, pareils dans ce visage à des éclairs sortant d'une nuée noire.

Sa douleur paternelle dominait en lui tout autre sentiment.

Sans doute il espérait que la première flèche des truands serait pour lui.

Il marchait seul, en avant de tous, d'un pas rude.

Et, à la main, il tenait un fouet à chiens : c'était son arme.

Derrière lui, un triple et quadruple rang de seigneurs silencieux, méprisants.

Derrière les seigneurs — la fleur de la cour de Louis Hutin — les archers, piquiers, hallebardiers, en masses profondes qui hurlaient et s'excitaient à la grande tuerie. Cela formait un spectacle imposant et une grande rumeur d'imprécations.

Marigny, tout à coup, arriva sur les premiers rangs de truands et cria :

— Arrière, chiens !...

— Sus ! Sus ! gronda la voix tumultueuse des archers.

Et alors, chose terrible à voir, on eût dit que Marigny, à lui seul, voulait terrasser la grande rébellion ; on eût dit que cet homme, par son seul aspect, épouvantait la truanderie. Et on vit, oui, on vit les masses de truands reculer sous son regard !

Un éclat de rire monta des rangs seigneuriaux.

— Hurrah ! Hurrah ! hurlèrent les archers qui eurent un mouvement pour s'élancer en tumulte.

Marigny leva le bras et les contint, les força de marcher d'un pas égal, comme il forçait les truands à fuir sous le feu de ses yeux.

Au loin, le roi trépignait de joie.

Valois, livide de rage, assistait à ce triomphe exorbitant, qui pouvait rendre à son rival toute sa gloire et sa force.

Marigny marchait toujours ; devant lui les ribauds, les courtauds, les piètres, tout le gibier de potence, comme affolé, refluait en grondant :

— Arrière, chiens !

Et ils étaient vraiment comme ces grandes meutes de chiens que le piqueur, la lanière au poing, tient en respect.

Ils reculaient, ils se débandaient... Ils poussaient d'effroyables jurons, c'est vrai, mais ils reculaient, se bousculaient, rentraient en désordre dans la Cour des Miracles...

Et Marigny entrait dans la Cour des Miracles, où alors les lamentations, les cris de miséricorde retentirent de toutes parts !... Et derrière Marigny, les seigneurs !... Et derrière les seigneurs, deux mille archers !...

Tout ce monde était dans la Cour !

Toutes les portes du logis s'ouvraient précipitamment, et partout les truands, pareils à des lièvres cherchaient le gîte, se jetaient dans les allées, disparaissaient...

Les archers se mettaient en bataille au milieu de la Cour...

La révolte était vaincue !...

— Que ceux qui veulent vie sauve viennent se rendre à merci ! cria Marigny d'une voix puissante qui domina le tumulte déchaîné.

A ce moment, un bruit formidable retentit dans la rue des Francs-Archers.

Aussitôt après, et coup sur coup, ce bruit de tonnerre se renouvela deux ou trois fois, puis cela se mit à gronder sans interruption en même temps que, du fond de la rue, s'élevait un nuage épais qui montait en volutes d'un gris sombre.

Archers, officiers, chevaliers, seigneurs, tous se tournèrent vers le point où se formait ce nuage opaque au fond duquel, comme au fond d'une nuée d'orage, grondait le tonnerre, et tous poussèrent un cri terrible, tous s'élancèrent ou voulurent s'élancer... Trop tard !

Dans le même instant, mendiants, piètres, capons, courtauds, truands, tout ce monde exorbitant qui avait semblé fuir devant le fouet et Marigny, tous ces êtres déguenillés, sordides, farouches, qui s'étaient jetés dans toutes les allées, se terrant comme une immense famille de lièvres surpris par le chasseur, hommes, femmes, tous armés de haches, de piques, de rapières, de poignards ; tous, comme à un signal, reparaissaient, se ruaient sur la troupe de Marigny, tourbillonnaient, jetaient de féroces imprécations dont chacune ponctuait un coup terrible porté à une poitrine, à un crâne... Ils étaient là une foule rugissante de démons, quatre ou cinq mille, peut-être, et cela formait comme un vaste tourbillon enserrant de ses replis les malheureux archers qui jetaient leurs armes, les seigneurs immobiles et pâles, attendant le coup de mort, et enfin Marigny, stupéfié d'horreur.

La rue des Francs-Archers était barrée.

Ou plutôt la rue des Francs-Archers n'existait plus dans la partie qui avoisinait la Cour des Miracles.

Les maisons, des deux côtés, n'étaient plus qu'un amas de décombres.

Cela formait un énorme entassement de pierres, de poutres, de plâtras, de tuiles, comme si un cyclone eût ravagé ce coin de Paris...

On ne pouvait plus entrer dans la Cour des Miracles.

On ne pouvait plus en sortir.

Enguerrand de Marigny, cinquante chevaliers et seigneurs, deux mille archers et officiers étaient prisonniers des truands...

On dit que, comme Priam à la vue de Troie saccagée, le roi Louis Hutin s'arracha les cheveux de désespoir.

— Mes braves chevaliers ! hurla-t-il.

— Sire, fit à ses côtés une voix pareille au sifflement du serpent, demandez-les comme César Auguste demandait ses légions à Varus ! Demandez à Enguerrand de Marigny qui les a conduits dans ce guet-apens !

Le roi se retourna et reconnut Valois.

— Délivrons-les, rugit-il. A la rescousse !...

On dut arrêter Louis qui s'élançait, l'épée à la main : il eût fallu huit jours de travail pour rendre la rue praticable, en admettant que les travailleurs pussent faire leur besogne sans avoir à redouter les flèches des truands !

Ce qui s'était passé, le voici :

Cinq ou six maisons, de chaque côté de la rue, avaient été minées, sapées, démolies dans leurs fondations, pendant qu'une troupe de cinq cents à six cents truands, sous les ordres du duc de Thunes, tenait tête aux archers pendant deux jours, répondait aux jurons par des menaces et aux insultes par des imprécations. Donc, tandis que les hommes du duc de Thunes amusaient ainsi les archers du roi, tandis que les troupes royales se concentraient peu à peu, tandis que les chefs décidaient de porter leur principal effort dans cette rue, où, pensaient-ils, les rebelles n'avaient pas eu le temps de dresser une barricade, Buridan s'occupait de ce travail souterrain.

Les maisons minées furent étayées à l'intérieur par des poutres.

Au pied de chaque poutre, une longue corde fut attachée.

Lorsque Marigny fut passé, suivi des chevaliers et des compagnies dont il avait le commandement, Buridan sonna du cor.

C'était le signal.

Dix hommes, attelés à chaque corde, tirèrent ensemble...

Les poutres tombèrent... les murs s'abattirent, les toits s'effondrèrent... la barricade était formée par l'entassement des pierres et débris qui jonchaient la rue sur une hauteur de quinze pieds.

Seulement, cette barricade, au lieu d'être formée avant, venait de se dresser après.

Buridan rentra dans la Cour des Miracles, suivi de Lancelot Bigorne et de Gautier d'Aulnay.

Gautier mit le poignard à la main et marcha sur Marigny.

Buridan appesantit sa main sur son épaule. Gautier s'arrêta.

— Où vas-tu ? dit Buridan haletant, noir de poussière.

— Je vais le tuer, rugit Gautier.

— Non ! fit Buridan.

— C'est notre prisonnier ! grinça Gautier.

— C'est mon hôte dit Buridan.

Gautier leva au ciel ses yeux flamboyants et pleura.

— Gautier, dit doucement Buridan, j'ai juré à Myrtille qu'il aurait vie sauve... J'ai juré, entends-tu ? Maintenant, fais ce que tu veux !

Gautier brisa son poignard dans ses deux mains et en jeta les morceaux.

Buridan s'élança jusqu'au milieu de la Cour des Miracles. Un chevalier lui porta un coup de dague qui l'atteignit à l'épaule. Le chevalier, dans le même instant, tomba inanimé, assommé par le poing de Guillaume Bourrasque.

Buridan, d'un bond, sauta sur l'estrade voisine de l'étendard des truands.

Là, il sonna du cor.

Une volée de flèches siffla autour de lui sans l'atteindre.

Buridan sonna une deuxième fois.

— Abattez-le ! hurla Marigny. Ma fortune à qui tuera cet homme.

Vingt archers s'élancèrent. Mais autour de l'estrade, alors, ils se heurtèrent à une masse de mendiants aux figures terribles : c'était la garde d'honneur du capitaine Buridan.

Buridan sonna une troisième fois.

Dans le même instant, sur tous les points de la Cour des Miracles, les haches tombèrent, les poignards furent rengaînés, les piques s'abaissèrent, le tumulte s'apaisa...

On n'entendit plus que le **gémissement** des blessés qui persistait.

La bataille était finie.

Chaque seigneur était entouré de trois ou quatre des truands.

La foule des archers encore valides était poussée dans un coin.

Buridan descendit de l'estrade, marcha à Marigny et le salua. Puis il se rapprocha, jusqu'à ce qu'il fût tout près, et pâle, dans un souffle, il murmura :

— Monseigneur, votre fille m'a ordonné de vous faire grâce.

— Chien de truand ! gronda Marigny.

— Monseigneur, reprit Buridan, voulez-vous faire grâce à votre fille ?...

— Si elle était là, je la poignarderais ! rugit Marigny.

— Monseigneur, continua Buridan, voulez-vous me donner pour épouse votre fille Myrtille ?

— Sois maudit ! gronda Marigny.

— Eh bien ! je la prends ! dit Buridan.

XIV

LES DEUX ROIS

Deux heures après la bataille, dans ce logis où Marigny avait rétabli son quartier général et où il avait revu sa fille et Mabel, dans cette salle même où avait eu lieu la scène à laquelle nous faisons allusion, Louis Hutin, Valois, Châtillon et quelques autres tenaient conseil.

La douleur du roi avait été terrible, et, après s'être répandue en gestes extravagants, s'était terminée par une violente crise de fureur.

Maintenant, Louis, prostré, abattu, écoutait les conseils de ses familiers et surtout de Valois, lesquels se résumaient en un seul :

Lever le siège !

— Oui, sire, répétait l'oncle du roi, c'est la seule chance que nous ayons d'en sortir honorablement. Il faut répandre le bruit qu'il s'agissait d'une simple démonstration. Il faut retirer nos troupes. Et dans trois mois nous recommencerons l'attaque en la préparant mieux. Ah ! si j'avais été chargé de la préparer, moi ! Mais nous avions toute confiance dans le génie de votre ministre...

Louis Hutin hésitait.

Ce cœur orgueilleux se révoltait contre l'humiliation d'une retraite.

D'autre part, persister, c'était peut-être accepter une défaite.

Et quelle défaite !

Qui savait à quels débordements les truands vainqueurs pourraient se livrer !...

— Oh ! murmurait le roi en se rongeant

les poings, pourquoi ne pouvons-nous combattre ces démons corps à corps !

— Sire, nous prendrons notre revanche, et elle sera terrible. Il y a cependant un moyen d'en finir. C'est de mettre à exécution votre menace. Faites venir mille, dix mille, vingt mille fascines. Au lieu d'entourer la Cour des Miracles d'un cordon de troupes, entourez-là d'un cordon de fascines. Que mille de nos hommes y mettent le feu en même temps sur tous les points. Nous brûlerons tous ces loups dans leur tanière. Mais ce sera aussi brûler la moitié de Paris. Ce sera brûler aussi toute votre seigneurie prisonnière et deux mille archers qui ont pénétré dans la tanière. Si le roi veut, je vais donner des ordres.

— Sire, dit Châtillon avec fermeté, vous ne pouvez condamner ni nos compagnons prisonniers, ni la ville de Paris qui subirait un effroyable désastre : il faut nous retirer !

A ce moment, des pas précipités montèrent l'escalier.

— Laissez entrer ! dit Louis en prêtant l'oreille. C'est peut-être une nouvelle.

Châtillon courut ouvrir la porte, jeta un regard dans l'escalier et revint tout effaré.

— Sire, dit-il, c'est un de nos amis prisonniers : Malestroit.

— Mon brave Geoffroi ! s'écria joyeusement le roi. Qu'il entre ! Qu'il entre !

— Me voici, sire ! dit Geoffroi de Malestroit en pénétrant dans la pièce. Mais je dois prévenir le roi que je suis accompagné par deux ambassadeurs de messieurs les truands et que j'ai répondu de leur vie.

— Tu as promis cela, Malestroit ?

— J'ai promis bien plus ! J'ai promis que ces deux hommes pourraient parler devant le roi.

— Et à qui as-tu promis, Malestroit ?

— Au capitaine Buridan, sire. Et le capitaine Buridan m'a dit : « J'ai foi en votre promesse, sire de Malestroit, j'ai foi dans la magnanimité du roi. » Ayant promis, sire, je dois déclarer que si j'ai eu tort, si le roi ne ratifie pas mes paroles, je retourne me rendre prisonnier à merci.

Malestroit se retira de quelques pas et attendit, les bras croisés. Le roi devint pensif.

C'était un cerveau faible. Il avait des colères d'enfant. Mais le cœur n'était pas mauvais.

— Un gentilhomme doit tenir parole, dit Louis, et, puisque tu as engagé la mienne, si étrange que soit l'ambassade, je recevrai ces hommes.

Geoffroi de Malestroit alla à la porte et fit un signe.

Deux hommes entrèrent, s'avancèrent et s'inclinèrent devant le roi qui, quelques instants, les contempla silencieusement. Ils ne semblaient ni fiers de leur victoire, ni intimidés par l'assistance devant laquelle ils avaient l'honneur de se présenter.

— Qui es-tu ? demanda enfin Louis Hutin en s'adressant à l'un d'eux.

— Le duc de Thunes, répondit l'homme laconiquement.

— Et toi ? reprit le roi en s'adressant à l'autre.

— On m'appelle Hans, roi d'Argot.

Hans s'était incliné une fois avec plus de politesse que d'humilité devant la personne royale. Maintenant il se tenait debout ; son visage monstrueux rayonnait ; il y avait dans ses yeux une telle flamme d'intelligence qu'on oubliait la hideur bestiale de cette figure.

— C'est toi le roi du royaume d'Argot ! fit Louis. Et si je te faisais pendre.

Hans sourit et répondit :

— J'espère pouvoir vous prouver tout à l'heure combien peu je crains la mort. Mais je vous préviens loyalement que, si vous me faites pendre, il pourra en résulter de grands malheurs pour vous et les vôtres.

— Sire !... intervint Malestroit.

— Paix ! fit Louis Hutin. J'ai dit que ces hommes pourraient parler. Voyons, toi, puisque tu es le roi, parle ! qu'as-tu à me dire en ton nom ?

Hans redressa sa taille de colosse.

— En mon nom ? fit-il d'un ton surpris. Rien, sire. Je parlerai donc au nom de ceux qui m'envoient.

— Soit ! Qu'ont-ils à me demander ?

— Peu de chose, sire. La Cour des Miracles vous demande de retirer les compagnies d'archers que vous avez armées contre elle.

— Est-ce tout ?

— La Cour des Miracles vous demande aussi de respecter et confirmer les privilèges qui lui ont été octroyés par les rois vos prédécesseurs, savoir : le droit d'élire leur roi, leurs ducs et comtes, massiers et suppôts ; le droit de faire eux-mêmes leur police dans les limites du royaume d'Argot et autres que vous connaissez. Mais, parmi ces privilèges, sire, il en est un que nous défendrons jusqu'à la mort. Ou ce privilège sera, ou la Cour des Miracles ne sera plus.

Le roi, étonné de cette sorte de dignité qui paraissait aux discours, aux gestes et à l'attitude du truand, leva les yeux vers lui.

— Quel est ce privilège ? demanda-t-il. Hans répondit :

— Deux êtres seuls, jusqu'à cette heure où est parvenue l'histoire du monde, le possèdent : c'est Dieu, et c'est le mendiant. Le malheureux condamné qui va mourir et que votre vindicte, sire, envoie au bûcher ou au gibet, ce misérable, s'il parvenait à se sauver des mains de vos sergents, devient inviolable dès qu'il est entré dans l'église ou dans la Cour des Miracles, dans la maison de Dieu ou dans la maison du mendiant. Sire, le mendiant a le droit de grâce tant que sa main s'étend sur la tête du condamné. Prenez garde, sire ! En touchant à ce droit, vous avez peut-être aussi touché au droit de Dieu. Prenez garde, roi. Lorsque vous aurez détruit les droits de Dieu, vous aurez peut-être aussi détruit vos droits à vous. Votre autorité, c'est celle que vous tenez de Dieu. Supprimez l'une, vous tuez l'autre.

Le roi, Valois, Châtillon, Malestroit, les

autres seigneurs présents considéraient avec étonnement la brute qui parlait ainsi d'un ton calme où un philosophe eût démêlé une profonde ironie, mais Louis, comme s'il eût voulu échapper à l'influence du truand, secoua rudement la tête.

Il gronda :

— Je sais ce que tu veux dire : ce Buridan, ce Gautier d'Aulnay, ce Bourrasque, cet Haudryot, ce Bigorne, enfin, m'ont gravement offensé : ils mourront.

— Même Lancelot Bigorne, sire ?... D'après ce qu'il m'a raconté, vous lui aviez promis...

Le roi hésita.

— Celui-là m'a fait rire, fit-il enfin en se déridant. Et, par Notre-Dame, les occasions de rire sont trop rares pour que celui qui fait rire ne soit pas récompensé. Tu diras donc à Bigorne que ce que j'ai dit à la Tour de Nesle est dit. Qu'il vienne au Louvre me demander sa grâce. Il n'y a pas de bouffon au Louvre : je lui offre l'emploi. Mais, quant aux autres, ils sont condamnés.

— Je ne vous demande pas leur grâce, sire, dit froidement le roi d'Argot. Je vous demande de respecter le droit de la Cour des Miracles. Que ces hommes soient saisis hors du refuge, c'est bien. Mais que vos archers tentent de les arracher au refuge par violence et les armes à la main, c'est ce qui ne sera pas. Sire, je suis venu un ambassadeur. Je vous demande uniquement ceci : que nos privilèges reconnus par vos aïeux, soient maintenus par vous.

— Acceptez, sire ! souffla Valois à l'oreille de Louis.

— Sire, dit Châtillon à haute voix, à votre place, j'accepterais.

— Et si je n'accepte pas ! dit Louis, sombre et agité.

— En ce cas, dit Hans, nous nous défendrons jusqu'à la mort. Si nos droits meurent, nous devons mourir avec eux. Seulement, sire, en nous condamnant, vous condamnez aussi ceux des vôtres que nous tenons prisonniers. Ce digne seigneur pourra vous le dire.

— J'atteste ! fit Malestroit. Sire, en ce moment, soixante chevaliers et seigneurs, la fleur de votre noblesse, sont gardés à vue chacun par quatre hommes armés de poignards. Dans une heure, si nous ne sommes pas de retour, ces soixante chevaliers tomberont frappés à mort. Dans une heure, vos deux mille archers seront massacrés. Dans une heure, dix mille truands et mendiants, décidés à mourir, se répandront dans Paris la torche à la main.

Les assistants écoutaient ces paroles, pâles d'épouvante.

Chez le roi, au contraire, ces menaces provoquaient une sourde colère prête à se déchaîner.

— Par Notre-Dame et Saint-Denis, gronda-t-il, je m'étonne qu'un homme noble se fasse le héraut d'armes de ces vils pourceaux. Malestroit, je suppose que la terreur a dû être grande pour qu'elle vous donne le courage de parler ainsi.

Le roi martelait du poing le bras du fauteuil où il était assis.

Sa fureur allait éclater. Il se leva comme pour jeter un ordre.

A ce moment, le roi d'Argot se mit à genoux. Louis Hutin s'arrêta, interdit.

Hans se prosterna, son front toucha le plancher.

Un silence de mort régnait dans la salle. Le roi, haletant, contemplait le truand prosterné à ses pieds, et cette attitude suppliante lui mettait une flamme d'orgueil au front. Son visage se détendait.

— Tu as donc une prière à m'adresser ? dit Louis d'une voix radoucie.

Hans releva le front.

Et sur ce front, il y avait peut-être à ce moment une flamme d'orgueil plus pure que sur celui du roi de France.

— Sire, dit le roi d'Argot, il y a longtemps, bien longtemps, que je me suis juré à moi-même de ne jamais m'humilier devant personne au monde, fût-ce devant un prince tout-puissant comme vous l'êtes ! Le jour où je me suis juré cela, je me suis dit que la minute de ma première humiliation serait aussi celle de ma mort. Sire, je m'humilie devant vous. C'est donc le vœu suprême d'un mourant que vous entendez.

— Parle ! fit Louis d'une voix dont il ne put dompter l'émotion.

— Sire, je ne menace pas. Sire, je supplie. Je vous prie humblement d'avoir pitié, non pas de nous, mais de votre ville de Paris, de votre seigneurie, de vous-même. Sire, une mot de vous, c'est la joie, l'apaisement, la concorde, que je n'aurai pas payées trop cher de ma mort. Jurez, sire roi, jurez de respecter le sacré privilège de la Cour des Miracles, et vos serviteurs, vos amis vous sont rendus à l'instant...

Le roi hésitait. Il n'y avait plus de colère en lui. Mais il redoutait l'humiliation d'un recul, l'aveu de la défaite.

— Sire ! cria le roi d'Argot, Dieu et le mendiant ont droit de refuge. Mais vous avez, vous, le droit de grâce. Faites grâce, sire ! Et vous serez aussi grand que Dieu, et vous aurez vaincu par la clémence et la générosité...

— C'est donc à ma merci que tu fais appel ?

— Oui, sire ! dit humblement le roi d'Argot.

— Et tu dis qu'en reconnaissance de ma royale clémence mes seigneurs seront libres ?

— Oui, sire.

Le roi se leva. Il leva la main.

— Je fais grâce, dit-il. Sur Notre-Dame et le Christ, je jure de maintenir le privilège de la confrérie des mendiants. Comte de Valois, donnez des ordres pour faire rentrer aussitôt nos troupes. Mais que des sentinelles et des patrouilles continuent à surveiller la Cour des Miracles. J'entends qu'aucun sergent ou archer du guet n'y puisse pénétrer pour saisir les criminels dont les noms ont été publiquement criés par nos hérauts. Mais j'entends que, si Buridan et ses acolytes sortent du domaine où s'exerce le droit de refuge, ils soient saisis et livrés à notre official.

Hans se releva.

— Sire ! merci ! dit-il. Que les prisonniers soient tout à l'heure rendus à la liberté, ajouta-t-il en se tournant vers le duc de Thunes. Que les barricades soient démolies. Que tout rentre dans l'ancien ordre...

Louis et les assistants ne perdaient pas de vue le roi d'Argot. Le duc de Thunes sortit et se dirigea en hâte vers la Cour des Miracles. Hans tira alors le poignard qu'il portait à la ceinture.

— Sire, dit-il, vous avez juré par Notre-Dame et le Christ de respecter nos privilèges. J'ai juré, moi, d'épargner un crime à la monarchie, une honte à Paris. C'est ici un pacte que nous faisons de roi à roi ! Je ne vous demande pas de le signer. Mais je signe, moi ! Et je signe avec mon sang...

Dans le même instant, Hans se frappa à la poitrine.

La lame s'enfonça profondément. Il la laissa dans la plaie. Quelques secondes, il demeura debout. Mais son visage devenait d'une blancheur de cire.

Le roi et les assistants le considéraient avec une sorte de stupeur où il y avait peut-être de l'admiration. Hans murmura faiblement :

— Vous voyez pour la dernière fois la figure d'un homme libre qui ne s'est jamais humilié et qui meurt parce qu'il a juré, une fois pour toutes, de mourir au jour où il courberait la tête devant un homme fait à son image... Adieu, sire, soyez heureux !...

Il battit l'air de ses bras et tomba lourdement. Il était mort.

Le roi de France, lentement, se découvrit.

Le lendemain, la Cour des Miracles avait repris son aspect habituel, sauf ce coin de la rue des Francs-Archers qui avait été démoli. Une nuit et un jour de travail acharné suffirent aux truands à faire disparaître toute trace de la bataille.

Le lendemain, disons-nous, il y eut grand conseil tenu entre Buridan, Bourrasque, Haudryot, Gautier et Lancelot.

Buridan avait promis de délivrer Philippe. Avant même que de songer à aller retrouver sa mère et sa fiancée, il voulait tenir parole.

La difficulté était terrible. En effet, tant que les compagnons resteraient à la Cour des Miracles, ils étaient en sûreté. Mais, hors des limites du refuge, solennellement confirmé par Louis X, ils redevenaient les condamnés à mort dont la tête était mise à prix.

En somme, ils étaient prisonniers dans la Cour des Miracles aussi bien qu'ils l'eussent été dans une forteresse. Nous reviendrons d'ailleurs sur ce conseil tenu dans le logis du capitaine Buridan — d'autant plus capitaine que Hans était mort ! — car, pendant cet entretien, se passa un événement dont nous aurons à rendre compte.

Pour le moment, disons seulement que Lancelot Bigorne avait eu une entrevue avec le duc de Thunes, lequel lui avait répété les paroles du roi Louis à son sujet.

Bigorne avait donc écouté toute la discussion. Puis il s'était dit :

— Puisque maître Buridan est assez fou pour ne pas prendre tout simplement le bonheur qui s'offre à lui, puisqu'il refuse de quitter Paris avant d'avoir sauvé cet autre fou qui s'appelle Philippe d'Aulnay, je ne vois qu'un moyen d'arranger la situation, c'est de devenir fou moi-même !...

XV

OÙ LANCELOT BIGORNE DEVIENT FOU

Ce n'était pas une mince tentative que d'entreprendre de sauver Philippe d'Aulnay. Et, d'abord, était-il vivant ? Ensuite, où était-il ?

Ces questions insolubles, Lancelot Bigorne avait entrepris de les résoudre. Son plan était d'ailleurs d'une belle simplicité : il consistait à se rendre au Louvre, à gagner la confiance du roi déjà bien disposé à son égard, et là, au centre même des renseignements, il saurait tout ce qu'il voulait savoir. La difficulté était d'arriver au Louvre, sans encombre, c'est-à-dire de passer à travers la ligne des sentinelles qui cernaient la Cour des Miracles.

— Adieu, compères, dit Lancelot à Guillaume et à Riquet.

— Comment, adieu ?...

— Oui, je m'en vais. Je m'ennuie ; je veux voir de près une figure de roi. Je m'en vais de ce pas au Louvre.

— Il est fou ! glapit Riquet.

— C'est bien ce que j'espère devenir, dit Lancelot.

Et il partit sans plus d'explications. Enfilant donc la rue Saint-Sauveur, il essaya d'abord de se diriger vers la rue Tirevache dans l'intention de faire une station chez Noël-Jambes-Tortes. La rue, hors même des limites du royaume d'Argot, était parfaitement paisible. Bigorne aperçut bien cinq ou six archers qui jouaient au fond d'un cabaret, mais les archers ne semblèrent pas l'avoir vu.

Bigorne se frotta les mains et continua de s'avancer plus vivement.

Seulement, un gros homme, à figure réjouie, qui venait de le dévisager, entra dans le cabaret où se trouvaient les archers.

— Eh bien ! se disait Lancelot, où sont les sentinelles ? Où sont les patrouilles ? Décidément, il est plus facile qu'on ne croit de sortir de la Cour des Miracles !

— Arrête ! fit une voix près de lui.

Lancelot Bigorne bondit et essaya de filer. Mais cinq ou six poignes robustes le saisirent et le maintinrent vigoureusement. En un clin d'œil, il eut les mains attachées au dos.

— Suis-nous ! reprit rudement la même voix.

— Heu ! Et où cela, mon bon monsieur ?

— Tu le verras bien. Marche !...

Lancelot Bigorne vit que toute résistance était impossible ; il était entouré d'archers qui l'entraînaient, non sans force bourrades, vers une destination inconnue, mais au bout de laquelle il savait devoir trouver un cachot muni de solides verrous.

Tout d'abord, le pauvre Bigorne se livra à des réflexions plutôt mélancoliques.

Et, pendant un certain temps, il marcha silencieux, le nez baissé, paraissant réfléchir profondément.

Cette sorte d'abattement ne fut pas de longue durée.

Bientôt, il redressa la tête, se mit à observer les hommes qui le conduisaient, et un sourire narquois vint errer sur ses lèvres. La patrouille qui, surgissant du cabaret où elle jouait aux dés, venait de l'arrêter était commandée par un sergent du Châtelet.

Ce sergent, qui, par excès de précaution, cheminait aux côtés du mélancolique Bigorne, avait une physionomie naïve et réjouie, qui paraissait plaire énormément à ce dernier. Après avoir étudié son homme, Lancelot Bigorne lui dit avec son plus gracieux sourire :

— Oserai-je vous réitérer ma question, et vous demander, monsieur, où vous me conduisez de ce pas ?

— Que t'importe, chien de ribaud ! n'arriveras-tu pas toujours assez tôt au gibet qui t'attend ?

— Justement, aimable monsieur, c'est tout justement parce que je n'ignore pas que la corde m'attend, que je désirerais savoir par quel chemin vous m'y conduisez... afin de prendre par le plus long... si c'est possible.

— Marche toujours... tu le sauras quand nous serons arrivés, fit le sergent qui, tout joyeux de sa prise, ne pouvait s'empêcher de rire.

— Vous me peinez, monsieur, dit Lancelot avec une dignité pleine de courtoisie ; à votre air franc et ouvert, à votre physionomie vive et intelligente, j'avais cru deviner en vous un homme de cœur, mais je vois bien que je m'étais trompé et que vous êtes inaccessible à ce sentiment qui s'appelle la reconnaissance... car, enfin, vous devriez m'être reconnaissant.

— Je devrais t'être reconnaissant, moi ?... fit le sergent ahuri, mais flatté par cette avalanche de compliments.

— Sans doute, reprit Bigorne sans se départir de son flegme, sans doute ! Ne me devez-vous pas dix écus ?

— Holà, mon maître ! Çà, deviens-tu fou ? Je te dois dix écus, moi ? Et comment cela ?...

— C'est bien simple !... Pour m'avoir arrêté et conduit en lieu sûr, monsieur le prévôt ou monseigneur le comte de Valois ne peut faire moins que de vous bailler une gratification que j'estime à vingt écus. Car je suis de bonne et importante prise.

— C'est ma foi vrai, dit le sergent radouci.

— En conséquence, vous pourriez bien, en reconnaissance de la somme que je vais vous rapporter, m'indiquer l'endroit où vous me conduisez.

— Heu ! fit le sergent hésitant, pourquoi veux-tu savoir cela ?

— Parce que au cas où cet endroit ne serait pas celui que je pense, je pourrais vous indiquer ce dernier, et alors ce n'est plus dix pauvres écus de gratification que vous toucheriez, mais vingt sûrement, peut-être cinquante ou même cent ! Je dis cent écus : une fortune !

— Oh ! oh ! fit le sergent en ouvrant des yeux éblouis, cent écus ! Çà, truand ! oserais-tu bien te jouer d'un sergent au Châtelet ?

— Répondez toujours à ma question, vous verrez après si je plaisante.

— Soit ! Dis-moi d'abord où je devrais te conduire pour toucher cent écus de gratification ; je te dirai ensuite où je te conduis, moi.

— Au Louvre ! répondit laconiquement Bigorne.

— Au Louvre ? dit le sergent en éclatant de rire. Au Louvre ! un truand comme toi ? Malepeste, l'ami, tu ne doutes de rien. Mais chose promise, chose due. Moi, je te conduis tout bonnement au Temple où monseigneur de Valois, qui t'interrogera tout d'abord, décidera de toi.

A ces mots, Lancelot Bigorne frémit intérieurement, mais il n'en laissa rien paraître et répondit avec le plus grand calme :

— Je maintiens ce que j'ai dit. C'est au Louvre qu'il faut me conduire si vous voulez toucher la gratification.

— Et, fit le sergent goguenard, une fois au Louvre, faudra-t-il pas te conduire devant le roi ?

— Vous l'avez dit, répondit froidement Lancelot, c'est au roi lui-même que j'ai affaire.

Pour toute réponse, cette fois-ci, le sergent fut secoué d'un fou rire.

Lancelot Bigorne ne se laissa pas influencer par cette bruyante hilarité, et ce fut toujours avec le même flegme qu'il se contenta de dire :

— Conduisez-moi au Louvre, faites savoir au roi que je désire faire des révélations importantes au roi seul sur ce qui s'est passé à la Tour de Nesle, et je vous réponds que le roi me fera immédiatement appeler devant lui ; je réponds que ces révélations sont de nature à satisfaire Sa Majesté à un tel point que ce n'est pas cent, mais peut-être deux cents écus qu'elle allouera à celui qui m'aura amené devant elle.

Lancelot Bigorne paraissait absolument convaincu de ce qu'il disait. Cette assurance produisit une profonde impression sur le sergent qui parut fort perplexe, hésitant entre la cupidité qui lui conseillait d'obtempérer aux désirs de son prisonnier, et la prudence qui lui commandait de suivre ses instructions à la lettre, les-

Après le passage de Marigny et de ses chevaliers, les maisons minées par Buridan s'effondrèrent.

— *Messires, ceux qui sont entrés dans la Cour des Miracles n'en sortiront plus ! cria ironiquement Bigorne.*

Anxicusement, Marguerite attendait le résultat de la bataille.

Buridan. — 3–XXIV.

— *Seigneur Dieu! hurla Gautier contemplant le visage hébété de Philippe, mon frère est devenu fou!*

quelles, ainsi qu'il venait de le dire, étaient de conduire au Temple et remettre entre les mains du comte de Valois toute prise, quelle qu'elle fût.

Comme s'il eût lu ce qui se passait dans l'esprit de son gardien, Lancelot reprit avec le plus grand calme :

— Quel risque courez-vous ? Aucun. Si j'ai menti, vous aurez fait preuve d'un zèle intempestif et tout sera dit, vous en serez quitte pour me conduire au Temple après ; mais, si je dis vrai, pourquoi les louanges et les récompenses ne tomberaient-elles pas sur vous de préférence à tout autre, puisque, aussi bien, c'est vous qui m'avez arrêté ?

— C'est pourtant vrai, murmura l'homme.

— Vous voyez bien. Conduisez-moi donc au Louvre !

— Soit ! fit l'homme, prenant son parti, je vais te conduire au Louvre ; mais, si tu m'as menti, si tu t'es joué de moi, malheur à toi !

— Hélas ! soupira Bigorne, je n'aurai jamais de supplice plus complet que celui que vous m'avez annoncé tout à l'heure.

— Au fait, dit le sergent, il a raison. Holà ! vous autres, reprit-il en s'adressant à ses hommes, nous changeons de direction et nous allons au Louvre d'abord.

Lancelot Bigorne ne souffla mot, mais il respira largement, comme quelqu'un qui vient d'être soulagé d'un grand poids qui l'oppressait.

La troupe changea de direction, comme venait de le commander son chef, et, quelques instants plus tard arrivait au Louvre.

Au Louvre, ce fut une autre histoire : il fallut trouver un gentilhomme de la maison qui se chargeât d'aller informer le roi.

Enfin, après une longue attente, on vint chercher le prisonnier, toujours étroitement surveillé, et on le conduisit devant Louis.

— Hi han ! fit Bigorne en manière de salamalec.

Louis bondit. Et il s'apprêtait à donner un ordre rigoureux, lorsqu'ayant regardé à deux fois le prisonnier qu'on lui amenait, il reconnut l'homme qui l'avait consolé et fait rire. Louis se radoucit et cria :

— Est-ce bien toi que je revois, fou ?...

— Je vois avec plaisir que monseigneur le roi a bonne mémoire, répondit Bigorne, il m'a de suite appelé par mon nom.

Louis ne put réprimer un sourire à cette boutade, et d'ailleurs ce n'était pas sans satisfaction intérieure qu'il retrouvait le bouffon qui l'avait diverti, dont il s'était engoué et auquel il tenait comme l'enfant volontaire et capricieux tient à son jouet. Dans cette disposition d'esprit, le roi s'efforçait vainement de prendre un visage sévère, sa satisfaction intérieure apparaissait malgré lui.

Si bien que les gentilshommes, les officiers, les courtisans galonnés d'or sur toutes les coutures qui se trouvaient présents se prirent à jeter un œil d'envie sur ce truand débraillé, loqueteux, enchaîné et captif, et qui, pourtant, au milieu des gardes qui ne le perdaient pas de vue, souriait avec une assurance imperturba-

ble et se dandinait avec un laisser-aller impertinent.

Car Lancelot Bigorne était trop fin pour ne pas saisir toutes ces nuances imperceptibles, et, du premier coup d'œil, avait reconnu que la partie était gagnée pour lui s'il savait jouer franc jeu.

Aussi exagérait-il l'insolence du maintien ; sa physionomie, prodigieusement mobile, se livrait à une mimique aussi grotesque qu'effrénée, et il était résolu à outrer la brusquerie et la rondeur du langage, à fouler aux pieds et à déchiqueter à belles dents tout souci de l'étiquette de cour.

Aussi, après avoir répondu audacieusement au roi, crut-il devoir appuyer sa réponse d'un nouveau braiement sonore, à la stupéfaction profonde des assistants, mais pour la plus grande joie du roi, qui cette fois, éclata franchement de rire, riant autant des hi han ! frénétiques de Lancelot que des mines effarouchées de ceux qui l'entouraient.

— Assez, assez ! maître fou, fit le roi, voyant que Lancelot ne s'arrêtait plus de braire. Voyons, tu as des révélations importantes à nous faire, paraît-il ? Eh bien ! cesse de faire l'âne et parle en bon français.

— Je ne fais pas l'âne, répondit audacieusement Lancelot ; je suis un âne, un âne ânonnant et je salue respectueusement en vous un âne plus âne que moi.

— Plaît-il ? fit le roi en fronçant le sourcil et contenant d'un geste les assistants outrés de cette audace.

— Sans doute, continua Bigorne sans paraître remarquer l'orage qui s'amoncelait sur sa tête, sans doute. Il faut être plus âne que moi pour me demander de dire ce que je sais devant cinquante personnes... Pourquoi pas réunir toute la cour en la grande salle des fêtes ? ajouta-t-il avec un coup d'œil expressif à l'adresse du roi.

Louis comprit l'allusion, saisit le coup d'œil et, sans s'arrêter à la forme employée, fut désarmé encore un coup par la finesse et le dévouement qu'il croyait découvrir en Bigorne.

— Le drôle a ma foi raison, murmura-t-il.

— Parbleu ! Je le sais bien.

A ce moment, l'un des gentilshommes présents fit deux pas en avant et se rapprocha du roi comme pour lui dire quelques mots confidentiels.

— Qu'est-ce ? fit le roi ; parlez, monsieur.

Le gentilhomme prononça à voix basse quelques mots dont le résultat fut que, soudain, le sourire bienveillant du roi disparut par enchantement et que ce fut d'un ton rude, mauvais, qu'il s'adressa à Bigorne, cependant que l'auteur de ce changement à vue rentrait dans le rang.

— Çà, que me dit-on, mon maître, que vous avez combattu aux côtés de ce truand qui a nom Buridan ? que vous avez été pris au sortir de ce lieu infâme, réceptacle de crimes et de rébellion qu'on appelle la Cour des Miracles ?

— Sire, fit Bigorne qui comprit cette

fois qu'il jouait sa tête, ne saviez-vous pas que j'étais à la Cour des Miracles ?

— Certes. Mais tu as combattu ! On t'a vu ! Est-ce vrai ?

— C'est vrai, sire !

— Tu avoues donc ? gronda le roi.

— Je fais plus que d'avouer... je m'en vante. Hi han ! tiens !... je voudrais vous y voir, vous, tout roi que vous êtes ! Et si votre vie dépendait uniquement de la vie d'un autre — comme la mienne dépendait de celle de ce Buridan — ne tireriez-vous pas l'épée pour la défense de cet autre, tout comme je l'ai fait pour le sire de Buridan ? Vous oubliez, sire, maintenant que je suis délivré de toute crainte, ce que je vous ai dit de mon sort attaché à celui de ce Buridan que l'enfer engloutisse. Cet oubli me chagrine, mais ne me surprend pas, car, hélas ! il en est toujours ainsi : les grands oublient volontiers tout ce qui touche aux petits comme moi ; faites-les rire ! divertissez-les ! rendez-leur service ! conduisez-les au lieu où est détenu le digne oncle, au lieu où ils trouveront la preuve de la trahison, ils vous offrent un bel emploi... et puis, quand ils ont ri, quand le pauvre Lancelot les a divertis jusqu'aux larmes, c'est : chien ! coquin ! vil pourceau ! âne bâté ! et autres aménités semblables, parce que le damné Lancelot Bigorne a la faiblesse de tenir à sa chienne de carcasse et l'outrecuidance de la défendre... Et moi qui venais ici plein de confiance en la parole de mon roi !... moi qui venais me mettre sous sa royale protection... que dis-je ?... me dévouer à son service !... voilà l'accueil qui m'est fait !

Des hi han ! lamentables, funèbres, ponctuèrent ce discours fantastique autant que brave, car Lancelot Bigorne jouait tout simplement sa tête en ce moment.

Pourtant, toutes ces phrases étaient accompagnées et soulignées par des jeux de physionomie d'un comique irrésistible ; les hi han ! de la fin eux-mêmes étaient modulés sur un ton qui eût déridé le plus triste.

Le roi ne put résister, et, une fois encore, il éclata de rire en disant :

— C'est vrai ! j'avais oublié que ton sort était étroitement lié à celui de ce truand, et, par Notre-Dame, j'aurais fait comme toi. Mais, dis-moi, te voilà donc dégagé, que tu abandonnes ce Buridan ?

— Sans doute, fit Bigorne d'un ton hypocritement doucereux, et c'est pourquoi, me souvenant des promesses faites par mon roi, j'étais parti pour venir le trouver et me mettre à sa dévotion, lorsque ces brutes — il désignait du regard les hommes qui le gardaient — sont tombées sur moi comme une volée de corbeaux voraces, m'ont ficelé... que c'en est pitié !... et m'auraient entraîné vers je ne sais quel cul de basse-fosse, si celui-là n'avait entendu ma voix et pris sur lui de me conduire ici.

— Pauvre Lancelot Bigorne, dit le roi, moitié ironique, moitié touché, tu seras entré en tes nouvelles fonctions de fou d'une bien triste manière, mais, n'im-

porte, tu m'as bien fait rire, et je te revaudrai cela.

« Messieurs, ajouta-t-il en se tournant vers les seigneurs stupéfaits, je vous présente mon fou, celui qui seul a le droit de dire les vérités les plus désagréables à tous, même à moi...

— Surtout à vous, interrompit irrespectueusement Bigorne.

— Surtout à moi, soit. Le drôle a la langue bien pendue, gare à vous, messieurs ! Pourtant, que nul ne s'avise de molester mon bouffon... il pourrait lui en cuire. Et vous autres, qu'attendez-vous pour délier les cordes qui paralysent les mains de Sa Majesté la Folie ?

En un clin d'œil, les liens qui attachaient les bras de Lancelot Bigorne furent tranchés, et, tandis que ses gardes s'écartaient de lui avec respect, plus d'un puissant seigneur vint lui faire son compliment, cherchant à s'attacher cette puissance qu'était à l'époque le Fou du roi. Lancelot, bon prince, se laissait congratuler et embrasser avec une condescendance comique.

Cependant les gardes qui l'avaient accompagné, s'étaient éclipsés prudemment, moins le sergent qui paraissait attendre.

Lancelot le vit et, le prenant par la main, il le conduisit devant le roi à qui il dit à brûle-pourpoint :

— Voici un homme à qui j'ai promis cent écus en votre nom. Plaise à Votre Majesté les lui faire donner.

— Cent écus ! Malepeste ! c'est une somme, cela ! Voilà une plaisante manière de commencer tes fonctions ! Et pourquoi donnerais-je cent écus à ce bélître qui t'a arrêté ?

Le sergent trembla.

— Pour avoir consenti à me conduire devant vous au lieu de me traîner au Temple, dit Bigorne.

— Cent écus pour si peu.

— Bon, fit tranquillement Bigorne, voilà le roi qui déjà trouve que son bouffon ne vaut pas cent pauvres écus !...

— Allons, fit le roi, qu'on donne dix écus à cet homme et n'en parlons plus. Seulement, à l'avenir, sois plus ménager de mes deniers... si tu veux qu'il en reste pour toi.

— Mon ami, dit Bigorne en allant au sergent, je t'ai promis cent écus de la part du roi ; le roi ne tenant pas la parole que j'ai donnée en son nom, tu te présenteras de ma part au trésorier ; je t'abandonne ma première année de paye.

— C'est bon ! fit Louis. Qu'on lui donne ses cent écus. Et puis qu'on le mette au cachot pour cent jours, pour n'avoir pas exécuté l'ordre qu'il avait reçu de conduire son prisonnier au Temple...

Le sergent sortit à demi enchanté et à demi furieux.

Bigorne se disait : « J'ai dit ma première année. Donc, ce digne Louis croit que je m'installe ici à perpétuité. »

— Suis-moi, reprit le roi en s'adressant à son nouveau bouffon, tandis que les assistants, sur un geste, rétrogradaient vers les antichambres.

XVI

LE ROI ET LE BOUFFON

Lorsque tout le monde se fut retiré, le roi passa dans son cabinet, suivi de Lancelot Bigorne qui prenait possession de ses fonctions de fou et qui, d'ailleurs, sentait bien qu'il n'en avait pas fini avec le roi. Bien au contraire, la lutte, car c'était une véritable lutte qui allait avoir lieu entre ces deux personnages, la lutte, donc, ne faisait que commencer.

La plus légère imprudence pouvait faire perdre à la fois au pauvre Lancelot sa charge de fou et sa vie de truand.

Le roi s'assit dans son fauteuil.

Lancelot Bigorne, sans y avoir été invité, s'assit sur un escabeau : c'était là une des prérogatives de sa charge, car les fonctions de fou constituaient ce qu'on appelait une « charge », avec ses ennuis, ses devoirs, ses dangers même, mais aussi avec ses bénéfices, ses prérogatives, voire ses immunités.

Confortablement assis devant le roi, son maître, Lancelot Bigorne jugea prudent d'attendre que celui-ci l'interrogeât.

En effet, après quelques minutes de réflexion, le roi lui dit :

— Çà, maître fou, voyons ces révélations ; qu'as-tu à me dire au sujet de ce qui s'est passé à la Tour de Nesle ? Lorsque tu m'y conduisis, tu te contentas de me placer devant une porte, en me disant de chercher et que je trouverais. J'ai cherché et je n'ai rien trouvé. Cependant, ajouta-t-il d'un air sombre, il faut que je trouve ! Parle donc, si tu sais quelque chose !

Lancelot ouvrit des yeux effarés, cependant que son nez, qu'il avait très long et d'une mobilité extraordinaire, comme toute sa face du reste, paraissait s'allonger et s'abaisser, prêt à s'enfourner, à s'engloutir dans l'immense concavité qui lui servait de bouche.

— J'ai des révélations à faire, moi ?... Saint Barnabé et saint Pancrace me soient en aide !... Je veux que tous les diables d'enfer tisonnent, déchirent ma lamentable loque, que tous les feux d'enfer, toutes les flammes dévorantes de l'infernal séjour tirent et allongent ma langue au point d'en faire une torchette bonne à balayer le sol, si je sais seulement le plus petit mot de ce dont vous me parlez !

— Pourtant, fit le roi, n'est-on pas venu me dire que tu voulais me parler à ce sujet ?...

— Ah ! oui, c'est vrai ! on est venu vous dire cela, reprit tranquillement Lancelot, mais voyons, là, fallait-il pas dire quelque chose pour être admis en présence du roi ? Quelle apparence qu'on soit venu dire au roi très chrétien et tout-puissant : Lancelot Bigorne désire vous voir. Qui ça,

Lancelot Bigorne !... Qu'on me jette ce Bigorne dans quelque bonne oubliette et qu'on ne me rompe pas la tête. Et ainsi aurait-on fait. Tandis que : « Lancelot Bigorne désire révéler des choses qu'il sait sur la Tour de Nesle », et tout aussitôt, on conduit Bigorne devant le roi et le voilà à l'abri de tout auprès de ce puissant maître.

— Alors, fit le roi désappointé, car Lancelot lui paraissait sincère, alors tu ne sais rien ? Tu n'as surpris aucun secret ?

— Je ne sais rien ! rien !... Pas la plus petite chose... que ce que je vous ai déjà dit : Frappe et on t'ouvrira ! Cherche et tu trouveras !... Et que la peste m'étouffe, que la fièvre me fasse claquer du bec et grelotter des membres le reste de mes jours si je mens !

— Allons, fit le roi avec un soupir, n'en parlons plus.

Et en lui-même, il songeait :

— Comment savoir ?... Qui parlera ?... Qui me dira la vérité, toute la vérité...

Et d'un coup de pied violent, il envoya rouler au bout de la salle un escabeau qui se trouvait à sa portée.

La scène de fureur commençait.

Machinalement, le roi, dans sa promenade furieuse, en passant devant Bigorne, accroupi sur son escabeau, répéta :

— Alors, décidément, tu ne sais rien ?

— Rien. Je vous l'ai dit. Rien !... Pourtant !...

Le roi s'arrêta net et, se tournant tout d'une pièce, il interrogea vivement :

— Pourtant, quoi ?

— Oui !... Peut-être !... fit Lancelot comme se parlant à lui-même, on pourrait voir...

— On pourrait voir quoi ?... Que sais-tu ?... Parle !

— Eh bien ! Voilà !... Je ne sais rien personnellement...

Le roi eut un geste de désappointement.

— Mais, reprit lentement Bigorne qui paraissait peser le moindre mot, mais si je ne sais rien, moi, je connais quelqu'un qui sait, lui, qui sait tout !

— Qui est celui-là ? dit avidement Louis, nomme-le.

Lancelot ne parut pas avoir entendu.

Il reprit, toujours comme se parlant à lui-même :

— Où est-il, celui-là ?... Qui le sait ?... Est-il encore de ce monde seulement ?

— Chien ! fit le roi avec violence, as-tu juré de lasser ma patience !... Parle !... ou par Notre-Dame...

— Eh bien, voilà !... Le sire d'Aulnay, Philippe d'Aulnay sait tout... Mais qu'est devenu le sire d'Aulnay ? Le diable le sait... Est-il seulement vivant encore ?

— Il est vivant ! fit le roi dans un rugissement de joie féroce, il est vivant et je sais où il est, moi, si tu l'ignores, toi.

Et il arriva ceci de bien naturel, en somme, que ce nom jeté comme à regret forçait la confiance du roi en lui prouvant que cette espèce de fantoche en savait effectivement plus long qu'il ne voulait bien le dire et pouvait lui être d'une utilité plus grande qu'il n'aurait cru.

En prononçant ce nom de Philippe

d'Aulnay, Bigorne fit un pas immense dans la confiance du roi et devint à ses yeux le confident important à qui il est nécessaire de faire bien des aveux si on en veut tirer une aide utile.

C'est pourquoi Louis ne craignit pas d'avouer que Philippe d'Aulnay était vivant et qu'il savait où il était ; c'est pourquoi, après avoir avoué cela, il ajouta tout naturellement :

— Me voilà bien avancé... le seul qui sache tout ne veut pas parler... ou ne peut plus parler.

Bigorne, lui, malgré la satisfaction intérieure qu'il éprouvait à apprendre que Philippe était vivant, ne broncha pas. Simplement il répondit :

— C'est qu'on ne sait pas le faire parler.

— Qu'est-ce à dire fit le roi.

— Pas autre chose que ce que je dis : on n'a pas su ou on n'a pas voulu le faire parler.

— Oh ! oh ! fit le roi en passant la main sur son front, je n'entrevois partout que trahisons. Mais si on n'a pas su faire parler le prisonnier, qui saura le faire ?

— Bon ! pensa Bigorne, Philippe est vivant et prisonnier du roi ! C'est quelque chose de savoir cela... Maintenant, du diable si je ne devine pas en quelle geôle il est enfermé !

Et tout haut :

— Moi, je saurai et je voudrai.

— Toi ? fit le roi surpris.

— Moi, répondit laconiquement Bigorne.

— Comment t'y prendras-tu ?

— Ceci, c'est mon affaire. J'affirme que le sire d'Aulnay parlera pour moi. Comment ?... par quel moyen ? peu importe... l'essentiel est qu'il parle, et de cela j'en réponds !

Louis regarda fixement Lancelot comme pour se rendre compte jusqu'à quel point il pouvait ajouter ici à ses paroles.

Puis brusquement :

— Tu as dit tout à l'heure qu'on n'avait pas voulu faire parler ce d'Aulnay. Que signifie cette insinuation ?

Bigorne haussa les épaules et dit :

— Le roi veut-il me permettre une question ?

— Parle !

— Le roi répondra-t-il franchement à ma question ?

— Drôle ! tu abuses de tes droits, il me semble.

— Alors, je me tais.

— Parle, brute ! je répondrai à ta question.

— Qui a été chargé de faire parler le sire d'Aulnay ?... Attendez, je vais répondre pour vous... je gage que c'est monseigneur le comte de Valois... à moins que ce soit monseigneur de Marigny.

— C'est Valois ! fit le roi qui se demandait où son bouffon voulait en venir.

— Valois !... Je l'aurais parié !... Valois ! Hi han ! Hi han !

Et Bigorne, tout en pensant : « Bon ! Philippe est au Temple », Bigorne se livrait à des démonstrations extravagantes de joie ironique.

— Ah çà ! drôle, t'expliqueras-tu ? fit le

roi, de plus en plus assombri. Je te jure que ce n'est pas le moment de rire.

— Pardieu, je ris parce que vous donnez le sire d'Aulnay à garder... car le sire d'Aulnay est bien au Temple, n'est-ce pas ?

Le roi fit un signe affirmatif.

— Vous le donnez à garder au comte de Valois... un de ceux qui ont un intérêt capital à ce que le prisonnier ne parle pas !

— Valois a intérêt à ce que le prisonnier ne parle pas ? Par le corps du Christ, quel intérêt ?

— Un intérêt capital, je l'ai dit.

— Valois sait donc tout ?

— Tout est peut-être excessif, suffisamment cependant pour qu'il tienne à ce que le prisonnier ne parle pas... et tenez, j'y pense, je gagerais que c'est lui qui vous a demandé la garde de d'Aulnay ?

— C'est vrai, fit le roi, j'y pense aussi maintenant.

— Hi han !... Vous voyez bien !... Hi han !

— Mais que sait donc Valois ?

— Ce que sait Valois ?... demandez-le à Marigny.

— Marigny aussi... Oh ! je ne vois que félonie et trahison autour de moi ! Et que sait Marigny ?

— Demandez-le à Valois ! fit Bigorne.

Le roi demeura quelques instants frappé de stupeur, puis :

— Sais-tu, dit-il, que tu accuses les deux hommes les plus puissants après le roi ?...

— Hi han !... fit Bigorne, jouant la terreur, plaise à Votre Majesté de remarquer que je n'accuse personne... Je dis, ce qui est la vérité, que monseigneur de Valois et monseigneur de Marigny en savent aussi long ou peu s'en faut que le sire d'Aulnay, et qu'ayant intérêt à ce que celui-ci ne parle pas, ils s'arrangent en conséquence. Mais je ne les accuse de rien, moi, je ne sais rien.

— Je vais faire appeler Valois et Marigny à l'instant même, nous verrons bien...

— Nous ne verrons rien... Ils diront respectueusement au roi qu'ils ne savent de quoi le roi veut leur parler, ils diront cela et ils le maintiendront... Et le roi, comment, par quelle preuve pourra-t-il les convaincre de mensonge ?... Le roi n'a aucune preuve... Le roi sera placé d'une part entre deux seigneurs qui donneront leur parole de chevaliers qu'ils ne comprennent rien à ce qu'on leur dit, et d'autre part un pauvre, un misérable bouffon comme moi, qui ne sait rien, mais peut tout faire savoir au roi !... Et le roi n'hésitera pas ! il ajoutera foi à la parole des deux seigneurs qui ne feront qu'une bouchée du pauvre Lancelot ! Devais-je sitôt finir mes jours pour avoir voulu servir fidèlement mon maître, mon roi ! Hi han !... pauvre moi, pauvre ?

— C'est vrai, fit le roi, tu as raison... mais pour Dieu, cesse tes braiements qui n'ont que faire ici.

— C'est juste fit Lancelot qui redevint très sérieux et ajouta, avec un air de dignité qui frappa étrangement le roi :

— Sire, je ne suis que le plus humble de vos sujets, je suis ici par votre grâce, n'ayant d'autre fonction que celle d'amuser et de divertir mon roi, mais, Sire, sous une écorce rugueuse peut se cacher un bon fruit... Que mon roi laisse tomber un peu regard sur moi, qu'il m'honore d'un peu de sa royale confiance, et ce qui lui tient tant à cœur, ce que je ne puis lui dire, dussé-je être roué vif, attendu que je l'ignore, ce que d'autres savent et peuvent dire, j'en jure le Christ, je le ferai dire à mon roi !... Et pour cela, Sire, que faut-il ?... Ruser !... Ah ! je le sais, ce mot sonne mal à vos royales oreilles... mais ceux qui apportent au service de leur maître trahison et félonie méritent d'être combattus par leurs propres armes... C'est le seul moyen de les vaincre... A la ruse, il faut opposer la ruse.

Le roi parut d'autant plus frappé que ces paroles et ce maintien calme et digne contrastaient étrangement avec les allures qu'il avait vues jusque-là à celui qu'il avait pris pour bouffon.

Que se passa-t-il ensuite ? Quel entretien eut lieu entre le roi et son fou ? Quelles décisions furent prises ?

C'est ce que la suite de ce récit nous apprendra sans doute.

XVII

ÉVASION DE SIMON ET GILLONNE

Il nous faut revenir momentanément à deux de nos personnages que nous avons laissés dans une situation précaire et dont les faits et gestes sollicitent notre attention : nous voulons parler de l'homme de confiance du comte de Valois, Simon Malingre, et de sa digne compagne, Gillonne.

Lorsque Lancelot Bigorne eut pris la résolution de s'éloigner de la Cour des Miracles pour se mettre à la recherche de Philippe d'Aulnay, prévoyant que son absence pouvait se prolonger, il avait laissé pour mission à un truand, en qui il croyait pouvoir compter, de veiller sur cet intéressant couple et de lui apporter quotidiennement la pitance nécessaire, n'ayant nullement l'intention de les laisser mourir de faim. Or, cet homme fut un de ceux qui périrent pendant l'attaque de la barricade Saint-Sauveur. Et Bigorne avait pu voir son cadavre. Mais, préoccupé qu'il était de choses et d'êtres plus intéressants, Simon et Gillonne étaient sortis de sa pensée...

Toujours est-il que, au moment où nous les retrouvons, c'est-à-dire quarante-huit heures environ après le départ de Lancelot Bigorne, ces deux personnages n'avaient pas encore reçu la moindre miette de pain, la plus petite goutte d'eau pour se sustenter ou s'humecter la gorge.

— Ah çà ! gronda Simon, est-ce que l'infernal Bigorne aurait l'intention de nous mettre à la diète ?

Gillonne, elle, se contenta de hausser dédaigneusement les épaules.

— Quand tu jeûnerais un peu, fit-elle avec aigreur, le beau malheur !

Si Gillonne, par intérêt, pardonnait ou feignait de pardonner à Simon Malingre, elle n'oubliait pas pour cela et lui gardait une dent féroce, au point d'oublier sa propre situation pour se réjouir de la déconfiture de son associé.

Les heures s'écoulèrent, lentes, mornes, et personne ne vint.

Gillonne commença à s'inquiéter sérieusement.

L'heure du souper étant passée depuis longtemps, Simon laissa éclater sa fureur et sa terreur. Il commença d'abord par appeler, puis ses appels restant sans réponse, il emplit la pièce de véritables hurlements.

Gillonne haussa les épaules et ricana :

— A quoi bon tout ce bruit ?... Je t'avertis charitablement que, si tu cries ainsi, tu auras soif, et...

Un geste, d'une ironie effrayante, acheva la phrase en désignant la cruche vide qui gisait renversée dans un coin.

Simon parut touché par cet argument. Il cessa ses hurlements, mais il s'élança contre la porte qu'il laboura de ses ongles, frappant du pied et du poing, s'efforçant vainement de l'ébranler.

Gillonne prit l'escabeau, s'accroupit devant l'âtre éteint et plongea sa tête dans ses mains, décidée à ne rien voir, à ne rien entendre.

Cependant, son accès de fureur rapidement épuisé par sa violence même, Simon recouvra un calme relatif et essaya de raisonner sa situation.

— Gillonne ! gémit Malingre.

— Simon ? interrogea Gillonne.

— Allons-nous donc périr de faim et de soif dans cette tanière d'enfer, comme deux renards pris au gîte ?

— Le renard est un animal adroit et rusé, répondit sentencieusement Gillonne.

— Que veux-tu dire ? Déjà, lorsque Bigorne nous eut enfermés, tu t'es écriée, si je me souviens bien : « Nous ne sommes pas perdus encore !... » Faut-il entendre par là et que tu as une idée ?

— Peut-être !

— Quelle est-elle ?... Gillonne, ma bonne Gillonne, dis-la, ton idée... Je sais de quelles ressources dispose ton esprit subtil. Vois-tu, j'ai toujours pensé que tu étais la forte tête de nous deux...

— La forte tête !... murmura Gillonne en laissant tomber sur son compagnon un regard méprisant, la forte tête, oui, malheureusement pas le bras.

— Chienne de sorcière ! hurla Simon, exaspéré. Je ne sais ce qui me retient d'écraser ta carogne carcasse !... car, enfin, c'est ta faute, ce qui nous arrive là... qu'avais-tu besoin de me contredire, de jouer l'honnête matrone, de t'ériger en défenseur de l'innocence opprimée, de dire en un mot à ce Lancelot Bigorne, que la peste étrangle, que tu te sentais la colique du dévouement pour cette mijaurée de Myrtille, que tu étais saisie de la fièvre du pur amour, du désintéressé attachement pour ce Buridan que l'enfer confonde..., alors que je proposais de l'occire proprement et que nous étions si bien d'accord, Lancelot et moi... C'est ton inconcevable folie, ta sotte et niaise intervention qui ont brouillé les dés, fait reculer Bigorne et nous ont mis dans la situation triste et précaire que nous subissons.

Gillonne, qui pendant cette furieuse diatribe était restée la tête enfouie dans ses deux mains, découvrit son visage et, après avoir regardé un instant fixement son compagnon, laissa tomber ce seul mot :

— Imbécile !

L'effet fut foudroyant. Ce mot, à lui seul, assomma Simon plus et mieux que n'auraient pu le faire les reproches les plus violents.

C'est que Simon Malingre, être tortueux et contrefait, au physique comme au moral, était doué d'une intelligence remarquable. Il avait une haute opinion de lui-même et de ses capacités intellectuelles, mais cette bonne opinion n'allait pas jusqu'à l'aveugler sur le compte des autres.

Or, Simon Malingre avait étudié Gillonne comme il étudiait tous ceux qu'il approchait, et de cette étude minutieuse il était nettement ressorti pour lui que Gillonne ne lui était pas inférieure sur bien des points et lui était supérieure sur certains autres.

Devant la tranquille assurance et le calme dédain de sa compagne, il conclut que celle-ci avait un plan, une idée quelconque, et tout naturellement le désir lui vint de faire tourner ce plan à son propre profit.

Mais pour cela encore fallait-il savoir. Et pour savoir s'imposait la nécessité de ménager celle qui savait... quitte à la briser ensuite.

De là un changement immédiat dans ses manières, qui, de menaçantes et emportées qu'elles étaient, devinrent instantanément doucereuses et humbles.

Maintenant la vérité nous oblige à dire que Gillonne, de son côté, n'entrevoyait nullement le moyen de se tirer, elle et son compagnon, de leur situation critique.

Elle n'avait aucune idée arrêtée à ce sujet.

Simplement Gillonne, voyant l'état de fureur froide qui paralysait les facultés de Simon, lisant la folie du meurtre qui s'implantait dans ce cerveau surexcité, Gillonne s'était dit qu'elle était perdue, que sa dernière heure était venue si elle n'arrivait à se rendre ou se faire croire indispensable, et à le persuader que seule elle pourrait les tirer de là. On voit qu'elle avait réussi. Grâce à ce subterfuge, la paix, une paix apparente du moins, régna là où pour un peu on allait en venir aux mains.

— Pardonne-moi, ma bonne Gillonne, je m'emporte et j'ai bien tort... Dans la situation où nous sommes, nous devrions nous prêter une aide réciproque... j'ai eu tort de l'oublier et je te promets que cela ne m'arrivera plus.

— C'est fort heureux, grommela Gillonne, te voilà enfin raisonnable.

— Tu disais donc, Gillonne ?

— Moi ?... Je ne disais rien.

— Si ! si ! reprit Simon avec une douceur obstinée, tu disais donc ?

— Je disais que tu n'étais qu'un imbécile !

— Ça se peut, ma bonne, ma douce Gillonne, ça se peut. On peut se tromper, vois-tu... Nul n'est infaillible...

— Ouais ! tu chantais sur un autre ton tout à l'heure ?

— Ça se peut encore, ma chère Gillonne, j'ai eu tort et je t'en ai demandé pardon... Explique-moi plutôt en quoi, à ton idée, je suis un imbécile.

— Parce que tu n'as pas vu que ce Lancelot Bigorne se jouait de toi.

— Et tu as vu cela, toi, Gillonne ?

— Je l'ai vu !

— Ah ! mais en quoi Lancelot se jouait-il de moi ? Explique-moi un peu cela.

— En ceci que Lancelot est tout dévoué à son maître le sire de Buridan, et qu'il ne le trahira pas pour nous, et qu'il ne feignait de t'approuver que pour connaître ton plan et le mieux déjouer ensuite.

— Peut-être, fit Malingre, devenu pensif. Peut-être, Gillonne, as-tu raison. Et, en effet, maintenant que je me rappelle certaines particularités... Oui, oui, en effet, tu as raison, Lancelot se jouait de moi et je n'ai été qu'un imbécile !...

— Il fallait me laisser faire alors... il fallait faire comme moi, feindre le dévouement pour son maître, le flatter, le cajoler, l'endormir par de belles assurances, lui fournir au besoin des preuves de notre bonne foi et de notre bonne volonté... et c'est nous alors qui l'aurions joué.

— Tu as raison, Gillonne, cent fois raison, et j'ai manqué de perspicacité.

— Je me suis évertuée à te le faire comprendre.

— J'étais aveugle... Mais alors, si tout ce que tu viens de me dire est vrai — comme je le crois aussi — Lancelot Bigorne ne nous lâchera pas et notre situation m'apparaît encore plus critique.

— C'est bien ce que je pense !

— Et alors, reprit Malingre, nous aurons un bon compte à régler, Lancelot Bigorne et moi, et je jure bien que je saurai réparer ma bévue.

— Le ciel t'entende, Simon Malingre !

— Mais ne me disais-tu pas tout à l'heure que tu avais ton idée ? fit Simon.

— A quel sujet, Simon ?... j'en ai beaucoup, des idées, parfois.

— Au sujet de la possibilité de nous sortir de cette infernale prison.

— Oui, j'ai mon idée.

— Voyons cette idée.

— Prends patience, Simon... il est mauvais parfois de cueillir un fruit encore vert.

— Ah ! Et penses-tu que le fruit soit bientôt mûr ?

— Peut-être !

— Bon ! Et quand il sera à point, me le montreras-tu, ce fruit ?

— Sans doute.

Simon Malingre regarda sa compagne d'un œil soupçonneux comme pour se convaincre de sa sincérité.

— Est-ce bien sûr ? fit-il d'une voix où perçait une menace.

Gillonne haussa les épaules et répondit très simplement :

— Pour mettre mon plan à exécution, j'aurai besoin de toi... seul, j'échouerais infailliblement.

Ce simple aveu, d'une franchise évidente, fit tomber tous les soupçons de Simon.

Il était évident, en effet, que, dès l'instant que son concours était indispensable, Gillonne ne pourrait l'abandonner au dernier moment.

Il se contenta donc de dire doucement :

— Cherche, Gillonne, cherche, et quand tu auras trouvé, tu me le diras ; pendant ce temps, je vais chercher aussi, moi.

Là-dessus, comme la nuit était complètement venue, ils s'étendirent chacun sur une botte de paille qu'on avait mise là à leur intention et s'efforcèrent de s'endormir.

Nous profiterons de ce sommeil, qui n'a rien de commun avec celui de la traditionnelle innocence, pour faire une description succincte de la prison provisoire de ces deux honnêtes associés.

La maison n'avait qu'un étage, et malgré son apparence délabrée, vue de l'extérieur, n'en constituait pas moins un fort solide abri duquel, la porte soigneusement verrouillée, les volets solidement encloués, il devenait aussi difficile de sortir que d'une bonne prison... à moins que de démolir la maison pierre à pierre.

A l'intérieur, il y avait une pièce unique, rudimentairement garnie d'un banc, d'une table et de quelques escabeaux.

La plus grande partie de cette pièce était occupée par une de ces énormes cheminées monumentales comme on en faisait à l'époque, et sous le manteau de laquelle dix personnes pouvaient prendre place aisément. Pour le moment, d'ailleurs, elle était complètement dégarnie de tout combustible.

Ceci dit, revenons à Simon Malingre et à Gillonne.

Leur première nuit passée sur leur botte de paille s'écoula tant bien que mal, plutôt mal que bien.

Le deuxième jour, oubliés comme la veille, la faim se fit cruellement sentir.

Cette deuxième journée s'écoula cependant sans incident notable, si ce n'est que Simon revint plusieurs fois à la charge pour connaître le fameux plan d'évasion de Gillonne, laquelle lui répondit invariablement que le fruit n'était pas encore mûr.

Comme la veille, le soir, ou ce qu'ils crurent être le soir, vint, et comme la veille, mélancoliques, mais non résignés, ils se laissèrent tomber sur leur botte de paille.

Mais, unis par le malheur, rendus plus sociables par leur infortune commune, ils ne cherchèrent pas, ce jour-là, à se nuire mutuellement, et s'abstinrent de toute dis-

pute. Donc, Simon Malingre dormait sur sa botte de paille et Gillonne paraissait en faire autant sur la sienne.

Cependant, chose bizarre et anormale, le cachot, puisque aussi bien c'était un cachot, paraissait s'éclairer lentement, doucement, d'une lueur tamisée et comme très lointaine.

Et petit à petit une coulée de lumière blafarde s'étala et forma un dessin carré très nettement indiqué sur le sol battu, dans l'intérieur de la cheminée.

Or, Gillonne ne dormait pas. Gillonne fut frappée de ce phénomène. Gillonne se dressa sur son séant et là, les yeux exorbités, elle observa, cherchant à comprendre.

Alors elle vit que la coulée de lumière descendait de la cheminée même, elle comprit et murmura ce seul mot :

— La lune !

C'était la lune, en effet, la lune qui, battant son plein et parvenue au zénith, laissait couler ses rayons lumineux par le vaste conduit de la cheminée et éclairait ainsi d'une lueur vague et indécise l'obscurité du cachot.

— Oh ! oh ! oh ! murmura Gillonne, sur trois tons différents.

Et, doucement, elle réveilla Simon qui dormait réellement, lui.

— Simon, fit doucement Gillonne.

— Hein ! quoi ?... qui est-ce ? la peste t'étouffe ! venir me réveiller juste au moment où je rêvais que je m'empiffrais de si bonnes choses ! Le fruit, en question serait-il mûr ?

— Regarde, fit Gillonne. Là... ce rayon lumineux... tu ne vois pas ?

— Si fait ! Eh bien ?...

— Tu ne vois pas que c'est la lune ?

— La lune ou le soleil, qu'importe ?

— Il nous importe beaucoup, au contraire. Ne vois-tu pas d'où il sort, ce rayon lumineux ?... Ne vois-tu pas qu'il est dans la cheminée ?

— Oh ! oh ! fit à son tour Malingre, en effet, je commence à comprendre ?

Et, se levant vivement, il se dirigea vers la cheminée.

Il resta là quelques secondes, puis il revint dans la chambre.

— Eh bien ? interrogea Gillonne.

— Eh bien ! fit Simon rayonnant, ce n'est pas très haut et c'est suffisamment large pour qu'on y puisse passer à l'aise ; de plus, les pierres intérieures forment des aspérités, en sorte qu'il y a là une échelle toute trouvée... Gillonne, ma chère Gillonne, dans dix minutes, je serai hors d'ici. Oh ! bien heureux rayon de lune !

— Ouais ! murmura Gillonne, il me semble qu'il ne parle que pour lui ! Et tout haut, elle ajouta : sortir d'ici, c'est bien, mais c'est peu... l'important est de sortir de la Cour des Miracles ensuite !

— C'est vrai !... j'avais oublié !

— Je n'oublie pas, moi... heureusement pour toi, car, si je n'étais là, je crois que tu ne te tirerais pas d'affaire. Et puis, j'ai de l'affection pour toi, moi, sans que cela y paraisse, et malgré que tu ne le mérites guère, et je me connais, moi... si par malheur il arrivait que seul tu puisses passer par ce conduit et que je sois obligée de rester ici, j'aurais tant de chagrin de te perdre que je ne pourrais retenir mes sanglots... et, comme mon chagrin serait très violent, je pousserais des cris à fendre l'âme, des cris susceptibles de réveiller toute la Cour des Miracles.

— Gillonne, dit vivement Simon, je t'assure que tu pourras passer très bien.

— Bon !... je l'espère. Mais, quand nous serons passés tous les deux, ne va pas t'aviser de me perdre en route, car alors j'aurais peur, grand'peur... et, quand j'ai peur, je crie encore plus fort que lorsque j'ai du chagrin.

— Allons ! ne perdons pas de temps, Gillonne, je ne te quitterai pas, je le jure, nous fuirons ensemble.

— Est-ce bien sûr ?

— J'ai besoin de toi encore..., donc, tu n'as rien à craindre.

— Bon ! voilà un argument sérieux. Mais je t'ai averti, n'est-ce pas ?... n'essaie pas de me perdre en route, sinon j'ameute toute la Cour des Miracles.

— Sois tranquille... je te dis que j'ai besoin de toi.

L'instant d'après, Simon se faufilait dans le large conduit de la cheminée.

Comme il l'avait dit, les pierres intérieures formaient des aspérités qui jouèrent le rôle d'échelons, en sorte qu'en quelques instants il fut sur le toit de la maison.

Quelques minutes après, Gillonne le rejoignait, ayant effectué son ascension sans trop de peine.

Par exemple, ils avaient les mains et le visage quelque peu barbouillés de suie, mais ils ne s'arrêtèrent pas à en faire la remarque.

Pour surcroît de chance, la lune, qui jusque-là avait brillé d'un vif éclat qui aurait pu les trahir, juchés qu'ils étaient, à découvert, sur le toit de la maison, la lune venait juste de disparaître, cachée momentanément par un nuage.

Alors Simon Malingre mesura du regard la hauteur du mur et bravement sauta... Gillonne, à son tour, se suspendit par les mains à l'arête et se laissa tomber, non sans invoquer deux ou trois saintes. Pour finir, bref, les deux associés se retrouvèrent sains et saufs sans autre accident que quelques écorchures.

Cependant, pour être sortis de leur prison, les fugitifs n'avaient pas encore reconquis leur liberté.

Le plus difficile peut-être leur restait à accomplir : il fallait sortir indemnes de la Cour des Miracles.

Lentement, avec des précautions infinies, ils se glissèrent dans l'ombre des masures, tremblant toutes les fois qu'il leur fallait passer à proximité d'une porte ou d'une fenêtre où brillait une lumière, se terrant au moindre bruit, écrasés sur le sol, retenant leur haleine.

Où étaient-ils au juste ? Ils n'en savaient rien, mais ils avançaient toujours.

Comme ils approchaient d'une maison d'assez belle apparence — apparence toute relative, bien entendu — à l'intérieur de laquelle ils voyaient briller des lumières, ils entendirent des pas, des voix nombreuses.

Un groupe de truands venait à leur rencontre et il leur était impossible de l'éviter.

Mais, arrivé devant la maison de belle apparence, le groupe s'arrêta, une porte s'ouvrit, un rais de lumière sortit par la porte ouverte, ils entendirent des exclamations, un rire large et sonore, des bruits d'escabeaux renversés, et ils virent aussi, grâce à ce rais lumineux, ceux qui venaient d'arriver et faisaient tout ce tapage, et une exclamation sourde jaillit des lèvres de Simon Malingre, terrifié :

— Lancelot Bigorne !

Ce disant, il se jeta à corps perdu dans un trou qui se trouvait juste là, entraînant avec lui Gillonne, aussi tremblante que lui.

XVIII

CE QUE DEVIENT LE MÉMOIRE D'ANNE DE DRAMANS

A peu près dans le moment où Simon Malingre et Gillonne cherchaient à s'échapper de la salle où Bigorne les avait enfermés, se déroulaient dans Paris des événements que le lecteur doit connaître. Pour cela, nous reviendrons à un personnage de cette histoire, dont il est indispensable que nous nous occupions, ne fût-ce que durant l'espace d'un chapitre. C'est cet ancien archer de la garde de la reine, que Marguerite de Bourgogne avait fait jeter dans une oubliette et que Mabel avait délivré, nous voulons dire Wilhelm Roller.

Nous l'avons laissé sur la berge de la Seine, au pied de la Tour de Nesle, avec un coup de poignard dans le dos et un dans la poitrine : on se rappelle même, ou on ne se rappelle pas, que Stragildo avait laissé ledit poignard dans la blessure de la poitrine, pressé qu'il était de rejoindre la reine ou peut-être préoccupé au point d'oublier une arme de valeur. Le détail est insignifiant, mais pour nous il ne l'est pas.

Ce poignard avait été donné à Stragildo par Marguerite de Bourgogne. Le manche était en argent ciselé.

Or, il y avait environ une demi-heure que Wilhelm Roller était étendu sans mouvement et en apparence sans vie, lorsqu'un quidam vint à passer malgré l'heure matinale. Ce quidam était un de ces nombreux pauvres hères sans feu ni lieu.

Cet homme, donc, errait lamentablement, lorsque, arrivé à la hauteur de la Tour de Nesle, il s'arrêta tout à coup et dit :

— Tiens ! un mort !

Exclamation qui n'impliquait pas une surprise exagérée, mais plutôt l'espoir d'une aubaine.

— 72 —

En effet, ce gueux n'eut pas plus tôt aperçu le corps inanimé du pauvre Suisse que son visage renfrogné et pâle de faim prit une expression de joie, et il se dirigea aussitôt vers le cadavre que, tranquillement, il se mit à fouiller.

Mais une grimace de désappointement remplaça bientôt la joie qui, un instant, avait illuminé cette figure...

Il n'y avait rien dans les poches du Suisse.

— Il est bien mort, murmura l'homme. Mais d'autres que moi l'ont sans doute visité déjà. J'arrive trop tard.

Comme il disait ces mots, ses yeux tombèrent sur le poignard à manche d'argent, et avec un cri de joie il retomba à genoux.

— C'est bien de l'argent, fit-il, le pauvre diable ne m'a pas trompé, je dirai une prière pour lui.

En même temps, il se mit à extraire le poignard de la blessure, et, ayant heureusement achevé cette opération, essuya la lame aux vêtements du cadavre et examina attentivement le manche.

— J'en aurai bien deux ou trois écus, peut-être un noble à la couronne.

Comme il parlait ainsi, il tourna machinalement les yeux vers le visage du mort et demeura effaré...

Le mort le regardait fixement...

— Oh ! oh ! fit le gueux, voilà un mort qui a d'étranges manières.

A ce moment, Roller poussa un faible soupir, et l'homme, se relevant précipitamment, recula de plusieurs pas dont chacun était accompagné d'un signe de croix. Cependant, comme le blessé continuait à demeurer immobile, l'homme reprit courage, et comme un gémissement s'échappait des lèvres de Roller, il se dit :

— Peut-être qu'il n'est pas mort. Holà ! l'ami, ajouta-t-il en se rapprochant, si tu n'es pas mort, dis-le franchement.

Le blessé répondit par quelques paroles inintelligibles.

Il se trouva que le pauvre hère qui venait de faire cette lugubre trouvaille n'était pas un méchant homme. D'abord l'avarice et la prudence combinées lui conseillèrent de se retirer en toute hâte et de laisser cet inconnu achever tranquillement de mourir. Mais une sorte de pitié le retint. Si bien qu'il se mit à puiser de l'eau de la Seine dont il aspergea la figure du blessé, lequel ne tarda pas à revenir à lui.

— Que puis-je pour vous ? demanda alors l'homme qui, ayant traîné Roller jusqu'à la base de la Tour, l'y avait adossé.

Les Suisses ont la réputation d'avoir la vie dure. Nous ignorons jusqu'à quel point cette réputation se justifie. En tout cas, soit que les coups de Stragildo eussent été mal appliqués, soit que l'arme n'eût atteint aucun organe essentiel, soit enfin que le digne Suisse eût réellement l'âme chevillée au corps, Roller paraissait reprendre rapidement conscience de ce qui l'entourait, et à la question de l'homme il répondit d'une voix assez distincte :

— Si vous êtes chrétien, vous m'aiderez à marcher jusqu'à la première maison du pont et vous serez récompensé.

— Je suis chrétien, répondit le gueux, et vous transporterai donc plus loin que le pont, s'il le faut. Et, quant à la récompense, ne vous en inquiétez pas, je la tiens déjà.

Roller comprit ou ne comprit pas le sens de ces paroles, peu importe. Il fit signe à l'homme qu'il le remerciait de son aide, et, aidé par lui, il parvint à se mettre debout.

Les deux hommes mirent deux heures à franchir la faible distance qui les séparait du pont, au moment où on décrochait les chaînes.

Roller désigna d'un geste la maison où il voulait être conduit ; c'était une assez misérable auberge où il était connu et dont l'hôtesse le reçut charitablement, tandis que le nocturne rôdeur, qui l'avait trouvé et pour ainsi dire sauvé, s'en allait essayer de vendre le poignard de Stragildo.

Au bout de trois jours, les blessures de Roller commençaient à se fermer. Il annonça alors à son hôtesse qu'il voulait partir. La bonne femme lui fit observer que c'était vouloir sûrement se tuer, mais Roller était têtu. De plus, il était dévoré d'inquiétude. En effet, Mabel lui avait donné rendez-vous dans le logis du cimetière et trois jours s'étaient écoulés depuis. Or, la soif de vengeance du Suisse s'était encore exaspérée, car il ne mettait pas en doute que les coups de poignard qu'il avait reçus ne lui eussent été octroyés par quelque valet de Marguerite. Il s'habilla donc tant bien que mal, sortit en refusant toute aide, et réussit à gagner le logis de Mabel. C'était le lendemain du jour où Mabel et Myrtille étaient sorties de Paris.

Le Suisse fit un effort d'énergie pour dompter la faiblesse qui s'emparait de lui et se mit à fouiller dans cette pièce qui avait été le laboratoire de Mabel au temps où elle préparait des philtres.

Nous ne compterons pas les défaillances qu'eut à subir le malheureux en cette journée. On eût dit qu'à mesure qu'il sentait la vie se retirer de lui, son désir de vengeance devenait aussi plus violent.

Mabel lui avait dit qu'elle lui remettrait les preuves de l'infamie de Marguerite.

Mabel n'était pas là et sans doute elle ne reviendrait pas.

Il lui fallait donc trouver les papiers accusateurs tout de suite et agir seul avant de mourir.

Au bout de la journée, épuisé, grelottant de fièvre, le visage décomposé par la souffrance, il était sur le point de renoncer et de s'abandonner, lorsque, poussé par un dernier instinct, il pénétra dans cette sorte de niche où Simon Malingre avait découvert Myrtille.

Là, il y avait un coffre que Mabel en s'en allant avait vidé.

Mais Mabel avait laissé le coffre ouvert !

Mabel n'avait pas refermé la niche.

Peut-être avait-elle voulu qu'il fût impossible à quiconque de ne pas voir la niche d'abord et le coffre ensuite.

Au fond du coffre, Wilhelm trouva un fort rouleau de parchemins roulés et trois ou quatre écus d'or oubliés par Mabel. Le Suisse prit les écus et le rouleau de parchemins, enveloppés dans un papier sur lequel il y avait quelques lignes écrites.

Puis, trébuchant, se retenant aux murs, il descendit et se mit à longer le cimetière des Innocents en se dirigeant vers le Louvre. Le soir tombait.

Les environs étaient déserts.

Roller, pris d'une faiblesse, s'accota à un mur. Il sentit qu'il allait mourir.

— Mon Dieu, fit-il, une heure, je vous demande une heure, et puis après, ouvrez-moi les portes de l'enfer, si vous voulez.

Il dévorait des yeux les lignes écrites sur le papier. Mais il ne savait pas lire.

— Ce doit être cela ! gronda-t-il... Mais, si je me trompais... si ces parchemins étaient insignifiants... si j'allais mourir sans avoir trouvé... sans me venger...

A ce moment, il vit passer un homme qui chantait à tue-tête, la rapière en travers des jambes et le bonnet sur l'oreille.

Roller lui fit un signe et l'homme, interrompant sa chanson, s'approcha.

— Savez-vous lire ? demanda Roller.

— Et même écrire ! à telles enseignes que j'ai suivi en Sorbonne pendant cinq ans les leçons de l'illustre docteur Cheliet.

Roller ouvrit la main et dit :

— Prenez !

L'homme à la rapière ouvrit des yeux émerveillés et saisit les écus d'or qui constituaient pour lui une véritable fortune.

— Que faut-il faire ? demanda-t-il d'une voix tremblante. Avez-vous quelque ennemi dont il faille vous débarrasser ?

— Lisez-moi ce qu'il y a sur ce papier, fit Roller.

Et il plaça le rouleau sous les yeux de l'écolier, mais sans le lâcher.

— Et après ? fit l'homme étonné.

— Après ? c'est tout. Lisez et les écus sont à vous.

L'écolier s'était peut-être vanté, car il mit dix longues minutes à déchiffrer péniblement les lignes.

— J'y suis ! s'écria-t-il enfin triomphalement.

— Lisez donc ! murmura Roller qui tremblait convulsivement.

L'homme lut :

Mémoire de la dame de Dramans concernant des faits qui se sont passés dans la Tour de Nesle.

Roller eut comme un rugissement de joie, et fit signe à l'homme qu'il pouvait s'en aller.

L'écolier ne se fit pas répéter cette invitation et se retira ou plutôt se sauva, craignant sans doute que l'inconnu ne se repentît de sa générosité.

Roller se remit péniblement en marche, serrant dans sa main crispée le rouleau de parchemins, et il songeait :

— Pourvu que j'arrive au Louvre avant de mourir.

Mais, au bout d'une cinquantaine de pas, il se sentit défaillir.

Il se trouvait alors dans une rue assez fréquentée, rue occupée en grande partie par des forgerons et maréchaux ferrants, dont les ateliers, vivement illuminés dans la nuit tombante, résonnaient du bruit argentin des marteaux sur les enclumes. Et si près de ce désert sinistre qu'était le cimetière des Innocents, cette rue joyeuse semblait le chemin qui conduit de la mort à la vie. Elle s'appelait alors rue de la Charronnerie.

Un instant, Roller fut comme galvanisé par cette joie des forgerons qui battaient le fer en chantant selon l'usage de leur métier, et probablement pour s'aider à marteler en cadence.

Mais l'effort avait été trop violent, les deux blessures rouvertes saignaient, le malheureux comprenait que sa vie s'en allait avec son sang et qu'il allait payer cher son impatience de vengeance.

Il essaya de se diriger vers la forge la plus proche pour demander du secours, mais ses genoux fléchirent et il tomba dans le ruisseau à l'instant où, par l'autre bout de la rue, apparaissait une troupe nombreuse de cavaliers.

Celui qui marchait en tête de cette troupe était un homme de haute stature, monté sur un de ces chevaux normands aux formes massives, qui ne sont plus guère employés que pour le trait et qui alors étaient encore trop frêles pour le poids que représentait un chevalier armé en guerre.

Cet homme chevauchait donc à quelques pas en avant de son escorte ; le front penché, les rênes abandonnées, la poitrine gonflée de soupirs, il semblait accablé sous le poids de sinistres pensées. Soudain, le cheval s'arrêta court.

Le cavalier parut s'éveiller d'un songe pénible et aperçut alors le blessé que son cheval avait failli écraser. Il allait passer outre avec une sorte de farouche indifférence que les gens de guerre professaient pour des incidents de ce genre, lorsque quelques paroles du blessé qui montèrent jusqu'à lui le firent tressaillir.

Il mit pied à terre, se pencha sur le mourant et demanda :

— Vous dites que vous me reconnaissez ?

— Oui.

— Et que vous avez quelque chose de grave à me dire concernant le roi ?

— Oui.

— Parlez donc, je vous écoute.

Mais maintenant Roller ne semblait plus décidé à parler. Il jetait un regard avide sur le cavalier comme pour essayer, à cet instant suprême, de lire dans sa pensée.

— Est-il vrai, fit-il enfin, en rassemblant toutes ses forces, est-il vrai, monseigneur, que vous haïssez la reine comme je l'ai entendu dire au Louvre.

— Tu as entendu dire cela, toi ? fit en fronçant les sourcils celui que Roller appelait monseigneur.

— Je vais mourir, râla le Suisse, vous pouvez donc me confier ce secret, si terrible qu'il soit... Mais, si vous ne me répondez pas, je ne dirai rien, moi. Hâtez-vous : dans quelques instants, il sera trop tard.

Roller, qui s'était soulevé sur un coude, retomba dans le ruisseau.

Le cavalier l'examina d'un regard soupçonneux et il vit que sur ce visage livide la mort étendait déjà son ombre. Il toucha ses mains : elles étaient froides. Alors il se pencha davantage et murmura :

— Tu me demandes si je hais la reine ?

— Oui ! je vous demande cela, et il n'y a qu'un mourant prêt à comparaître devant Dieu, qui, si près de la Toute-Puissance du roi des rois, puisse assez oublier votre puissance terrestre pour vous poser une aussi formidable question.

Les yeux du cavalier jetèrent un éclair.

— Eh bien ! dit-il, on ne t'a pas trompé : je hais celle que tu dis. Parle maintenant.

Le mourant parut faire un dernier effort. Mais, comprenant sans doute qu'il n'aurait pas le temps de parler longuement, il tendit le rouleau au cavalier qui le saisit, et râla :

— Prenez ceci... oh ! j'aurais voulu le porter moi-même au roi... mais... puisque je...

La parole expira sur ses lèvres qui ne rendirent plus qu'un gémissement confus.

Le cavalier se redressa lentement et demeura debout, les yeux fixés sur le mourant qui se débattait dans les dernières angoisses.

Cette agonie dans la rue illuminée par les feux des forges, dans le bruit des chansons et des marteaux, cette agonie de l'homme dans le ruisseau dura dix minutes.

Puis, tout à coup, Roller poussa un cri terrible, se souleva, jeta au cavalier un regard désespéré et retomba pour jamais, immobile.

Le cavalier alors seulement jeta les yeux sur le rouleau de parchemin qui venait de lui être si mystérieusement remis et il lut : *Mémoire de la dame de Dramans concernant des faits qui se sont passés dans la Tour de Nesle.* Sans doute il comprit, car il devint aussi pâle qu'était pâle le cadavre à ses pieds.

Une dernière fois, il se baissa vers l'homme, le toucha au cœur, s'assura qu'il était mort, puis, cachant sous son manteau le rouleau de parchemin, remonta à cheval et poursuivit son chemin, plus pensif, plus sombre.

Ce cavalier, c'était Enguerrand de Marigny...

XIX

SUITE DE L'ÉVASION DE MALINGRE

Comme les événements que nous racontons en ce moment sont simultanés et s'enchevêtrent pour ainsi dire, il nous faut, pour un instant laisser Marigny continuer son chemin vers son hôtel — lequel était une magnifique demeure bien fortifiée située rue Saint-Martin.

Pendant, donc, que le premier ministre, après son étrange rencontre avec le mourant, poursuit sa route, sombre et pensif, vers cette même heure, Simon Malingre et Gillonne s'évertuaient à sortir de la salle basse où Lancelot Bigorne les avait enfermés.

On a vu comment ces deux êtres de malfaisance avaient réussi à s'enfuir en se hissant dans une cheminée et comment, parcourant au hasard la Cour des Miracles obscure et silencieuse, ils étaient tombés en arrêt devant une maison où ils avaient vu une lumière et entendu des bruits.

Une porte s'était à cette minute brusquement ouverte.

Une troupe de huit à dix hommes était apparue confusément dans la nuit.

Simon Malingre et Gillonne, qui marchaient d'épouvante en épouvante, n'eurent que le temps de se jeter dans un trou. Puis la porte se referma. Et cette troupe aperçue se retira, s'évanouit comme une compagnie de fantômes.

Mais Gillonne et Simon avaient entendu quelques mots, entrevu des visages, et tous deux avaient frémi — cette fois d'une telle joie qu'ils en oubliaient le jeûne auquel ils venaient d'être soumis.

— As-tu entendu ? dit Gillonne dans un souffle.

— Quoi ? demanda distraitement Simon, qui paraissait réfléchir profondément.

— Tu ne l'as donc pas reconnu ?

— Si je l'ai reconnu ! Je le reconnaîtrais dans l'enfer !

— Tu ne l'as pas entendu donner le mot de passe qui nous permettra de sortir de cette Cour maudite ?

— Si fait bien, je l'ai entendu ! D'Aulnay et Valois !

Et Malingre ajouta, pensif :

— Il est là ! Dire qu'il est entré là ! Que dit-il ? que fait-il ?...

— C'est une vraie bénédiction, reprit Gillonne, que nous nous soyons trouvés là pour entendre... Maintenant nous pouvons fuir en toute assurance.

Sans répondre, Simon s'était mis à étudier minutieusement la maison dans laquelle venait de pénétrer celui dont ils parlaient. Talonnée par la crainte, Gillonne insistait :

— Que fais-tu donc ?... Qu'attends-tu ?... Es-tu fou ?... fuyons, fuyons vite !...

— Bah ! fit Simon, nous avons bien le temps à présent... Nous avons le mot qui nous permettra de sortir d'ici comme nous sortirions de chez nous.

— Sainte mère de Dieu !... fit Gillonne en joignant les mains avec angoisse, tu perds l'esprit quand...

La mégère n'en dit pas plus long : elle venait de comprendre pourquoi Simon n'était plus pressé de fuir.

Celui-ci, en effet, s'était approché de la porte et avait collé son oreille au trou de la serrure, mais sans doute le résultat ne fut-il pas satisfaisant, car il s'en éloigna bientôt en hochant la tête.

— Je comprends ! fit Gillonne tout bas, tu cherches à savoir ce qu'ils vont se dire là dedans.

— Parbleu ! répondit Simon qui cherchait toujours.

Gillonne pensa : « Il a raison... Mon esprit, quelque ingénieux qu'il puisse être, est parfois au-dessous de l'astuce de ce Simon. »

Pendant ce temps Simon restait le nez en l'air, très absorbé dans la contemplation d'une ouverture pratiquée à une certaine hauteur du sol et de laquelle s'échappait une faible lueur.

Malheureusement ce trou était placé trop haut pour qu'on pût espérer l'atteindre.

A force de chercher, Simon trouva qu'il y avait une borne placée à peu près sous le trou.

Il monta sur la borne, mais il s'en fallait encore de toute sa hauteur pour qu'il pût atteindre le bienheureux trou.

Alors, il se mit à palper minutieusement la muraille pour voir si quelque interstice ne lui permettrait pas d'atteindre ce trou, objet de ses désirs : il fallut renoncer à ce moyen.

Simon commençait à se désoler.

Gillonne lui dit :

— Si tu peux me supporter, je monterai sur tes épaules et j'irai voir là-haut.

— J'y pensais bien, reprit Simon, mais, si toutefois on entend de là, qui me dit que tu me rapporteras exactement tout ce que tu auras entendu ?

— Ecoute, Simon, dit Gillonne, qui trouvait toute naturelle la méfiance dont elle était l'objet, si de ce que j'entendrai là-haut il ressort la possibilité de faire une bonne affaire, me jures-tu que nous en partagerons les bénéfices ?

— Je te le jure, répondit Simon, sans hésiter.

— Alors, moi, je te jure de te répéter tout ce que j'aurai entendu d'utile pour nous.

Et comme Simon paraissait hésiter encore, elle ajouta :

— D'ailleurs, tu n'as pas d'autres moyens de savoir.

C'était vrai. Simon le comprit bien.

Alors prenant soudain son parti :

— Monte ! dit-il.

Avec une adresse et une agilité que Simon ne lui aurait pas soupçonnées, Gillonne, en quelques instants, se hissa sur les épaules de Simon qui, péniblement, à son tour, grimpa sur la borne.

Grâce à des prodiges d'adresse, Gillonne parvint à se mettre debout sur les épaules de Simon, qui supportait stoïquement le poids.

Ainsi juchée, la mégère se trouvait à hauteur du trou, d'où elle put voir assez facilement ceux qui se trouvaient à l'intérieur et entendre ce qu'ils disaient.

Lorsqu'elle vit que ces personnages se levaient pour sortir, Gillonne jugea que la conférence devait être terminée et elle se laissa vivement glisser à terre.

— Ouf ! dit Simon avec un soupir de soulagement, je n'aurais jamais cru que tu étais si lourde... Eh bien ! qu'ont-ils raconté ?

Prudemment, Gillonne se terra dans son trou en lui faisant signe de l'imiter.

Lorsque Simon et Gillonne se furent assurés que ceux qu'ils venaient d'épier s'étaient enfoncés dans la nuit, ils se levèrent vivement et prirent une direction opposée, ne cherchant pas à se dissimuler et s'efforçant de prendre une allure paisible. Grâce au mot de passe surpris si fort à propos, ils purent enfin sortir indemnes de cette Cour des Miracles où ils avaient bien cru un instant laisser leurs os.

Lorsqu'elle se jugea enfin hors de danger, Gillonne consentit à parler et à répéter à Simon tout ce qu'elle avait vu et entendu. Celui-ci ne perdit pas un instant.

— Vite, dit-il, séparons-nous : toi, Gillonne, va m'attendre à la Courtille-aux-Roses. Moi, je cours au Temple, et, cette fois, non seulement nous rentrerons en grâce, non seulement monseigneur ne nous fait pas brûler, mais encore il nous enrichit. Va, Gillonne, et moi, pour arriver plus vite, je vais prendre un cheval au Louvre.

Gillonne lâcha Simon Malingre qu'elle avait nerveusement saisi par le bras, et celui-ci en profita pour tirer vivement au large.

Gillonne, une fois seule, murmura, en regardant avec un œil méprisant Simon qui s'éloignait sans plus s'occuper d'elle :

— Va !... Va, au Louvre et au Temple, tirer profit des paroles que je t'ai répétées... Mais il est de plus importants secrets que j'ai recueillis ; ceux-là, je saurai bien en tirer profit pour moi seule, et, avec l'aide du ciel, dommage et châtiment exemplaire pour ta maudite personne.

Cependant, Simon Malingre, assez étonné que Gillonne l'eût laissé aller seul, se dirigeait rapidement vers le Louvre où il arrivait sans encombre.

Par ses fonctions auprès d'un puissant personnage comme l'était son maître, Malingre était à même de connaître autant que personne de la cour nombre de personnages et d'officiers. Arrivé tout haletant au Louvre, Simon s'informa du nom des officiers en ce moment de service.

Parmi les noms qu'on lui cita, il retint ceux de deux officiers appartenant à un corps placé sous les ordres directs de Valois et, parmi ces deux-là, celui d'un officier qui, approchant de près fréquemment son supérieur, le connaissait, lui Simon, comme l'âme damnée du comte.

Malingre n'hésita pas et se fit conduire directement auprès de cet officier à qui il raconta la première histoire venue et qu'il décida facilement à faire ce qu'il avait jugé utile à ses desseins, en lui faisant valoir qu'il rendrait là un service dont Valois saurait lui tenir compte.

Le résultat de cet entretien fut que, quelques instants plus tard, Simon Malingre, monté sur un excellent cheval, filait ventre à terre vers le Temple, tandis que l'officier mettait toute sa diligence à rassembler une trentaine d'hommes avec lesquels à son tour il prenait le chemin du Temple. Sûr de lui et du renfort qu'il amenait, Simon parvint au pont-levis qui s'abaissa sans difficulté pour lui. Quelques instants plus tard, Malingre pénétrait chez Valois dont le premier mouvement en l'apercevant fut d'appeler pour le faire saisir.

— Un instant, monseigneur, dit Simon, vous me ferez rouer ou brûler demain. Maintenant, écoutez...

XX

LANCELOT BIGORNE A L'ŒUVRE

Ces personnages qu'avait entrevus Simon Malingre et dont Gillonne avait pu surprendre l'entretien, c'étaient Buridan, Gautier, Bourrasque et Haudryot.

C'est de leurs faits et gestes qu'il va être question dans ce chapitre.

Lancelot Bigorne ayant disparu, Gautier insistait auprès de ses compagnons pour qu'on se mît aussitôt en campagne pour connaître la vérité sur Philippe, dût-il apprendre la mort de son frère. Mais sans doute Bigorne, avant de partir, avait dit à Buridan quelques mots de son projet, car le jeune homme s'efforçait de calmer Gautier et remettait toute décision jusqu'au retour de Lancelot.

— Mais s'il ne revient pas ! grondait Gautier pour la centième fois.

— Laissons faire Lancelot, mon cher Gautier, répondait Buridan avec douceur, c'est un fin et rusé matois et c'est de plus un ami fidèle et dévoué. Un peu de patience, donc.

— Patience ! c'est facile à dire... Pendant ce temps, que devient mon pauvre frère ?... Si seulement ce drôle de Lancelot donnait signe de vie... Mais non, rien... évanoui, mort, perdu !...

— A ne vous rien céder, je vous dirai que, moi aussi, cette absence de nouvelles m'inquiète... Connaissant Lancelot comme je le connais, il est à craindre qu'il ne lui soit arrivé un malheur... Mais attendons encore un peu... Il ne faut rien compromettre par trop de précipitation.

— Et moi je vous dis, mon cher Buridan, que, si demain je n'ai pas de nouvelle, je...

— Ecoutez ! dit Guillaume Bourrasque qui assistait, ainsi que Riquet Haudryot, en témoin muet à cet entretien, écoutez ! on vient chez nous... N'avez-vous pas entendu le signal annonçant l'approche d'un ami ?

— Je n'ai rien entendu, dit Gautier d'un ton bourru.

— Ni moi non plus, dit Buridan.

Pendant ce temps, Guillaume avait ouvert la porte, avec précaution toutefois, et, reconnaissant les arrivants, s'était tourné vers l'intérieur, en disant :

— J'avais bien entendu... ce sont des amis... Hé !... par les cornes du diable, je crois bien que c'est Lancelot qui les conduit !...

— Lancelot ! s'exclamèrent à la fois Gautier, Buridan et Riquet, qui se précipitèrent vers la porte grande ouverte.

— Mais oui, c'est bien lui !

Pendant ce temps, Lancelot Bigorne, à la tête d'une dizaine de solides gaillards, tous plus déguenillés les uns que les autres, mais tous aussi admirablement charpentés sous leurs haillons, était arrivé devant la porte. Se tournant alors vers son escorte, Lancelot dit sur un ton de commandement :

— Qu'on aille m'attendre où j'ai dit... et surtout soyons sages !

Les hommes saluèrent et firent demi-tour avec un ensemble et une précision que leur eussent enviés les meilleurs soldats du roi.

— Un instant, fit Lancelot, paraissant se raviser ; que deux d'entre vous préviennent tous les postes, toutes les sentinelles de la Cour qu'à partir de cet instant le mot de passage est changé... ; que nul ne sorte ou ne pénètre dans l'enceinte de la Cour des Miracles s'il ne donne le mot nouveau : d'Aulnay, Valois !... Allez et faites vivement...

Sur ces mots, Lancelot franchit le seuil et d'un geste montrant la troupe qui s'éloignait :

— Qu'en dites-vous ?... est-ce solidement bâti ?... cela vous a-t-il une allure assez martiale ?...

— Assieds-toi ! dit Buridan, je vois à ton air que tu dois être fatigué.

Sans rien dire, Gautier emplit un gobelet jusqu'au bord et le tendit à Lancelot en disant ce seul mot :

— Bois !

Sans se faire prier, Lancelot s'assit posément, prit le gobelet qu'on lui tendait, le vida d'un trait et le posa sur la table en faisant claquer la langue d'un air connaisseur.

— Maintenant, parle ! dit Buridan.

— Philippe ?... d'abord... dit Gautier, en même temps.

— Vivant ! répondit laconiquement Lancelot.

Il y eut un soupir de soulagement général.

— Bon ! grogna Gautier, dès l'instant qu'il vit, c'est le principal... nous le tirerons bien des griffes qui le tiennent.

— Sans doute ! fit Buridan avec assurance.

— Où est-il ?

— Au Temple ! confié à la garde du comte de Valois !

Alors, Lancelot Bigorne fit mot pour mot le récit de tout ce qui lui était arrivé depuis son départ de la Cour des Miracles et retraça l'entretien qu'il avait eu avec le roi, sans omettre le moindre détail. Il ajouta qu'il avait profité de sa présence au Louvre pour fouiller un peu partout, et faire main basse sur quelques parchemins en blanc, mais porteurs du sceau royal et qu'il avait remplis à sa guise.

Il ajouta des détails circonstanciés et

expliqua de quelle manière il espérait délivrer Philippe avant le jour.

Quels furent ces détails et ce plan, c'est ce que la marche des événements va nous expliquer.

Lorsqu'il eut terminé, il reçut l'approbation unanime des assistants, de même que les congratulations et les félicitations ne lui furent pas épargnées.

Gautier, qui retrouvait sa bruyante gaieté à la perspective d'entrer immédiatement en campagne pour la délivrance de son frère, Gautier s'écria :

— Tête et sang !... Buridan a raison, tu es un rusé compagnon, Lancelot... et je vide un gobelet à ta santé !...

— Je bois à la vôtre, seigneur Gautier, fit Lancelot en portant son gobelet à ses lèvres.

Et, l'ayant vidé d'un trait, il ajouta d'un ton narquois :

— Croyez bien que, sur ce point... comme sur bien d'autres, je saurais vous tenir tête.

— Heu !... je crois que tu te vantes !

— Ne vous y fiez pas trop, Gautier, dit Buridan. Bigorne est bien capable de faire comme il dit.

— Mais, fit Lancelot, qui, par une entente tacite, paraissait avoir pris la direction effective de cette affaire, mais nous n'avons pas de temps à perdre. Suivez-moi, messieurs.

— Où cela ? fit Gautier.

— Vous le verrez.

Et Lancelot conduisit tout son monde dans une autre maison, et le fit entrer dans une pièce où se trouvaient rangés proprement plusieurs équipements complets portant les armes du roi.

Lancelot désigna à chacun le costume qui lui revenait et, pendant que lui-même endossait rapidement un costume spécial, désignant un uniforme d'officier à Buridan, il lui dit :

— Vous êtes naturellement chef d'escorte. N'oubliez pas surtout qu'il ne faut pas lever la visière de votre casque, sous quelque prétexte que ce soit.

— Sois tranquille, répondit Buridan.

Lorsque tout le monde fut équipé de pied en cap, il se trouva que Buridan avait tout à fait l'apparence d'un officier du roi, en service à la tête d'une troupe d'hommes d'armes en mission.

Seul, Lancelot avait un costume entièrement caché par un immense manteau qui l'enveloppait des pieds à la tête.

Lancelot reprit la tête de cette troupe et la conduisit vers une autre masure de la Cour des Miracles dont il ouvrit délibérément la porte.

Dix hommes d'armes, équipés irréprochablement, se trouvaient là autour d'une table sur laquelle étaient quelques flacons et des gobelets.

Ces dix hommes d'armes, en tout point semblables à ceux que Bigorne amenait avec lui, se levèrent à leur vue comme un seul homme et attendirent les ordres.

— Mes gaillards de tout à l'heure, fit tout haut Lancelot à Buridan. Par saint Barnabé, voilà une escorte militaire de premier ordre ou je ne m'y connais pas !

Je les ai eus grâce à l'un des parchemins que j'ai remplis. Ce sont des archers du roi, rien que cela ! Ils étaient en prison, et moi, moi fou, moi armé des ordres du roi, je les en ai tirés !...

Puis, s'adressant à un de ces hommes qui paraissait être leur chef :

— Le mot de passe ?

— C'est fait... donné partout.

— Les chevaux ?

— Ici près.

— C'est bien !... En route, messieurs.

— Il est admirable ! murmura Buridan.

Pour la troisième fois, on se dirigea vers une autre masure dans laquelle se trouvaient quinze superbes chevaux tout sellés et harnachés.

— Toujours par ordre du roi ! fit Lancelot à Buridan. Le pauvre Hutin ne se doute guère qu'il a signé l'ordre de mettre quinze chevaux de ses écuries au service de son bouffon !...

Et pendant que chacun sortait sa monture et se mettait en selle, Lancelot s'approcha de l'homme à qui il avait déjà parlé et lui dit à mi-voix :

— N'oublie pas mes instructions.

— Je n'aurai garde.

— Veillez sur l'officier qui vous commande... Vous me répondez de lui...

— On fera ce qui est convenu.

— Vous savez ce que je vous ai promis ?... votre grâce à tous à notre sortie du Temple... les parchemins vous seront délivrés séance tenante... Si vous bronchez, au contraire, vous serez pendus sans rémission.

— Soyez tranquille. On gagnera honnêtement sa grâce et la prime de cinquante écus promise...

— En route donc !

Gautier ouvrait des yeux énormes. Buridan souriait. Guillaume et Riquet étaient soucieux, ayant bien dîné.

Vingt minutes plus tard, on arrivait au Temple. Bigorne sonna du cor.

De la Tour, le cor répondit.

— Ordre du roi ! cria Buridan.

— Message du roi ! cria Bigorne en exhibant un parchemin.

Le pont-levis s'abaissa.

Un officier s'approcha avec un archer porteur d'un falot, reconnut les armes du roi et s'inclina devant le sceau royal qui s'étalait au bas du parchemin.

L'instant d'après, toute la troupe mettait pied à terre dans la cour intérieure.

— Combien avez-vous d'hommes avec vous, proposés à la garde du pont-levis ? demanda rudement Buridan.

— Trois ! répondit l'officier qui reconnaissait un supérieur en celui qui lui parlait.

— C'est bien !

Puis, se tournant vers sa troupe, Buridan commanda :

— Quatre hommes ici pour renforcer ce poste !

— Monsieur, reprit-il en se tournant vers l'officier, momentanément vous êtes sous les ordres de monsieur (et il désignait Guillaume Bourrasque)... Voici l'ordre de Sa Majesté, reprit-il en voyant que l'officier paraissait hésiter.

Ce disant, il lui mettait sous les yeux un papier, portant le sceau du roi.

L'homme s'inclina en signe d'obéissance, pendant que Guillaume et ses hommes, qui sans doute avaient reçu des instructions préalables, prenaient possession du poste.

Pendant ce temps, Lancelot Bigorne parlementait avec un autre officier venu de l'intérieur pour s'informer.

— Message du roi ! disait Bigorne qui se couvrait le visage de son chaperon... qu'on me conduise immédiatement auprès du capitaine des archers du Temple. Inutile de réveiller M. le gouverneur.

Et, comme l'officier paraissait hésiter, lui aussi, devant ces mesures qui lui paraissaient suspectes :

— Ordre du roi ! fit Buridan qui les avait rejoints en exhibant son parchemin.

Comme l'avait fait le gardien de la porte, dès qu'il eut vu le sceau royal, l'officier ne songea plus à discuter et s'empressa d'obéir.

Toute la troupe de Bigorne était entrée dans un vaste salon, attendant que l'officier revînt. Au bout de quelques instants, celui-ci reparut annoncer que le capitaine des archers du Temple attendait le messager du roi.

Comme il l'avait fait à la porte d'entrée, Buridan plaça quatre hommes à la porte de cette salle et, désignant Riquet Haudryot :

— Vous seul commandez ici jusqu'à nouvel ordre.

Et, pour la troisième fois, il exhiba son parchemin royal en disant :

— Ordre du roi !

Ce qui restait de la troupe suivit Lancelot Bigorne et s'arrêta à la porte de la chambre où le capitaine des archers s'habillait en toute hâte, fort étonné de cette visite faite au nom du roi.

Lancelot, avant d'entrer, avait ouvert le vaste manteau qui l'enveloppait, et il apparut revêtu de son costume de fou, tel qu'il était d'usage de le porter à la Cour.

— Seigneur, capitaine, fit Lancelot en s'inclinant profondément, je suis chargé par le roi de vous remettre cet ordre.

Ce disant, il tendait au comte un parchemin que celui-ci parcourut en donnant toutes les marques de la plus profonde stupeur.

— Comment ! fit-il quand il eut fini de lire, le roi mande et ordonne à quiconque, même à moi, d'obéir aux ordres transmis en son nom par le porteur !... Mais, si j'en crois mes yeux, vous êtes le bouffon de notre sire !

— J'ai cet insigne honneur, en effet !

— Drôle d'idée qu'a eue là le roi !... Choisir son fou pour... Enfin l'ordre est formel, ajouta-t-il en tournant et retournant le papier, comme s'il ne pouvait se décider à prendre au sérieux les instructions qu'il contenait.

Cependant, tout-puissant qu'il était, et quelque humilié qu'il fût au fond d'avoir à obéir à un bouffon, le capitaine ne songeait nullement à se dérober.

Seulement, il était inquiet et se demandait avec anxiété ce que signifiait cette fantaisie du roi et quelle besogne il allait avoir à accomplir.

— Allons ! fit-il, prenant son parti, voyons les ordres que vous avez à nous transmettre, et, ajouta-t-il avec un sourire forcé, espérons, quoique vous soyez un fou, que le roi, notre sire, ne vous envoie pas ici pour nous faire faire des folies.

— Messire, fit humblement Lancelot, j'exécuterai de mon mieux les ordres de Sa Majesté, sans chercher à pénétrer ses desseins ni à qualifier ses actes.

— C'est agir sagement, sire fou, répondit le capitaine avec une ironie déguisée. Parlez donc.

— Monseigneur, vous avez ici un prisonnier du nom de Philippe d'Aulnay.

— Cela se peut... il y a tant de prisonniers, ici !

— Eh bien ! donc, s'il vous plaît, veuillez me remettre ce prisonnier.

— Que je vous remette ce prisonnier ?... Vous n'y pensez pas... Monseigneur de Valois m'a bien recommandé...

— C'est l'ordre du roi ; monseigneur de Valois n'a rien à faire ici. Et, même, il m'a expressément commandé de m'adresser à vous, à vous seul, et non au gouverneur. Veuillez bien lire et relire l'ordre : « Obéir au porteur en tout ce qu'il commandera en notre nom... » C'est écrit en toutes lettres.

— C'est par Dieu vrai !... Par saint Georges, je n'y comprends plus rien... Mais enfin, puisque tel est le bon plaisir du roi, j'obéirai !

Lancelot, tout en s'inclinant, ne put retenir un soupir de soulagement.

— Et, reprit le capitaine, puis-je vous demander ce que vous comptez faire de ce prisonnier ?

— Mais le conduire de ce pas au Louvre où le roi désire le voir.

— Je m'y perds, murmura le comte qui reprit à haute voix : le roi veut voir ce prisonnier ?... pourquoi ?

— Secrets d'État qu'on ne confie pas à un fou, monseigneur !

— Hum !... un fou qui me paraît apte à en remontrer à bien des gens raisonnables et sensés.

— Monseigneur me fait trop d'honneur ; je dois ajouter que Sa Majesté désire que la translation de ce prisonnier soit tenue secrète... en conséquence, si vous voulez bien me permettre, j'attendrai dans la pièce voisine qu'on y conduise le prisonnier et qu'on me le livre... j'attends de vous, monseigneur, que vous veuilliez bien donner les ordres nécessaires...

— C'est bien, vous pouvez vous retirer dans la pièce que vous désignez, on vous y amènera le prisonnier dans quelques instants... Au revoir, sire fou, ne me déchirez pas trop devant le roi... je vais donner les ordres.

Lancelot, sans répondre, s'inclina profondément, sortit et rejoignit ses acolytes dans la pièce voisine.

— Pourquoi ne sommes-nous pas descendus, dans les cachots, délivrer Philippe nous-mêmes ? fit alors Gautier à voix basse.

— Eh ! fit Lancelot sur le même ton, sait-on jamais ce qui peut arriver ?... Je me soucie médiocrement de descendre dans ces caves d'où, en cas d'alerte, il nous serait impossible de nous tirer, tandis qu'ici nous voyons venir... En cas de danger, nous sommes d'un bond dans la salle d'à côté, gardée par Riquet Haudryot et les nôtres... en un mot, nous avons notre retraite assurée... tandis que, en bas... diantre !...

— Pourtant, il me semble...

— Lancelot a raison, fit à son tour Buridan ; si les choses marchent normalement, on nous amènera Philippe ici, sans qu'il soit besoin d'aller le chercher...

— Sans compter que, en cas d'insuccès, libres, nous pourrons essayer encore de délivrer votre frère, tandis que, pris comme lui... mais chut ! on vient, c'est lui qu'on amène.

En effet, à l'extrémité de la salle, on entendait un bruit de pas et le tintement d'un trousseau de clefs.

Au même instant, la porte s'ouvrait et on vit Philippe, pâle, défait, se tenant debout par on ne sait quel prodige, les bras et les jambes paralysés par des chaînes qu'on lui avait laissées.

Buridan n'eut que le temps de saisir Gautier qui allait s'élancer, et de lui dire à voix basse :

— Pour Dieu !... ne bougez pas !... voulez-vous donc le perdre !...

Lancelot fit deux pas en avant et prenant son air le plus digne, son ton le plus autoritaire :

— Drôles ! fit-il, qu'on délie le prisonnier et au plus vite...

Au même instant, le son d'un cor se fit entendre. Lancelot s'arrêta net.

— C'est Guillaume Bourrasque qui sonne la retraite ! rugit Buridan. Enlevons Philippe et fuyons !

Il n'avait pas achevé que déjà Gautier était à l'autre bout de la salle, saisissant Philippe dans ses bras.

— Frère ! Frère ! c'est moi ! Qu'as-tu ?... Parle.

Philippe tourna vers son frère un visage livide et un regard sans expression.

— Seigneur Dieu ! hurla Gautier... mon frère est dément !... Marguerite ! Marguerite !...

Au même instant, un tumulte effrayant éclata, on vit surgir des hommes d'armes qui se ruèrent sur Buridan et ses compagnons, tandis que Valois, sur le seuil de la chambre, l'épée à la main, criait d'une voix de tonnerre.

— Tue ! Tue !... saisissez-moi le fou et l'autre là-bas, l'officier !... prenez-les vivants !... pour les autres, tue ! tue !... pas de quartier.

Et un être chétif, le visage animé par une joie féroce, dissimulé prudemment derrière Valois, criait à tue-tête en désignant Lancelot :

— Trahison !... trahison !... arrêtez-le !... ne le laissez pas fuir.

Et cet être hideux à voir, trépignant de joie sauvage, c'était Simon Malingre.

Cependant, en voyant la salle se remplir d'hommes armés, Lancelot Bigorne avait tiré sa rapière et, faisant un signe à ses hommes, s'était rué en avant, disant à Buridan :

— Tirons au large, l'affaire est manquée.

Déjà devant eux une dizaine d'épées leur barraient la route. Ils foncèrent tête baissée. Au même instant, Riquet Haudryot et ses hommes apparaissaient et chargeaient par derrière.

Il y eut des cris, des plaintes, des râles, mais Buridan et les siens passèrent comme un tourbillon, bousculant tout sur leur passage, pendant que le cor précipitait ses appels et que derrière eux les clameurs grandissaient, les hurlements s'élevaient.

En quelques bonds, ils gagnèrent la salle que Riquet Haudryot venait de quitter momentanément et si fort à propos.

En un clin d'œil, la porte fut poussée, le verrou tiré et ils repartirent, gagnant dans une course effrénée la cour intérieure.

Le pont-levis était baissé et une troupe d'archers pénétraient à l'intérieur de la prison à l'instant même.

Buridan et ses hommes foncèrent, frappant d'estoc et de taille, jetant le désordre dans les rangs des soldats surpris par cette attaque soudaine.

Aidés par Guillaume Bourrasque et ses hommes, ils franchirent le pont-levis et allaient s'élancer droit devant eux lorsque Guillaume leur cria :

— Par ici !... A droite...

Un homme vint à leur rencontre, tenant deux chevaux par la bride en disant :

— Vite, tous les chevaux sont là... je les gardais.

L'instant d'après, ils fuyaient au galop, cependant qu'une troupe de cavaliers se lançait à leur poursuite.

Heureusement, ils étaient bien montés et avaient une certaine avance, en sorte que bientôt ils furent hors d'atteinte de ceux qui les poursuivaient...

Deux heures plus tard, les compagnons de Buridan se trouvaient dans la Cour des Miracles... Alors ils se comptèrent et Buridan poussa un cri terrible.

Non seulement il n'avait pas délivré Philippe, mais Gautier manquait à l'appel !...

Les deux frères étaient restés au Temple...

XXI

ENGUERRAND DE MARIGNY

Revenons maintenant aux événements qui s'étaient passés au début de cette nuit terrible.

C'est-à-dire que nous revenons au moment où Enguerrand de Marigny, après sa rencontre avec Wilhelm Roller, continuait son chemin.

Inconsciente du danger, Marguerite était accourue au rendez-vous.

Buridan. — 3—XXVI.

Au cours d'une dernière entrevue avec son premier ministre, Louis X avait laissé percer la haineuse jalousie que lui inspirait la puissante autorité de Marigny.

Obséquieusement, le gardien des fauves s'inclina devant le roi.

Le premier ministre sortait du Louvre et se dirigeait vers la rue Saint-Martin où était situé son hôtel. Comme il venait de se remettre en route, suivi de son escorte, et qu'il tournait le coin de la rue aux Forgerons, à l'autre bout de cette rue apparut une troupe plus nombreuse qui semblait suivre la première à la piste.

Et à la tête de cette deuxième escorte marchait le grand prévôt Jean de Précy.

Tout à fait en arrière chevauchait un homme soigneusement enveloppé de son manteau, le visage à demi caché dans les plis de son chaperon. Un coup de vent s'engouffra dans la rue, souleva ce manteau et montra aux passants attardés une poitrine couverte d'une épaisse et lourde cotte de mailles.

Ces mêmes passants, s'ils eussent pu écarter les plis du chaperon, comme le vent avait soulevé le manteau, eussent sans doute reculé de terreur en reconnaissant le visage dur et mauvais de Charles de Valois, oncle du roi de France.

Ce visage avait une expression triomphante de haine satisfaite.

Et, coïncidence étrange, à la minute même où Enguerrand de Marigny serrait dans sa main le parchemin que lui avait remis Roller, le comte de Valois, qui suivait le premier ministre à distance, crispait lui aussi sa main sur un autre parchemin. Mais celui-ci portait le sceau royal.

Voici ce qui venait de se passer au Louvre.

Après l'extraordinaire entrevue du roi de France et du roi d'Argot, après la mort de Hans, après enfin la délivrance de Marigny, des seigneurs et des archers enfermés dans la Cour des Miracles par l'audacieuse manœuvre de Buridan, Louis Hutin, tenant religieusement la parole qu'il avait donnée, avait prescrit aux chefs de retirer leurs troupes, et, vaincu, mais non humilié, était lui-même rentré dans son Louvre.

Le bruit de ces étranges événements avait, il est vrai, consterné Paris qui, après avoir espéré qu'il serait enfin délivré de cette plaie qu'on appelait la Cour des Miracles, apprenait avec stupeur que les privilèges du royaume d'Argot étaient au contraire confirmés.

Quoi qu'il en soit, si Paris était de mauvaise humeur, il se garda bien de le témoigner. Mais le roi était, lui aussi, de fort méchante humeur, et il n'avait aucune raison, lui, de le dissimuler.

Pendant le reste de cette journée, le Louvre retentit donc des éclats de la colère royale qui, à propos de tout et de rien, menait grand tapage.

Cette colère du roi se manifestait d'autant plus violente qu'il n'avait personne autour de lui pour l'apaiser, personne, pas même ses courtisans, pas même Valois, son conseiller intime, pas même la reine qui, en apprenant ce qui s'était passé à la Cour des Miracles, s'était enfermée dans ses appartements, pas même enfin Lancelot Bigorne, qui avait disparu sans que nul pût dire au roi ce qu'il était devenu.

Ce qu'était devenu Bigorne, nos lecteurs le savent puisqu'ils l'ont vu à l'œuvre.

Mais Louis Hutin, qui s'était rapidement habitué aux grimaces de son éphémère bouffon, le redemandait à tous les échos du Louvre, mais en vain.

Bigorne était loin. Et il y avait chance pour qu'il ne revînt pas de si tôt faire rire le roi Hutin qui aimait tant à rire. Louis, après avoir essayé de passer sa fureur sur les valets ou sur les meubles, envoya donc chercher le comte de Valois qui bientôt se présenta devant lui.

Louis Hutin allait toujours droit au but : il ne connaissait point les chemins tortueux de la dissimulation.

— Expliquez-moi, fit-il dès l'abord, les insinuations que ce Lancelot Bigorne a portées contre vous ?

— Lancelot Bigorne ? murmura Valois, saisi d'une crainte indéfinissable.

Pourquoi le roi parlait-il de Lancelot Bigorne ?

Il n'y avait qu'une supposition possible.

L'homme qui l'avait servi pendant son séjour à Dijon avait trouvé moyen de pénétrer auprès du roi, et le roi connaissait maintenant tout le drame de Dijon ! Il savait donc que lui, Valois, avait été jadis l'amant de Marguerite de Bourgogne !

Un instant, Charles de Valois fut sur le point de s'abandonner.

L'attitude de Louis le rassura presque immédiatement.

Le roi jouait avec son chien favori et, en somme, si son visage était sévère, il n'y avait dans son regard simplement interrogateur rien qui pût faire supposer qu'il soupçonnât les choses auxquelles pensait Valois.

Et, en effet, si Louis avait eu un soupçon de ce genre, l'explication eût été rapide comme un éclair, c'est-à-dire qu'un bon coup de poignard dans la poitrine de Valois eût été probablement le procédé employé par le roi pour s'expliquer.

Voyant que le roi laissait son poignard parfaitement tranquille, voyant qu'il n'y avait dans la salle ni officier ni garde pour l'arrêter, Valois retrouva son aplomb.

— Je ne comprends pas bien, dit-il. Le roi, je crois, vient de me parler de Lancelot Bigorne ?

— Sans doute ! je te parle de mon bouffon.

— Votre bouffon ! s'écria Valois, stupéfait, Lancelot Bigorne est devenu votre bouffon ?

— C'est vrai, tu ne sais pas. Eh bien ! oui ! J'ai pris le digne Lancelot à ma cour. C'est désormais mon fou.

Valois regarda autour de lui avec épouvante et sentit ses cheveux se dresser sur sa tête en songeant que Lancelot, d'un instant à l'autre, pouvait apparaître et l'accuser. A ce moment, le roi ajouta :

— Le drôle a disparu, ce qui m'ennuie fort, je l'avoue, car je n'ai vu personne pour me faire rire comme il sait le faire.

Et le roi, en effet, au seul souvenir des grimaces de son bouffon, se mit à rire comme il riait, c'est-à-dire en faisant trembler les vitraux de la salle.

— Ainsi, reprit Valois, bouffon ou non, Lancelot Bigorne est venu au Louvre et a disparu ?

— Oui, répondit le roi, et il m'a parlé de différentes choses fort sérieuses, car ce bouffon ne rit pas toujours ; je m'en étais aperçu déjà à la Tour de Nesle. Il m'a parlé entre autres de Philippe d'Aulnay... et de toi.

— Et qu'a-t-il pu vous dire, sire ?

Le roi redevint sombre. Il porta la main à son front et murmura :

— Si je savais qu'elle est la femme qui me trahit ! Bigorne, ajouta-t-il à haute voix, m'a assuré que tu as un intérêt puissant à ce que Philippe d'Aulnay se taise. Qu'as-tu à dire à cela ?

— J'ai à dire, répondit Valois, que je m'étonne qu'un grand roi comme vous accorde la moindre créance à un pareil misérable. J'ai à dire, sire, que ce Lancelot Bigorne a été autrefois mon valet et que j'ai dû le chasser. Qu'il cherche à se venger, c'est tout naturel, car son impudence ne connaît pas de bornes. Quant à Philippe d'Aulnay, sire, il parlera, je vous le jure, ou, s'il ne peut parler, il écrira. Par un moyen ou par un autre, je lui arracherai le nom que vous cherchez. J'en prends ici l'engagement solennel.

— Et quand cela ? fit vivement le roi.

— Dès demain ou peut-être même dès ce soir. Mais, sire, laissez-moi m'étonner que vous ayez l'esprit ainsi préoccupé d'aussi pauvres questions, alors que les intérêts de votre règne sont gravement compromis et que vous-même, sire, vous êtes menacé !

Valois venait d'exécuter la manœuvre bien connue qui consiste à se faire d'accusé accusateur ; manœuvre qui, sur un esprit aussi faible que celui de Louis Hutin, devait infailliblement réussir.

En effet, le roi s'écria impétueusement :

— Mes intérêts compromis ! moi-même menacé, et par qui ?

— Par qui, reprit Valois, sûr désormais d'avoir reconquis tout son crédit, par qui, sinon par celui que je vous ai déjà dénoncé.

— Marigny !... s'exclama sourdement Louis.

— Lui-même ! N'avions-nous pas résolu son arrestation ? N'aviez-vous pas tout préparé, sire, pour cette arrestation qui vous sauvait et sauvait l'Etat ? Avec une inconcevable audace, Marigny vous a tendu un dernier piège.

— Un piège à moi ! gronda le roi, pourpre de fureur.

— A vous, sire ! Croyez-vous donc que, lorsqu'il est entré au Louvre où vous le mandiez, il n'a pas deviné qu'il était perdu et que tous ces chevaliers, tous ces hommes d'armes, réunis dans la grande galerie, étaient là pour assister à la chute du tout-puissant ministre ! Alors, sire, il vous a dit qu'il se faisait fort de détruire la Cour des Miracles, de vous amener, pieds et poings liés, les misérables qui ont osé vous insulter et leur chef Buridan. Et vous l'avez cru ! Et nous l'avons tous

cru ! Alors vous avez sursis à l'arrestation. Alors vous avez confié à votre plus mortel ennemi le commandement suprême des compagnies qui devaient cerner la Cour des Miracles... Qu'est-il arrivé, sire ? Vous le savez !...

— Quoi ! tu supposes donc que si mes meilleurs chevaliers et si deux mille de mes archers se sont trouvés prisonniers des truands, c'est que Marigny...

Le roi s'arrêta, les lèvres tremblantes de rage, et Valois acheva :

— C'est que Marigny, sire, les a entraînés ! Ne l'avez-vous pas vu marcher à leur tête ?

— C'est vrai ! c'est vrai ! balbutia le roi, accablé. Oh ! le misérable.

— Monseigneur Enguerrand de Marigny demande audience ! fit à ce moment la voix d'un huissier qui venait d'ouvrir la porte.

Le roi et Valois se regardèrent tout pâles ; Valois, d'un signe, indiqua au roi qu'il devait refuser l'audience.

Louis se retourna vers l'huissier et eut un geste violent.

L'huissier referma la porte.

Cette scène muette, terrible en un pareil moment, n'avait duré que quelques secondes.

— Que faire ? bégaya le roi lorsqu'il se trouva seul avec son oncle. Que faire ? Eh ! par Notre-Dame, c'est bien simple. Cet homme trahit, n'est-ce pas ?

— Il trahit, sire !

— Cet homme a dilapidé les fonds de l'Etat, n'est-ce pas ?

— Je le prouverai.

— Cet homme s'est entendu avec des sorcières pour me faire périr, n'est-ce pas ?

— Je l'affirme devant Dieu !

— Cet homme a voulu livrer aux truands les plus braves de mes chevaliers, n'est-ce pas ?

— Vous l'avez vu, sire.

— Eh bien ! je l'arrête !

Louis s'élança vers la porte pour crier un ordre à son capitaine des gardes.

Mais, plus prompt que lui, Valois se jeta devant la porte et dit :

— Sire, un peu de patience, vous ne pouvez faire arrêter Enguerrand de Marigny dans votre Louvre, car votre Louvre, sire, est plein de ses créatures, et vous n'avez pris aucune mesure pour une semblable arrestation.

— Oh ! murmura Louis, je ne suis donc entouré que de traîtres ! Mais tu m'es fidèle, toi, mon bon Valois ! Parle-moi, Dis-moi. Conseille-moi.

— C'est vrai, sire, dit Valois, je vous suis fidèle. Peut-être ne m'avez-vous pas jusqu'ici rendu pleine justice, parce que je n'étais pas parmi les plus empressés de vos courtisans et que j'ai voulu me tenir loin des intrigues comme je me suis tenu à l'écart pendant le règne de mon frère Philippe. Mais c'est aux heures de danger que doivent se montrer les vrais amis. Que dis-je, amis ? N'êtes-vous pas de ma famille, et, en vous défendant, n'est-ce pas mon propre sang que je défends ?

— Mon digne oncle ! J'avoue que j'ai été

injuste envers toi, mais cela pourra se réparer quand une bonne fois nous serons débarrassés du Marigny. C'est déjà toi qui m'as sauvé de la sorcière. C'est toi qui me sauveras de Marigny. Que faut-il faire ? Parle.

— Signez l'ordre d'arrestation, sire ! dit Valois.

— Et cet ordre, une fois signé, qui l'exécutera ?

— Moi ! répondit le comte.

Le roi saisit un parchemin et, de sa grosse écriture maladroite, écrivit :

« Ordre à messire notre prévôt et à tous sergents de la prévôté et à leur défaut à tout féal seigneur, porteur des présentes, de se saisir de la personne d'Enguerrand, sire de Marigny, et de le conduire en notre forteresse du Temple.

« Ce treizième de septembre, de l'an de grâce 1314.

« LOUIS,

« Roi de France. »

Valois s'empara du parchemin avec un geste de joie qui échappa à Louis Hutin.

— Comment vas-tu t'y prendre ? demanda celui-ci.

— C'est bien simple, sire. Vous venez de refuser audience à votre ministre. Il va sûrement rentrer dans son hôtel de la rue Saint-Martin. Je vais prendre avec moi une escorte suffisante, le suivre, arriver en même temps que lui à l'hôtel et là le saisir de mes propres mains.

— Et s'il résiste ? fit sourdement le roi.

— S'il résiste ? répéta Valois en cherchant à lire dans les yeux de Louis une volonté que peut-être il n'osait pas exprimer tout haut. Que faudra-t-il faire, sire, en ce cas ?

— Par Notre-Dame, que fait-on aux rebelles ?

— C'est bien, sire, dit Valois qui aussitôt s'éloigna.

Le roi était retombé sur son fauteuil en murmurant :

— Puisse-t-il résister ! je serai débarrassé de lui sans procès ni scandale... et pourtant... il y a dans tout cela quelque chose d'obscur que je ne comprends pas... N'est-il donc pas vrai qu'Enguerrand de Marigny a soutenu la cause du roi, mon père, étayé le trône chancelant de Philippe le Bel ?... Ses robustes épaules n'ont-elles pas été des épaules de cariatide lorsque la monarchie était lourdement sapée par les moines du Temple ?... N'est-ce pas à lui que je dois de régner sans conteste ?... N'est-ce pas lui qui a éloigné mes deux frères ?... Oui, mais cet homme est trop puissant ! Sa gloire jette une ombre jusque sur mon trône. Tant que Marigny vivra, ce n'est pas moi qui serai roi de France !

Cependant Valois s'était jeté dans les antichambres, ramassant sur son passage tout ce qu'il y avait d'hommes d'armes sur lesquels il croyait pouvoir compter. Hugues de Trencavel demeura seul au Louvre avec les Suisses qui formaient la garde royale. Cette troupe montait à che-

val un quart d'heure après que Marigny eut quitté le Louvre et se dirigea aussitôt vers la place de Grève où le comte de Valois s'arrêta devant le logis du prévôt Jean de Précy, lequel, ayant été mis au courant de l'opération qui allait s'accomplir fut fort étonné et même quelque peu épouvanté. Mais comme Valois le tenait sous son regard, Jean de Précy ne fit aucune observation, monta à cheval, et se mit en tête de la troupe, tandis que Valois se plaçait à l'arrière-garde.

Au moment où Marigny entrait dans la rue Saint-Martin, où se trouvait son hôtel, un des hommes vint le prévenir qu'une troupe forte d'une soixantaine d'archers et d'hommes d'armes les suivait à distance.

La nuit était venue.

Marigny se retourna sur sa selle et, dressés sur ses étriers, jeta au loin un regard perçant.

Un instant son visage flamboya comme s'il eût compris ce que lui voulaient ces gens d'armes dont il apercevait la masse confuse et sombre.

Mais s'il comprit, peut-être les pensées terribles qui évoluaient dans son esprit avaient-elles brisé en lui cette énergie farouche qui faisait l'admiration et la terreur de ses contemporains.

Il eut un geste de lassitude et mit pied à terre devant son hôtel dont il ordonna que le pont-levis demeurât baissé. Puis, d'un geste impérieux, il fit entrer ses gens.

— Monseigneur... fit une voix près de lui.

— Que me veux-tu, Tristan ? demanda doucement Marigny.

Tristan était l'homme de confiance du premier ministre, quelque chose comme son ministre, à lui-même. Il était profondément dévoué à son maître.

— Monseigneur, continua donc Tristan, ne serait-il pas bon de sonner du cor pour appeler tout notre monde à la défense de l'hôtel ?

— Tu crois donc que l'hôtel va être attaqué ?

— Je ne sais ce que je dois croire, mais les gens qui nous suivaient m'ont paru de bien mauvaise mine. Pourquoi, monseigneur, pourquoi le roi vous a-t-il refusé audience ? Pourquoi, pour la première fois, vous fait-il un si sanglant affront ?

— C'est qu'il était occupé, sans doute, fit Marigny avec un sourire livide.

— Pourquoi, monseigneur, une troupe armée en guerre s'attache-t-elle à nos pas... et pourquoi, oh ! tenez... pourquoi s'arrête-t-elle devant l'hôtel ?

— Tristan, fit Marigny d'une voix qui n'admettait pas de réplique, va recevoir les hôtes que le roi nous envoie, et si c'est à moi qu'ils en veulent, fais-les monter dans ma salle d'armes.

Le serviteur s'inclina profondément et s'élança vers le pont-levis au moment où Jean de Précy ordonnait à un de ses hérauts de sonner du cor.

Pendant ce temps, Enguerrand de Marigny montait lentement jusqu'à la vaste et somptueuse salle d'honneur où, s'étant

— 83 —

assis près d'une table, il laissa tomber sa tête dans ses deux mains et murmura :

— Je n'ai plus de fille !

Machinalement il avait déposé sur cette table le rouleau de parchemin que lui avait remis le blessé rencontré dans la rue aux Forgerons.

— Monseigneur, haleta Tristan qui rentra précipitamment, c'est le grand prévôt, messire Jean de Précy.

— Eh bien ! fit Marigny en se redressant, fais-le entrer !

— Monseigneur, il est encore temps !... le passage souterrain est libre... je me charge, moi, de tenir tête à ces gens pendant que vous fuirez.

— Tu es fou, Tristan. Et ton dévouement t'aveugle. Sache que Marigny peut être arrêté et jugé, s'il se trouve à Paris des juges capables de me regarder en face. Sache que Marigny peut mourir, s'il se trouve un bourreau capable de lever sur moi la hache. Mais sache aussi que Marigny ne peut fuir, que nul au monde ne pourra jamais dire que Marigny a reculé. Va donc et reçois de ton mieux ce Jean de Précy, qui d'ailleurs vient ici comme il est venu maintes fois solliciter quelque faveur.

Et Enguerrand de Marigny, haussant les épaules, se dirigea vers son trône, placé au fond de la salle.

A ce moment, les yeux de Tristan tombèrent sur le rouleau de parchemin. Il le saisit machinalement, comme Marigny l'avait déposé sur la table.

Tristan prit ce rouleau et l'emporta, non pas qu'il y attachât une importance quelconque, mais par simple habitude invétérée de mettre en lieu sûr les papiers de son maître dont il avait la garde spéciale.

Quelques instants plus tard, le prévôt entrait dans la salle, escorté de deux hérauts. Les gens d'armes étaient restés à cheval dans la cour de l'hôtel, ainsi que Valois.

Jean de Précy s'approcha en tremblant du terrible ministre qui le regardait venir, d'un visage calme et sévère.

— Monseigneur, dit le prévôt en se courbant profondément, je viens du Louvre. Le roi qui n'a pu vous recevoir tout à l'heure m'a commandé de courir après vous et de vous dire qu'il vous attend sur l'heure.

Un sourire de mépris glissa sur les lèvres de Marigny.

— Cette commission, fit-il, eût pu être confiée au premier Suisse venu. Je me trouve grandement honoré que le roi, quand il me veut parler, m'envoie son grand prévôt, et plus honoré encore que le grand prévôt, quand il a à remplir près de moi un simple office de valet, se fasse escorter de soixante hommes d'armes.

— Monseigneur, bégaya le prévôt, en rougissant et en pâlissant coup sur coup.

— C'est bien, interrompit le premier ministre d'un ton hautain, je vous précède, suivez-moi !

A ce moment les portes latérales de la grande salle d'armes s'ouvrirent et des deux côtés une foule de chevaliers, le poignard ou l'estramaçon au poing, firent irruption et se rangèrent autour d'Enguerrand de Marigny. Jean de Précy devint pâle comme un mort et ses deux hérauts s'effondrèrent.

— Bataille ! Bataille ! crièrent les gens de Marigny.

— Sus aux archers !

— Marigny à la rescousse !

Enguerrand de Marigny fit un geste et le tumulte s'apaisa.

— J'entends que l'on respecte ici les envoyés du roi ! cria-t-il d'une voix forte, j'entends que chacun regagne son logis ou son corps de garde !

Un silence terrible s'abattit sur cette assemblée. Alors Marigny ajouta d'une voix plus douce :

— Le reste ne regarde que le roi, Dieu et moi !

Et il se mit en marche, suivi du prévôt et des deux hérauts, plus morts que vifs.

Dans la cour de l'hôtel, il monta à cheval et franchit le pont-levis.

Au même instant il se trouva entouré, enveloppé, serré de toutes parts, deux hommes saisirent la bride de son cheval et la troupe entière se mit en route sans que Marigny eût prononcé un seul mot. Mais, au lieu de se diriger vers la Seine, elle prit le chemin de la rue Vieille-Barbette qui conduisait au Temple.

Marigny ne semblait pas s'être aperçu de la direction que l'on avait prise : il songeait à sa fille, il songeait à Buridan !

Et comme tout à coup il redressait la tête, il vit que l'on passait devant la Courtille-au-Roses, devant ce jardin embaumé de fleurs, devant ce logis de paix et de bonheur, et un sanglot roula dans sa gorge.

Peu après, la troupe s'arrêtait devant la sombre masse du Temple. Alors les gens qui entouraient Marigny s'écartèrent et se placèrent en cercle autour de lui. Marigny mit pied à terre.

Jean de Précy l'imita.

Et parmi les hommes d'armes, il y eut aussi quelqu'un qui mit pied à terre.

Ce quelqu'un s'avança dans le cercle, et prononça :

— Enguerrand de Marigny, tu es accusé de félonie, dilapidation et forfaiture...

— Valois !... rugit Marigny. Malheur à moi qui ai pu oublier un instant qu'il y avait au monde un Valois ! Misérable ! que ne t'es-tu montré tout à l'heure ! tu ne serais pas sorti vivant de mon hôtel.

— Enguerrand de Marigny, continua Valois d'une voix frémissante de joie, au nom du roi, je t'arrête !

— Et moi, je te soufflette !

En même temps, d'un geste foudroyant, la main de Marigny se leva et à toute volée s'abattit sur le visage de Valois qui chancela, recula de plusieurs pas et hurla :

— Il y a rébellion ! A mort, le rebelle !

Dans le même instant, Marigny fut entouré.

Mais sans doute dans cette minute tragique apparut-il à ces gens plus formidable qu'il n'avait jamais été, car pas un poignard ne se leva sur lui.

De lui-même et sans que personne le touchât, il marcha au pont-levis qu'il franchit.

Quelques instants plus tard, Enguerrand de Marigny, premier ministre de Louis X, était enfermé dans un cachot des souterrains du Temple.

XXII

LE MÉMOIRE D'ANNE DE DRAMANS

Il y avait un homme qui avait assisté à l'arrestation d'Enguerrand de Marigny et c'était ce serviteur dévoué que jusqu'ici nous n'avons fait qu'entrevoir.

Tristan avait suivi la troupe commandée par Valois et au milieu de laquelle le premier ministre s'était placé de lui-même. Tristan avait vu ce qui s'était passé devant le pont-levis du Temple. Il avait vu son maître pénétrer dans la sombre forteresse et il s'était dit : « Il est perdu. »

Jusqu'au matin, Tristan rôda autour de l'ancien manoir des Templiers avec le vague espoir que peut-être il s'était trompé et qu'il allait voir reparaître Marigny.

Ce fut vers le matin seulement qu'il se décida à s'en aller. Il se dirigea vers l'hôtel de la rue Saint-Martin en combinant dans sa tête toutes sortes de plans destinés à sauver son maître, mais qu'il rejetait l'un après l'autre.

Sa conclusion fut qu'il n'y avait aucun moyen d'arracher Marigny au sort qui l'attendait, c'est-à-dire sans aucun doute à la torture et à la décapitation, car Tristan, au courant de toutes les affaires du premier ministre, connaissait naturellement la haine impitoyable du comte de Valois et il savait que, puisque le roi avait autorisé l'arrestation de Marigny, c'était que Valois triomphait. Or, Valois ne pouvait triompher que par la mort de Marigny.

Le vieux serviteur pleura et, cherchant une consolation au malheur qui le frappait, car, même au milieu des pires catastrophes, l'homme cherche toujours à se raccrocher à l'espoir, c'est-à-dire à la vie, il finit par dire :

— Eh bien ! l'affection que j'avais pour mon seigneur, je la reporterai sur sa fille. Je tâcherai de sauver de sa fortune tout ce qui peut être humainement sauvé et j'en rendrai fidèlement compte à Myrtille. Et alors, si elle veut me faire une place près d'elle, si elle veut me laisser achever à ses côtés une existence que j'ai consacrée au service de son père, nous nous rappellerons ensemble celui qui succombe et ensemble nous le pleurerons. Car elle aime son père, cette enfant. J'ai pu la juger et je sais que, si son amour pour ce

Buridan a pu lui inspirer la force de résister aux volontés d'Enguerrand de Marigny, elle n'en conserve pas moins dans son cœur une piété filiale digne d'elle et de lui.

Comme il arrivait devant l'hôtel, il vit qu'une nombreuse troupe d'archers stationnait à la porte.

Tristan fendit le flot des soldats qui le repoussèrent brutalement. Mais un officier le vit, le reconnut sans doute et s'écria :

— Laissez entrer cet homme !

Tristan pénétra dans la cour de l'hôtel, et alors l'officier ajouta :

— Entrer, oui. Mais quant à sortir, ce sera une autre affaire.

Tristan entendit ces mots et les comprit.

En effet, dans la salle des gardes, les principaux d'entre les serviteurs de Marigny étaient déjà arrêtés et enchaînés. Dans tout l'hôtel, des archers et des sergents, conduits et dirigés par le prévôt, venaient de commencer une perquisition qui ressemblait à un pillage. On entendait des cris, des bruits de meubles fracassés. Tristan se dirigea sans être inquiété à travers les salles et les corridors où les soldats étaient trop occupés à faire main-basse pour s'inquiéter de lui. Cependant il était suivi à distance par deux sergents qui ne le perdaient pas de vue et qui se préparaient probablement à l'envoyer rejoindre les serviteurs déjà enfermés dans la salle des gardes. Tristan monta jusqu'à son appartement qui était contigu à celui d'Enguerrand de Marigny.

Les deux sergents entrèrent derrière lui.

— Venez-vous pour m'arrêter ? demanda Tristan qui se retourna vers eux.

— Tel est, en effet, l'ordre que nous avons reçu, fit l'un d'eux ; suis-nous donc sans résister, l'ami ; autrement il pourrait t'arriver ce qui est advenu à quelques-uns de tes camarades.

— Et que leur est-il arrivé ? fit Tristan en frissonnant.

— Mon Dieu ! on les a tout bonnement assommés.

— Messieurs les sergents, dit Tristan, je vous suis. Mais ne me permettez-vous pas de prendre avec moi quelques papiers qui peuvent être utiles à la défense de mon maître ?

Les deux sergents se regardèrent en souriant.

— Au contraire, fit l'un d'eux, non seulement nous vous le permettons, mais nous vous y engageons ; prenez des papiers, l'ami, prenez-en le plus que vous pourrez, vu que vous savez où ils se trouvent et que nous l'ignorons, nous.

Tristan ouvrit un bahut et y saisit, en effet, plusieurs liasses de parchemins parmi lesquels se trouvaient ceux que Marigny avait déposés sur sa table au moment où il avait été arrêté.

— Ah ! ah ! s'écria l'un des sergents, voilà donc la cachette aux papiers que nos hommes ont vainement cherchée.

— Messieurs, dit Tristan, il en est d'autres plus intéressants encore.

— Prenez-les donc, firent les sergents,

persuadés que le digne serviteur, terrorisé, s'apprêtait à assurer sa grâce en livrant les secrets de son maître.

Tristan fit un geste d'assentiment et pénétra dans une pièce voisine dont il laissa la porte ouverte.

Les deux sergents eurent une seconde d'hésitation, puis, comme ils avaient l'ordre de ne pas perdre de vue le confident de Marigny, dépositaire de tous les secrets, ils entrèrent derrière lui.

En même temps, un cri de stupéfaction et de rage leur échappa.

Tristan avait disparu !

Le serviteur de Marigny n'était pas dans la pièce où il venait d'entrer, et où cependant il n'y avait pas de fenêtre et pas d'autre porte que celle qu'ils venaient de franchir.

Les sergents, furieux et désespérés, se mirent à sonder les murs, mais leurs recherches furent inutiles. A ce moment arrivait le grand prévôt Jean de Précy qui demanda :

— Eh bien ! ce Tristan ?

— Monseigneur, répondirent les sergents tout tremblants, il vient de nous échapper et il faut que le diable y soit pour quelque chose, car l'ayant laissé entrer ici selon vos ordres qui étaient de le laisser faire à sa guise, nous ne l'avons plus retrouvé.

— Imbécile ! grommela le prévôt, ils ont laissé fuir celui-là qui seul pouvait m'indiquer où se trouve le fameux trésor du ministre déchu !

Et comme il n'y a rien de plus féroce qu'un avare frustré dans ses espérances, Jean de Précy fit immédiatement saisir et jeter aux fers les deux malheureux sergents.

Pour revenir à Tristan, nous dirons qu'il avait disparu par ce passage secret qui existait dans l'hôtel et par où il avait pressé son maître de prendre la fuite. Là où, soit orgueil, soit découragement, le maître n'avait pas voulu passer, le serviteur passa. C'était un étroit escalier pratiqué dans l'épaisseur de la muraille et qui descendait jusque vers les trésors de Marigny, il fallait trouver les caves, et pour trouver les caves il fallait connaître l'escalier en question, et pour trouver l'escalier, il fallait démolir l'hôtel pierre à pierre ! Tristan traversa ces caves en prenant simplement la précaution de remplir d'or tout ce que ses poches pouvaient en contenir. Il aboutit ainsi à un caveau dont le sol était couvert de sable fin. Tristan déblaya un pied environ de ce sable et alors apparut une dalle qu'il souleva.

Il s'enfonça dans l'ouverture béante, rampa dans un boyau pendant l'espace d'une cinquantaine de toises, aboutit ainsi à une autre dalle qu'il souleva par une opération inverse de celle qu'il venait de faire, se hissa et se trouva alors dans l'intérieur d'une futaille dont le fond était mobile. Une fois qu'il eut pris pied dans la cave où il venait d'aboutir et qu'il eut replacé le fond de la futaille qui tenait honnêtement sa place parmi cinq ou six autres, il eût été impossible de soupçonner qu'il existât là un passage communiquant avec l'hôtel de Marigny. Ayant remonté l'escalier de la cave, Tristan se trouva au rez-de-chaussée d'un modeste logis, situé au milieu d'une courtille et qui, dans le quartier, passait pour être l'habitation d'un maniaque qu'on voyait d'ailleurs assez rarement. Il va sans dire que le maniaque en question n'était autre que Tristan lui-même.

Il monta au premier et unique étage, jeta sur une table les papiers qu'il avait emportés et s'assit dans un fauteuil, triste, morne, écoutant les cris qui, de l'hôtel voisin, parvenaient jusqu'à lui.

Alors, ces papiers, il se mit à les lire rapidement l'un après l'autre. Il alluma du feu dans l'âtre et à mesure qu'il avait lu il laissait tomber le parchemin dans la flamme.

Il en arriva au rouleau qu'il avait pris sur la table de Marigny et l'ouvrit sans curiosité, uniquement dans le but de s'assurer qu'aucun de ces papiers ne contenait rien de compromettant pour son maître.

Le mémoire écrit par Mabel au temps où elle préparait sa vengeance contre Marguerite de Bourgogne contenait une dizaine de feuilles.

Ces feuilles, Tristan les lut d'abord avec indifférence, puis avec une curiosité de plus en plus vive, à mesure qu'il avançait dans sa lecture, puis enfin avec un intérêt passionné. Ces feuilles, il les relut une troisième fois, comme s'il n'eût pu en croire se yeux ; et enfin, le visage illuminé d'un rayon d'espoir, il murmura :

— Là peut se trouver le salut.

La première idée de Tristan fut de se rendre au Louvre et de demander à parler au roi. Mais il réfléchit qu'il ne ferait pas dix pas dans la rue sans être arrêté, que même s'il arrivait au Louvre, il avait toutes les chances possibles d'être saisi avant d'avoir pu parvenir jusqu'au roi, et qu'enfin, même s'il arrivait à son but qui était de remettre ces papiers à Louis Hutin, il n'aurait fait que perdre Marguerite sans sauver Marigny.

Alors Tristan se dit que, s'il y avait une personne au monde capable de sauver le premier ministre, cette personne ne pouvait être que la reine elle-même.

— Oui, murmura-t-il, puisque ces papiers révèlent que Myrtille est la fille de Marguerite et d'Enguerrand de Marigny, puisqu'ils révèlent l'infamie de la reine de France, puisque la preuve est donnée ici que la Tour de Nesle a été le réceptacle de monstrueuses orgies, il est certain qu'armé de ce rouleau je puis forcer Marguerite de Bourgogne à délivrer mon maître et à sauver sa vie, et peut-être même sa fortune politique. Mais comment parler à la reine ? Et n'est-il pas évident que, si je parviens jusqu'à elle, dès que j'aurai parlé, elle me fera jeter dans quelque cachot si profond que jamais plus nul ne pourra entendre ma voix ? Qui donc pourra inspirer à Marguerite la terreur nécessaire ? Qui donc est assez fort, assez audacieux, assez entouré de compagnons d'armes pour risquer sa tête dans une pareille entreprise ? Qui donc, sinon celui qu'Enguerrand de Marigny a tant haï, mais qui aime assez la fille de Marigny pour vouloir à tout prix lui éviter la douleur de voir son père monter à l'échafaud ? Qui donc enfin, sinon Buridan lui-même ?

Une fois qu'il eut pris cette résolution d'aller trouver Buridan, le digne serviteur se calma peu à peu et il en vint à considérer comme assurée la délivrance de son maître.

Tristan passa donc la journée à rouler force projets dans sa tête et, lorsque la nuit fut venue, il se dirigea vers la Cour des Miracles, où il était sûr de trouver Buridan, puisque, selon cette sorte de convention acceptée par le roi, la Cour des Miracles conservait son privilège d'offrir aux condamnés qui s'y réfugiaient un asile inviolable, mais que, d'autre part, Louis Hutin avait fait cerner le royaume d'Argot, de façon que nul ne pût en sortir.

En effet, en s'approchant de la Cour des Miracles, Tristan put constater la présence de nombreux postes d'archers échelonnés dans les rues. Comment il parvint à passer à travers ces postes, lui-même ne put jamais s'en souvenir.

Toujours est-il que vers onze heures du soir il se trouvait entre deux truands qui venaient de lui mettre la main au collet et qui lui demandaient, non sans force bourrades et jurons, ce qu'il venait faire si près de la Cour des Miracles.

— Messeigneurs, se contenta de répondre Tristan, je suis venu ici pour parler à votre chef, l'illustre capitaine Buridan.

XXIII

QUI EST LA SUITE DU PRÉCÉDENT

Cette même journée avait été terrible pour Buridan. La défaite qu'il avait essuyée au Temple avait violemment frappé cet esprit sensible et prompt aux imaginations heureuses ou malheureuses, selon les événements.

Ainsi donc, non seulement, il n'avait pu tirer Philippe des mains de Valois, mais encore Gautier était resté dans la bagarre !

Buridan était fraternellement attaché à ces deux hommes auxquels sa vie était comme liée et dont la perte lui apparaissait comme un présage de prochain malheur pour lui-même.

Buridan ayant perdu Philippe et Gautier, se sentit seul et désespéré.

Il passa donc cette journée enfermé dans sa chambre, allant et venant, tantôt à pas précipités, tantôt avec découragement, quelquefois combinant un nouveau plan d'attaque et d'autres fois se disant que ses malheureux amis étaient bien perdus.

La nuit vint sans qu'il s'en fût aperçu. Et, comme il était dans cet état de marasme qui suit de près les catastrophes, il vit tout à coup sa chambre s'éclairer.

— Qui vient là ? gronda-t-il.

— Moi, seigneur Buridan, fit la voix de Bigorne. Et Lancelot entra et déposa deux flambeaux sur la table.

— Que veux-tu ? demanda rudement le jeune homme.

— Vous éclairer, voilà tout ! répondit Bigorne.

— Je n'ai pas besoin d'y voir clair, reprit Buridan avec plus de brusquerie encore.

— Eh ! fit Lancelot, je ne vous ai pas dit si c'est votre esprit ou vos yeux que je veux éclairer. Pourquoi diable vous plonger ainsi dans les ténèbres ! La nuit porte conseil, c'est vrai, mais c'est généralement une conseillère de tristesse. Vive la lumière !

— Te tairas-tu, fieffé bavard ! interrompit avec rudesse Buridan. Trêve de tes misérables plaisanteries !

— Oh ! oh ! fit Bigorne, vous êtes ce soir aussi pointu, fourchu, hérissé, que pouvait l'être le diable, le jour où il espérait emporter ma carcasse à la grande chaudière et où, grâce à vous, je fis la nique à maître Capeluche. Il y a plaisanterie et plaisanterie. Celle du pauvre Hans, roi d'Argot, qui s'est allé poignarder lui-même sous les yeux du bon roi Louis Hutin, me paraît détestable, et je vous garantis que jamais il ne m'arrivera de plaisanter de cette façon-là.

— Pauvre malheureux ! soupira Buridan, qui tressaillit. Si brave et si généreux ! Ce roi des truands, vois-tu, avait le cœur mieux placé que tels grands seigneurs que je pourrais citer.

— Ne les citez pas ! fit Bigorne.

— Il est mort en vrai brave ! fit Buridan, songeur.

— Oui, il a fait une très mauvaise plaisanterie. Mais ce serait une fameuse plaisanterie et pas misérable du tout que de vous lever de ce fauteuil où vous êtes statufié comme saint Barnabé au porche de l'église Saint-Eustache, puis de me suivre jusque dans la salle basse, où vous verriez un spectacle qui vous donnerait envie de vivre. Eh ! par la morbleu, nous avons été vaincus, c'est vrai, rossés à plate couture, c'est vrai, mais nous prendrons notre revanche...

— De quel spectacle veux-tu parler ? fit Buridan.

— Venez toujours et vous verrez.

Buridan se décida, en effet, à suivre Bigorne jusque dans la salle basse où peut-être il espérait vaguement revoir un de ceux qu'il regrettait, Lancelot l'ayant habitué à ces surprises.

Mais en fait de spectacle — et nous devons avouer que c'en était un des plus intéressants — il ne vit qu'une table bien éclairée de deux flambeaux et qui semblait attendre des convives. Ces convives, pour le moment, c'étaient Guillaume Bourrasque et Riquet Haudryot. Sur la table luisaient les plats d'étain ou de faïence. Divers pots à ventre arrondi contenaient des vins qui devaient être de fameux crus, à en juger les regards d'attendrissement que leur jetaient l'empereur de Galilée et le roi de la Basoche, monarques déchus, mais non privés d'appétit par leur déchéance.

A l'entrée de Buridan, les deux compères poussèrent un cri de joie et eurent la même exclamation :

— A table !

Buridan secoua la tête. Guillaume le prit par la main et le conduisit devant un buffet chargé de succulentes victuailles.

— Buridan, dit-il gravement, s'il est dans ton intention de nous faire mourir de faim, dis-nous-le au moins pour que nous puissions nous confesser et passer de vie à trépas selon la bonne règle.

— Que veux-tu dire, Guillaume ?

— Il veut dire, intervint Riquet, nous voulons dire que nous avons juré de ne pas nous mettre à table tant que tu ne t'y mettrais pas toi-même. Renifle-moi ce cuissot de chevreuil...

— Flaire-moi, continua Guillaume, cette volaille qu'on dirait rôtie pour la bouche de Jupiter, dieu de la gourmandise.

— Es-tu sûr, compère, reprit Riquet, que Jupiter était le dieu de la gourmandise ?

— S'il ne l'était pas, dit Guillaume, il méritait de l'être ; c'était un goinfre. Tous les dieux étaient des goinfres et c'est ce qui prouve bien que la goinfrerie est d'essence divine.

Buridan se mit à rire, et Bigorne s'écria :

— Je découpe la volaille.

Déjà Guillaume et Riquet étaient à table et Buridan, malgré sa douleur sincère, n'avait pu renifler le parfum de ces bonnes victuailles sans se sentir attendri.

— Après tout, murmura-t-il, je ne peux pourtant pas affamer les compagnons qui me restent sous le prétexte que j'en ai perdu deux.

Ce fut un festin digne de ces joyeux compères, et Buridan en prit sa large part, si bien que lorsque la moitié des pots seulement eut été vidée, le jeune homme se reprenait à espérer sans trop savoir quoi. Cependant, de temps à autre, il ne pouvait s'empêcher de murmurer :

— Pauvre Philippe !

Et alors Bigorne répondait :

— Messire Philippe d'Aulnay est peut-être le plus heureux de nous tous. En effet, il va avoir l'estimable bonheur de mourir pour celle qu'il aime.

— Tais-toi, misérable ! grondait Buridan, je te défends de rire à propos de ce malheureux gentilhomme... Pauvre Gautier ! ajouta-t-il.

— Un rude buveur ! disait Guillaume avec une grimace de désolation.

Et il vidait son gobelet.

— Oui, faisait Riquet, il n'avait pas son pareil et je l'ai vu au Muids-de-Cervoise tenir tête à dix buveurs à la fois, qu'il faisait rouler sous les tables, alors que lui commandait encore un dernier pot pour faire bonne mesure.

Tout en mangeant, buvant et pronon-çant l'éloge des deux gentilshommes, le temps s'écoulait. Tout à coup la porte s'ouvrit et un homme, un truand, entra en disant :

— Brave capitaine Buridan, nous vous amenons une prise.

— Un homme ou une femme ! demanda Lancelot Bigorne.

— Lui as-tu au moins laissé ses écus ? fit Guillaume, car tu sais que mes fonctions dans ce noble royaume d'Argot seront désormais de présider à la fouille des prisonniers.

— Fais entrer ta prise, dit Buridan d'une voix sombre.

Il poussa un soupir et murmura en lui-même :

— C'est bien moi, Buridan, qui suis ici, dans la Cour des Miracles, m'occupant des prises faites par les tire-laine ?

A ce moment un homme entrait entre deux truands qui, sur un geste du capitaine, se retirèrent non sans avoir jeté un coup-d'œil émerveillé sur la table.

— Qui es-tu ? demanda Buridan à l'homme.

Celui-ci répondit :

— Je m'appelle Tristan et je suis un serviteur fidèle de Mgr Enguerrand de Marigny.

A ces mots, Buridan se leva frémissant, Guillaume et Riquet sautèrent sur leurs épées qu'ils avaient débouclé pour se mettre à table. Quant à Bigorne, il regarda fixement le nouveau venu et murmura :

— Il me semble qu'il va se dire ici des choses intéressantes.

Tristan jetait sur les hommes qui l'entouraient, sur ces physionomies hostiles, un regard calme et assuré.

Au bout de quelques minutes de silence, Buridan demanda :

— Et tu viens sans doute de la part de ton maître ? Mgr de Marigny, n'osant plus venir lui-même me dicter ses volontés, envoie maintenant ses fidèles serviteurs : il court ainsi moins de risques. Eh bien ! parle ! qu'as-tu à me dire ? Dois-je ramener à ce digne père la fille qu'il n'a pas su protéger et qu'il a voulu tuer plutôt que de la savoir unie à un truand de mon espèce ? Dois-je faire amende honorable, me rendre à Notre-Dame, la corde au cou, et de là aux Fourches de la Grève ? Voyons, fidèle serviteur, explique-moi les désirs de ton noble maître, mais, je t'en préviens, l'ami, sois bref.

Tristan répondit :

— Mon noble maître, Mgr Enguerrand de Marigny, a été arrêté et conduit au Temple.

— Arrêté ! s'écrièrent d'une seule voix les quatre compagnons, mais sur des intonations diverses.

En effet, tandis que c'était chez Bigorne un cri de stupeur, chez Guillaume et Riquet un cri de joie, Buridan songeait en frémissant :

— Le père de Myrtille arrêté ! que va-t-elle dire ? que va-t-elle faire ?

— Oui, reprit Tristan, le sire de Marigny a été arrêté, c'est-à-dire qu'il succombe enfin à la haine du comte de V[illegible] lois. Cet homme était trop grand pour notre époque. Là où il marchait, les autres hommes demeuraient noyés dans son ombre géante, fussent-ils princes, fussent-ils rois.

« Le seigneur de Marigny expie aujourd'hui le crime d'avoir fait une monarchie solide, capable de résister aux assauts des seigneurs féodaux. Seulement, de cette monarchie-là, il a oublié de se faire le roi. Il l'a oublié ou dédaigné.

Buridan avait d'abord écouté avec stupeur ces paroles du fidèle serviteur d'Enguerrand de Marigny. Une sorte de colère bouillonnait en lui.

— Et pourquoi, fit-il enfin d'une voix frémissante, pourquoi venir me raconter tout cela, à moi ?

— Parce que, répondit Tristan, vous êtes le fiancé de la fille de l'homme qu'on vient d'arrêter. Vous êtes presque de la famille, messire Buridan ; voulez-vous donc que j'aille trouver la noble demoiselle et que je lui dise : « Votre père est arrêté, votre père va être conduit aux Fourches ou traîné à l'échafaud, j'ai voulu le dire à celui que vous appelez votre fiancé, mais Jean Buridan a refusé de m'écouter ? »

Un silence d'étonnement s'était fait dans la salle, tout à l'heure si joyeuse. Ni Bourrasque, ni Haudryot, ni Bigorne n'avaient envie de lancer une de leurs plaisanteries ordinaires, ils sentaient que quelque chose de grand et de beau se passait sous leurs yeux. L'attitude du vieux serviteur n'était ni solennelle ni douloureuse.

Il exposait simplement une situation, et cette situation était terrible pour Buridan : cet homme qui le haïssait et à qui il rendait haine pour haine, il n'avait pas le droit de se réjouir de sa chute !

Et non seulement il ne pouvait se réjouir de l'arrestation de cet homme qui le tuerait de ses mains s'il le tenait, mais encore il lui était impossible de ne pas risquer sa vie pour sauver celle du père de Myrtille !

Il se taisait, cependant, avec le vague espoir que les choses s'arrangeraient autrement. Il se taisait et la tête baissée évitait de regarder en face le serviteur de Marigny.

— Jean Buridan, fit celui-ci, je suis venu ici chercher du secours. Dois-je m'en aller ? Dois-je rester ?

Buridan hésita un instant, puis redressant la tête, tout pâle, il répondit :

— Restez !

Tristan poussa un soupir de soulagement.

— Puisque je reste, dit-il, c'est que je puis dire ce que j'ai à vous dire. Messire Buridan, il faut que je vous parle en secret.

Buridan fit signe au vieillard de le suivre, et tous deux montèrent au premier étage du logis. L'entretien fut très long, car ce fut seulement à l'aube que Tristan quitta la Cour des Miracles. Et alors Buridan, rassemblant ses compagnons, eut avec eux un conciliabule dont nous verrons les suites dans un prochain chapitre.

XXIV

LE RENDEZ-VOUS

Ce matin-là, il y avait une grande animation au Louvre où les seigneurs, chevaliers, courtisans de toute espèce, étaient accourus. La nouvelle de l'arrestation d'Enguerrand de Marigny avait retenti dans Paris comme un coup de tonnerre. Dans le peuple, la joie avait été immense. En effet, Marigny c'était Philippe le Bel, Marigny c'était la plus terrible figure du règne passé. Il personnifiait les exactions, le système des répressions sauvages, les bûchers, les pendaisons et surtout les impôts à outrance. Il avait débuté avec le nouveau roi en lui offrant le gibet de Montfaucon, édifié à ses frais.

Les réjouissances prirent le caractère d'une fête publique. Les ménestrels, qui formaient une puissante corporation, se répandirent dans Paris et chantèrent à tous les carrefours la délivrance du peuple ; malheureusement, ils chantèrent aussi la gloire de Valois. Un grand nombre de cabaretiers et taverniers firent crier qu'à cette occasion, on boirait chez eux tous les jours à moitié prix, ce qui d'ailleurs était encore une excellente spéculation. Il y eut feux de joie, danses, enfin tout ce qui constituait une réjouissance publique.

Au Louvre donc Valois, rayonnant, accueillait avec un sourire la foule des courtisans qui, la veille encore, n'eussent pas osé, devant Marigny, lui faire bonne figure. Il en résultait que les antichambres, les galeries et les escaliers de la vieille forteresse étaient encombrés d'une cohue qu'on ne voyait que rarement. Il va sans dire que Valois distribuait des promesses à foison. Et alors ce fut dans la grande galerie qui précédait l'oratoire un spectacle extraordinaire. D'abord Valois s'était contenté d'insinuer que toutes les injustices allaient être réparées et que chacun serait remis à la place qu'il méritait d'occuper. Puis peu à peu il en était venu à simplement demander à chacun ce qu'il voulait et ce qu'il pouvait donner en échange. Valois ne se lassait pas de promettre. Il y eut des marchandages et des discussions.

— Place au roi ! annonça tout à coup la voix forte d'un huissier.

Un grand silence tomba sur cette cohue, qui s'ouvrit, se fendit en deux groupes entre lesquels Louis Hutin s'avança, tandis que Valois courait à sa rencontre.

Comme s'il eût été emporté par l'enthousiasme, le comte saisit le roi dans ses bras et l'embrassa en criant :

— Sire, vous voilà donc délivré !

— Vive le roi ! cria la foule des courtisans dans une clameur d'autant plus délirante que le roi seul pouvait sanctionner toutes les promesses faites par Valois.

Louis Hutin, qui avait subi d'assez mauvaise grâce l'embrassade de son oncle, parut tout réjoui de cette acclamation, car il aimait naturellement les beaux tapages, les belles mises en scène et les belles démonstrations d'enthousiasme. Il jeta un regard émerveillé sur cette foule, aux costumes splendides, qui trépignait, agitait des écharpes et reprenait dans une sorte de rumeur de rage son cri de « Vive le roi ! »

Cet enthousiasme même montra à Louis Hutin quelle avait été la puissance de son premier ministre. Il parut soudain frappé d'une de ces terreurs qu'on éprouve parfois après que le danger est passé. Son visage, qui rayonnait l'instant d'avant, devint sombre, et, d'une voix agitée, il cria en levant la main :

— Oui, messieurs, vive le roi ! Désormais, il n'y a plus qu'un roi de France, et ce roi, c'est moi. Chacun à son rang, chacun à son poste ! Et malheur à qui oserait se dresser près du roi assez haut pour qu'on puisse le confondre avec le roi !

Ces paroles produisirent un terrible effet. Un silence de stupeur et d'inquiétude remplaça les acclamations de tout à l'heure. Valois, pâle et balbutiant, voulut dire quelques mots. Mais le roi, qui s'exaspérait lui-même au bruit de ses propres paroles, l'interrompit et lui demanda rudement :

— Ce prisonnier... ce Philippe d'Aulnay, l'a-t-on interrogé ? et l'autre, ce Gautier, qu'en a-t-on fait ?

— Sire, répondit Valois, les deux frères sont dans de bons cachots. On leur appliquera la question dès qu'il plaira à Votre Majesté. Mais ne serait-il pas bon d'abord de nous occuper de cet autre prisonnier, plus intéressant, qui s'appelle Enguerrand de Marigny ?

— Nous verrons, fit le roi, satisfait de la soumission qui paraissait dans l'attitude et la voix du comte de Valois, alors qu'il n'avait jamais pu faire plier la tête orgueilleuse de son ancien premier ministre. Rassemblez le conseil, mon cher comte, et nous discuterons ces graves questions.

En même temps, il se dirigea rapidement vers la porte de l'oratoire et passa chez la reine.

Marguerite de Bourgogne, frémissante et aux aguets, écoutait toutes ces rumeurs qui lui venaient du fond du Louvre, et elle cherchait à leur donner du sens.

Depuis quelques jours, elle avait maigri. Sa beauté s'était comme estompée, une teinte sombre s'était étendue sur son visage, et son regard reflétait les terribles inquiétudes qui la dévoraient en secret.

Elle avait su par Valois lui-même l'audacieuse tentative faite par Buridan et ses compagnons pour enlever Philippe du Temple. Elle savait donc que Gautier d'Aulnay était prisonnier, lui aussi, et cette arrestation, qui eût dû la combler de joie, ne lui avait inspiré qu'une superstitieuse terreur.

Il lui semblait que sa vie était attachée à la vie de cet homme qui l'avait maudite. Elle se disait que la mort de Gautier donnerait toute sa force à la malédiction.

Elle venait également d'apprendre par Juana l'arrestation de Marigny, et, de ce côté-là aussi, elle n'entrevoyait que malheurs.

Enfin, elle était dans cet état d'esprit spécial qui s'appelle prescience, divination, pressentiment, et où l'on s'attend à une catastrophe sans pouvoir préciser ce qu'elle sera, ni d'où elle viendra. Quoi qu'il en soit, elle attendait la visite du roi à la fois avec une impatience fébrile et une sourde terreur.

Elle ne put donc s'empêcher de tressaillir et de pâlir lorsqu'elle vit tout à coup entrer Louis Hutin. Mais, rassemblant toutes ses forces d'esprit, tous ses moyens de séduction, elle s'avança vers le roi avec ce sourire de charme qui le rendait souple et soumis comme un amoureux passionné qu'il était d'ailleurs.

Louis la serra tendrement dans ses bras, puis prenant la tête de Marguerite à deux mains, il la fixa longuement.

Marguerite soutint ce regard interrogateur avec ce calme surhumain qui ne l'abandonnait jamais dans les moments critiques.

— Comme vous êtes pâlie ! murmura enfin le roi ; par Notre-Dame, il me semble même que vous êtes maigrie, que vos traits sont tirés, qu'il y a je ne sais quelle morne tristesse dans vos beaux yeux.

— Quoi d'étonnant à cela, mon cher sire bien-aimé, puisque depuis quelques jours je vous vois sombre, inquiet, agité. Croyez-vous que je ne sois pas tourmentée de vos tourments ? Cette affaire de la Cour des Miracles m'a causé un chagrin qui, ces nuits passées, m'a tenu les yeux ouverts.

Le roi souriait, égoïstement heureux de ce chagrin qu'il voyait à Marguerite.

— Chère âme, dit-il, je voudrais tous les jours essuyer une défaite comme celle de la Cour des Miracles, pour avoir ensuite le bonheur d'être ainsi plaint et caressé par vous.

Le roi avait conduit Marguerite au grand fauteuil qu'elle occupait, selon son habitude, dans l'embrasure d'une fenêtre.

Il s'était assis près d'elle, lui tenant la main, la contemplant avec une tendresse et un bonheur indicibles.

— Mais vous pouvez vous rassurer, reprit-il. Ce Buridan du diable ne tardera pas à tomber entre nos mains.

Marguerite tressaillit et la pâleur s'accentua sur son visage.

— En êtes-vous sûr, sire ? fit-elle d'une voix étrange.

— Sans aucun doute. J'ai bien juré de respecter le privilège qui fait de la Cour des Miracles un refuge, et je tiendrai ma parole. Car le jour où les rois se mettront à abjurer leurs promesses, eux, qui sont élus de Dieu, que pourront-ils demander au reste des hommes ? Mais le royaume d'Argot est cerné de toutes parts, et, à moins de consentir à vivre toute sa vie comme en prison, Buridan ne saurait tarder à être pris. Ainsi, non seulement lui, mais toute la bande des rebelles sera bientôt conduite aux Fourches de Montfaucon, ce qui vous fera une belle matinée de plaisir et d'amusement.

Marguerite devint si pâle que cette fois le roi s'en aperçut et s'écria :

— Par Dieu, chère Marguerite, je crois que vous vous affaiblissez ! Holà Jeanne ! Holà Blanche ! la reine se meurt !

— Non, non, balbutia Marguerite, ce n'est rien, sire ! mais l'idée que mon roi est entouré de tant d'ennemis me fait un mal affreux !

La reine se raidit, fit un effort sur elle-même et parvint à se donner une physionomie enjouée.

A demi rassuré, le roi la consolait à sa manière, lui assurait que bientôt il serait débarrassé de tous ses ennemis et que, déjà, le principal d'entre eux, Enguerrand de Marigny, était arrêté.

Marguerite ne dit rien, mais son regard mauvais, le pli dur qui creusait son front, le dédain de ses lèvres eussent annoncé à Marigny, s'il avait été là, qu'elle aussi le condamnait.

— Quant aux rebelles, terminait à ce moment le roi en se levant, ne vous en inquiétez plus ; déjà nous en tenons deux, Philippe et Gautier d'Aulnay.

— Et quel châtiment leur réservez-vous, sire ? demanda la reine.

Placé ainsi tout à coup en présence d'une question précise, Louis Hutin hésita un instant. Mais peut-être était-il tout à la tendresse, car, pensif, il répondit :

— Ces deux-là ne m'ont pas fait grand mal, il est vrai... et, après tout, ils sont braves... et puis c'étaient des ennemis implacables de mon ennemi ! Pour le mal qu'ils ont essayé de faire à Enguerrand de Marigny, je crois que je puis leur faire grâce de la vie et me contenter de les enfermer en quelque bonne forteresse.

Puis, plus sombre, il ajouta :

— Oui, ce sont des braves... l'un d'eux, surtout, celui qui se nomme Philippe. Je l'ai vu, dans son cachot, accomplir sous nos yeux un de ces actes de courage terribles qui inspirent l'épouvante et l'admiration.

— Qu'a-t-il donc fait, sire ? balbutia Marguerite, qui savait d'ailleurs parfaitement à quel acte le roi faisait allusion.

— Pour ne pas parler, pour ne pas dénoncer sa maîtresse, il a...

Louis Hutin s'arrêta tout à coup, se frappa le front et sourdement, murmura :

— Pour ne pas dénoncer sa maîtresse !... sa maîtresse !... cette femme qui me trahit, cette femme qui vit dans mon entourage, près de moi, qui est peut-être de ma famille et que je ne puis découvrir.

— Calmez-vous, mon bien-aimé Louis, bégaya la reine frissonnante de terreur.

Car, déjà, elle voyait les yeux du roi s'égarer. Elle voyait ses lèvres frémissantes. Elle voyait sur sa physionomie les mêmes soupçons qu'une fois déjà elle avait vaincus.

Oui, le roi la soupçonnait ! C'était évident pour elle qui lisait dans sa pensée, peut-être mieux que lui-même !

— Que je me calme ? gronda-t-il, en cherchant à contenir la fureur et la douleur qui bouillonnaient en lui ! Mais ne

voyez-vous pas, Marguerite, que c'est cela qui me tue ! La Cour des Miracles, ce n'est rien ! les rebelles, ce n'est rien ! Marigny, ce n'est rien ! Mais ne pas savoir, vois-tu, ne pas savoir le nom de l'infâme et passer mes nuits à écarter les spectres de mon imagination et à me dire : Dieu puissant ! si c'était...

— Qui ?... Ose donc, Louis ! ose donc encore ! cria Marguerite de Bourgogne, en se redressant, tragique, superbe.

Le roi la contempla un instant, ses yeux se gonflèrent, puis il éclata en larmes et murmura :

— Rien, ma Marguerite adorée, je n'ai rien à oser, car il n'y a dans mon cœur que de l'amour, de la vénération pour toi.

Puis il la saisit dans ses bras, déposa sur ses lèvres un baiser si rude que Marguerite jeta un cri, puis, de son pas précipité, traversa la salle et se retira.

Marguerite demeura défaillante.

A ce moment, une petite porte opposée à celle par où le roi était sorti s'ouvrit, et Juana parut et murmura quelques mots à l'oreille de la reine qui tressaillit et s'avança vivement vers un cabinet où l'attendait un homme.

Cet homme, c'était Stragildo.

Sans rien dire, le gardien des fauves s'inclina et tendit à la reine un papier plié en quatre.

Marguerite le lut.

Alors son visage s'empourpra.

Pendant quelques secondes, elle grelotta comme si elle eût été saisie de fièvre, son regard jeta des flammes, ses lèvres devinrent livides.

Puis, avec la même instantanéité, tout s'éteignit sur cette physionomie.

Elle se pencha sur Stragildo et lui donna quelques ordres.

Stragildo disparut.

Alors Marguerite rentra dans sa chambre, jeta autour d'elle un regard pour s'assurer qu'elle était bien seule, et elle relut le papier.

Il contenait ces seuls mots :

« Jean Buridan attendra ce soir Marguerite de Bourgogne à la Tour de Nesle. »

. . . .

Pendant le reste de cette journée, la reine ne bougea pas de son grand fauteuil. Les mains sur les genoux, la tête appuyée au dossier, les yeux à demi fermés, le sein à peine soulevé par un mouvement rythmique et lent, elle ressemblait ainsi, pâle, souriante et recueillie, à une sainte de vitrail. Si Louis était entré à ce moment, il l'eût trouvée plus belle qu'il ne l'avait jamais vue.

Marguerite songeait à Buridan. Marguerite songeait que Buridan, vaincu enfin, se rendait à elle. Marguerite aimait. Marguerite attendait l'heure où Buridan allait lui dire : « Je t'aime... » Ce fut sans doute dans cette vie tourmentée, toute faite de tempête et de passions, la seule heure d'amour pur...

La nuit s'étendit sur Paris.

Marguerite alors s'habilla, se couvrit d'un vaste manteau, donna à Juana quelques indications brèves et précises, afin que sa suivante sût où la trouver en cas d'événement imprévu.

Puis elle sortit.

Elle était seule...

Par les chemins détournés, tant de fois parcourus, elle gagna la poterne par où elle quittait le Louvre, et elle se trouva sur les berges de la Seine...

Elle ne tremblait pas, elle n'avait pas peur dans cette nuit profonde, dans ce recoin désert où peut-être rôdaient des malfaiteurs.

A pas lents, elle descendit jusqu'au bord de l'eau, à l'endroit où se trouvait attachée sa barque. Stragildo était là. Elle s'assit. Stragildo commença à nager vigoureusement. Bientôt, la barque toucha l'autre bord. La reine sauta à terre et marcha droit à la porte de la Tour de Nesle, qu'elle franchit sans s'occuper de savoir si Stragildo la suivait.

Elle monta jusqu'en haut et pénétra dans la salle où, au début de ce récit, nous avons vu entrer Philippe et Gautier d'Aulnay. Et, sur le seuil, elle s'arrêta palpitante :

Buridan était là qui, profondément, s'inclinait devant elle !

Stragildo n'était pas entré dans la Tour de Nesle.

Lorsque Marguerite eut sauté sur le sable, un singulier sourire crispa les lèvres du bandit. Il laissa la reine s'éloigner, puis, sautant à son tour, il amarra soigneusement la barque et se dirigea vers un recoin d'ombre plus épaisse où plusieurs hommes se trouvaient dissimulés, immobiles et silencieux. Et simplement, Stragildo murmura :

— Maintenant, sire, vous pouvez entrer à la Tour de Nesle !...

XXV

STRAGILDO

Il nous faut maintenant revenir à la Cour des Miracles où, après le départ de Tristan, nous avons vu que Buridan avait eu un conciliabule avec Lancelot Bigorne, Guillaume Bourrasque et Riquet Haudryot.

— Par saint Barnabé ! s'écria Bigorne, de cette façon-là, nous allons maintenant risquer notre peau pour sauver celle du sire de Marigny ?

— Tu es libre de ne pas me suivre, fit froidement Buridan.

— Merci. Je suis bien obligé de vous suivre pour vous empêcher de faire de nouvelles sottises, autant du moins qu'on peut empêcher un docteur en logique de faire des âneries, hi han ! Mais, enfin, mourir pour mourir, j'eusse mieux aimé donner ma carcasse au service du diable plutôt qu'à celui de Marigny.

— Hé, fit Riquet, qu'est-ce que cela peut te faire, du moment que nous allons jouer un bon tour à dame Marguerite ?

— Et rosser le guet ! ajouta Guillaume.

— Je sais bien ! fit Bigorne, et c'est ce qui me réconcilie un peu avec l'idée de sauver ce diable de fourchu de Marigny.

Pendant ces palabres et autres, les quatre compagnons s'apprêtaient activement. Ils recouvraient leurs poitrines de cuirasses de buffle, solides, légères et souples. Ils ceignaient leurs grandes rapières et choisissaient des poignards bien trempés.

Vers cette heure matinale où le sommeil est plus profond, où le jour n'est pas venu encore mais où la nuit semble moins profonde, Buridan appela un truand qui veillait à la porte du logis et lui ordonna d'aller chercher le duc d'Égypte, lequel apparut bientôt.

— Je vais quitter la Cour des Miracles, dit Buridan. Demain, tu rassembleras tes hommes et tu leur diras que le capitaine Buridan s'en est allé vers d'autres destinées. Il le faut d'ailleurs. Car dès que je serai parti avec mes compagnons, le siège de la Cour des Miracles sera levé... vous serez libres.

— Que ta volonté soit faite, sire roi d'Argot, dit simplement le duc d'Egypte.

— Royauté éphémère, fit Buridan. Sceptre qui n'était pas fait pour mes mains. Couronne qui n'allait pas à ma tête.

— Pourtant tu es un brave, tu as un cœur de lion. Sous ta direction, la Cour des Miracles fût devenue la forteresse inexpugnable du larcin !

— Oui, fit Buridan avec un sourire, c'est possible, mais le larcin ne me plaît pas.

— Hi han ! se mit à braire Bigorne.

— Pourtant, reprit le duc d'Egypte, tu as combattu le guet, les gens du prévôt et du roi, tu les as pris tels des renards, tu les as vaincus...

— C'est autre chose. N'en parlons plus. Dis à tes hommes de la part de Buridan que je fais vœu, si je deviens riche, de leur répartir la moitié de ma fortune, à condition qu'ils respectent les femmes et les vieillards et qu'ils essaient de changer d'existence..

Le duc d'Egypte sourit, secoua la tête et répondit :

— Autant vaudrait-il recommander au soleil de changer le cours de sa marche. Les rois sont faits pour régner en tuant. Les truands sont faits pour vivre en volant. Voilà. Adieu, capitaine Buridan. La Cour des Miracles te regrettera comme le plus intrépide de ses chefs. Seulement, c'est grand dommage que tu ne saches pas ce que c'est qu'un truand.

— C'est qu'il a appris la logique ! fit **Bigorne**.

Déjà le duc d'Égypte était sorti. Respectueux de la volonté de Buridan, il n'avait rien tenté pour le faire revenir sur sa décision. Au moment de franchir la porte, il s'était retourné et avait seulement ajouté :

— Quoi que tu entreprennes, souviens-toi que tu trouveras toujours ici un refuge assuré.

Dix minutes plus tard, les quatre compagnons quittaient à leur tour le logis.

— Nous y fîmes de fameuses ripailles, dit Guillaume avec un soupir de regret.

— Oui, fit Riquet, la cuisine de cette ribaude qui nous ravitaillait m'allait assez.

— Et maintenant il faut reprendre la vie de hasard à la recherche de la pitance. Car, as-tu de l'argent, Buridan ?

— Non, dit simplement Buridan ; mais nous en trouverons.

— Comment cela ? fit Bigorne, puisque vous refusez de gagner honnêtement notre vie en conduisant ces expéditions qui, comme je vous l'ai maintes fois expliqué, plaisent au seigneur Dieu et à ses saints, vu que...

— Veux-tu avoir les oreilles coupées ? interrompit Buridan.

Bigorne se tut. Mais il haussa les épaules. Il était d'ailleurs parfaitement sincère.

Entrés dans la rue des Francs-Archers et parvenus à cette zone dangereuse où ils risquaient de se heurter aux postes qui cernaient la Cour des Miracles, les quatre compagnons se placèrent en ordre de bataille : Buridan en tête, Bourrasque et Haudryot à quelques pas derrière lui, et Lancelot en arrière-garde.

Il s'agissait de passer coûte que coûte. Buridan, tout à coup, se retourna vers Guillaume et murmura : « Attention !... »

A trente pas devant eux, à un détour de la rue, il y avait un feu dont les dernières lueurs se mouraient. Autour de ce feu, une dizaine d'archers dormaient, enveloppés dans leurs manteaux. Mais quatre autres, debout, la pique à la main, veillaient.

Buridan fit signe à ses amis de se rapprocher de lui et leur exposa son plan qui était des plus simples. Ils approuvèrent du même geste, c'est-à-dire que tous les trois ensemble ils tirèrent leurs poignards.

Alors, rasant les maisons, ils s'avancèrent dans l'ombre comme des loups.

— En avant ! cria soudain Buridan.

— Alerte ! rugit la voix d'une sentinelle.

Déjà les quatre s'étaient rués en ligne, droit devant eux, tandis que les archers réveillés saisissaient leurs piques. Ce fut foudroyant comme le passage d'une trombe. Aux lueurs du foyer, les soldats perçurent comme dans une vision aussitôt dissipée qu'apparue quatre démons qui bondissaient ; ils virent deux des sentinelles tomber, puis, dans la même seconde, la course effrénée des quatre qui disparaissaient vers le fond de la rue. Des hurlements s'élevèrent ; de poste en poste, les soldats réveillés se précipitèrent... mais les fugitifs demeurèrent introuvables.

— Malheur à moi ! dit l'officier qui commandait le poste de la rue des Francs-Archers. C'est Buridan qui vient de se sauver !...

Un quart d'heure plus tard, Buridan et ses amis s'arrêtaient dans la rue Froidmantel. Aucun d'eux n'était blessé. Ceci constaté, ils reprirent leur marche et atteignirent l'enclos aux lions.

Buridan heurta au marteau de la porte.

Quelques minutes après, un judas s'entre-bâilla et un falot demanda :

— Qui va là ?

— Va, dit Buridan, va dire à Stragildo que Buridan veut lui parler. Il s'agit de la reine.

Le judas se referma. Un certain temps s'écoula. Puis, à travers le judas, une voix rocailleuse et goguenarde prononça :

— Salut, seigneur capitaine. Qu'y a-t-il pour votre service ?

— Est-ce toi, Stragildo ?

— Moi-même, seigneur. Tout à votre service. J'ai encore quelques sacs qui attendent et j'espère bien, par quelque nuit sans lune, avoir l'honneur d'en mettre un à votre disposition.

— Tais-toi, misérable, si tu tiens à la vie. Car si je n'avais besoin de toi cette nuit, cette porte ne m'empêcherait pas de venir jusqu'à toi et de t'infliger le châtiment que tu mérites. Mais assez là-dessus. Veux-tu remettre un message à la reine ?

— Un message ? Oui da ! Je suis là pour cela. Un message d'amour peut-être ?

— Tu l'as dit !...

— Un rendez-vous à la Tour de Nesle ? ricana Stragildo.

— Tu l'as dit !...

— Eh bien ! passez-moi la chose à travers la grille du judas, et je vous promets que Mme Marguerite aura le poulet.

Buridan fit comme Stragildo lui avait indiqué, il glissa à travers le judas un papier que le gardien des fauves saisit du bout des doigts.

Pendant ce colloque, Guillaume, Riquet et Lancelot s'étaient tenus à l'écart, de façon à ne pas être aperçus de Stragildo. Celui-ci, ayant reçu le papier, referma le judas sans plus de façons, et Buridan l'entendit qui se retirait. A son tour, avec ses compagnons, il s'éloigna.

Stragildo ne s'était pas retiré : il avait simplement imité le bruit de pas qui va décroissant. Il entre-bâilla la porte juste assez pour passer la tête et put apercevoir plusieurs ombres qui s'évanouissaient dans la nuit.

— Bon ! grogna-t-il. Ils sont quatre, savoir : maître Buridan, puis le damné Bigorne, puis l'empereur de Galilée et le roi de la Basoche. Quel coup de filet si on pouvait les prendre tous les quatre et les envoyer rejoindre les deux frères au Temple.

Stragildo remonta alors dans cette partie du logis qui lui servait d'appartement et d'où, par les diverses fenêtres, il pouvait surveiller tantôt les cages des fauves, tantôt la rue et tantôt le quartier des valets.

Sans la moindre hésitation, il déplia le papier que lui avait remis Buridan et se mit à le déchiffrer péniblement. Une partie de la confiance que la reine avait en lui venait de ce qu'il ne savait pas lire et écrire. Mais Stragildo, homme de ressources, curieux par tempérament et **par mé-**

tier, avait payé autrefois un clerc du voisinage pour l'instruire dans cet art de la lecture si peu répandu. Il en savait long pour espionner avec plus de facilité.

Ayant donc déchiffré le message, il tomba dans une profonde rêverie.

L'aventure lui paraissait étrange et l'inquiétait profondément.

Il nous est impossible de ne pas résumer ici, en quelques traits essentiels, cette rêverie du sinistre bandit. Il faut d'abord noter qu'il connaissait parfaitement l'amour de la reine pour Buridan et qu'il n'avait pas perdu une syllabe des propositions que, dans leur entrevue à la Tour de Nesle, Marguerite avait faites au jeune homme, savoir : de l'élever à la dignité de premier ministre, et, au besoin, de le pousser plus haut encore.

— Il est certain, se dit Stragildo, que Buridan a réfléchi. Il a assez de la petite Myrtille, et maintenant c'est naturel. Il revient donc à la reine. Que va-t-il arriver ? Avec les femelles, on ne sait jamais jusqu'où peut aller la folie d'amour. Celle-ci peut très bien introduire le Buridan au Louvre et en faire le grand maître destiné à remplacer Marigny. Et alors, qu'est-ce que je deviens, moi ? Une bonne corde au cou de ce pauvre Stragildo !... Une corde, par la madone ? Non, non ! ce sera quelque chose de plus soigné. On m'écorchera vif, peut-être, ou bien on m'ébouillantera dans la chaudière du marché aux porcs. Toutes choses désagréables. Je connais Buridan. Et même si Buridan me faisait grâce, il y a Lancelot Bigorne. Que faire ? Je ne porterai pas ce message. Je le brûlerai.

Telle fut la première conclusion du raisonnement de Stragildo. Mais de nouvelles réflexions s'étant juxtaposées aux premières, il en vint à se dire :

— Si je ne remets pas le message, et que la reine vienne à savoir ; si, comme cela me paraît probable, Buridan cherche à voir la reine après qu'il l'aura vainement attendue à la Tour de Nesle, je serai encore bien mieux pendu, écorché ou ébouillanté. Il faut donc que jamais Buridan ne puisse revoir la reine. Il me paraît donc convenable d'aposter ce soir nos hommes dans la Tour et de faire subir à Buridan le sort qu'en bonne justice il eût dû subir depuis longtemps.

Deuxième conclusion qui déjà entrait mieux dans les moyens de Stragildo.

Mais il n'était pas l'homme des résolutions précipitées et bientôt il arriva à s'imposer un nouveau travail d'esprit :

— Oui, fit-il. Si je tue Buridan, je serai tranquille. Mais ils sont quatre. Et je puis dire : de vrais diables à quatre. Ils peuvent parfaitement me tuer, moi et mes hommes. Pour mes hommes, passe ! Mais moi ? diable, il me semble que mon affaire se gâte.

Stragildo prit sa tête à deux mains et s'enfonça plus avant dans ses réflexions.

Stragildo, ayant donc convenablement réfléchi, se dit que le meilleur, le seul moyen de sortir à son honneur d'une pareille aventure, c'était une bonne trahison générale.

Trahir à la fois le roi, la reine, Buridan, tous ! les mettre tous dans quelque horrible situation et puis s'en aller tranquillement.

— Voyons si j'ai de quoi m'en aller, fit Stragildo, souriant.

Il passa dans la pièce reculée dont il referma la porte à double tour ; de là, il pénétra dans un cabinet sans fenêtre. Il souleva des dalles qui composaient le sol de ce cabinet et alors apparut un coffre qu'il retira d'un trou au moyen d'un levier passé dans un anneau de fer qui était frappé sur le couvercle.

Le coffre étant ouvert, il se mit à compter sa fortune, tout entière composée de pièces d'or, car, au fur et à mesure, Stragildo échangeait en or ce qu'il avait pu amasser d'argent ou de monnaie ; l'or tient moins de place et est plus facile à transporter.

Il paraît que Stragildo fut satisfait. Car, après avoir compté et recompté, il eut une grimace de jubilation et murmura :

— Après tout, je ne serai pas à plaindre et je connais tels seigneurs de la cour qui se contenteraient de la moitié de ce qu'il y a ici.

Stragildo vida entièrement le coffre et empila les pièces d'or dans quatre sacoches de cuir assez semblables à des outres de vin. Il les mêlait de son, de sorte que ces outres ne pussent rendre au choc aucun bruit révélateur. Le son était dans un grand sac qui attendait là depuis longtemps sans doute, en prévision de cette opération.

Les quatre sacs, bien et dûment ficelés, Stragildo, sifflotant un air, ouvrit une armoire contenant plusieurs costumes et en choisit un qu'il porta dans sa chambre.

Le jour était venu.

Ces divers préparatifs étant achevés, Stragildo, tranquille et satisfait de lui-même, attendit le moment favorable pour se rendre chez la reine.

On a vu comment il avait remis à Marguerite le message de Buridan. On a vu que la reine, se penchant sur Stragildo, lui avait donné quelques explications.

— Il n'y aura personne dans la Tour, avait-elle dit. Toi-même, après m'avoir conduite, tu m'attendras dehors. Ceci n'est pas une aventure comme les autres. Dès cet instant, cet homme t'est sacré, tu m'entends ? Malheur à toi si tu touches à Buridan !

Stragildo s'était incliné et était parti en murmurant à part lui :

— Décidément, il était temps... Si le Buridan du diable devenait maître tout-puissant à la cour de France, mon affaire serait vite réglée. Qu'est-ce que je disais ? Les choses se passent bien comme je l'avais prévu, et, si je n'étais là, demain Buridan serait aussi puissant... plus puissant que le roi. Mais je suis là...

Stragildo rentra dans l'enclos aux lions.

Il attendit le soir, et il fit alors ses derniers préparatifs.

Dans un bahut de sa chambre, il prit deux ordres signés du roi et à lui remis dès longtemps par Marguerite pour lui servir à toute occasion.

Le premier était un ordre à tout agent
du guet ou sergent d'avoir à se mettre au
service du porteur, sur sa première réquisition.

Le deuxième était un ordre à tout chef
de poste de l'une quelconque des portes de
Paris d'avoir à ouvrir au porteur et le
laisser passer quelle que fût l'heure.

Stragildo plia soigneusement les deux
parchemins et les cacha dans sa poitrine.

Puis il descendit aux écuries.

Car il y avait des écuries à l'enclos aux
Lions et l'on y entretenait une douzaine
de forts chevaux, soit pour le service du
roi ou de la reine, soit même pour le service de Stragildo et des valets.

Il brida le plus vigoureux de ces chevaux.

Puis, remontant chercher le costume
qu'il avait choisi et les quatre sacs pleins
d'or, il descendit le tout. Il plaça les sacs
sur le cheval et les arrima soigneusement.
Quant au costume, c'était un vêtement de
manant, la souquenille, le bonnet, les jambières de cuir. Il le laissa dans l'écurie
d'où il sortit en refermant la porte et en
emportant la clef.

Puis il appela celui des valets qui faisait fonction de sous-ordre et le remplaçait en chef quand il s'absentait.

— Il va se passer ici, cette nuit, des choses qui ne doivent pas être vues, dit-il
froidement ; que tout le monde se couche
et dorme. Il y va de ta tête.

Plusieurs fois déjà, Stragildo avait
donné des ordres de ce genre ; et chaque
infraction avait toujours été punie de
mort ; il était merveilleusement obéi.

Toutes ces dispositions prises, Stragildo se rendit au Louvre, gagna directement l'appartement du roi, s'approcha du
capitaine des gardes et lui dit simplement :

— Il faut que je parle au roi seul à seul,
et cela ne souffre aucun retard.

Hugues de Trencavel toisa le gardien
des fauves avec un mépris non dissimulé,
mais sachant très bien la faveur spéciale
dont il jouissait et supposant qu'il s'agissait d'annoncer au roi quelque accident
arrivé à un lion favori, le capitaine entra chez le roi. Quelques instants plus
tard, Stragildo était en présence de
Louis X.

— Est-ce qu'un de mes lions serait malade ? demanda tout de suite le Hutin avec
une inquiétude non dissimulée.

Stragildo était courbé en deux ; il avait
l'attitude ondoyante et repliée d'un reptile. Il souriait. Mais ce sourire grimaçait sur son visage blafard. Sans doute il
sentait bien qu'il jouait sa vie. L'impression qu'il éprouvait était assez semblable
à celle mille fois ressentie à son entrée
dans l'enceinte des lions.

— Si c'était un fauve, songea-t-il, j'aurais ma bonne fourche et tout irait bien.
Mais c'est un roi. Je n'ai pas ma fourche.
Mais j'ai une bonne langue qu'il s'agit de
manœuvrer adroitement. Sire, reprit-il,
aucun de vos lions n'est malade. Les nobles bêtes, le ciel en soit loué, ont mangé
d'un merveilleux appétit et dorment paisiblement.

— Alors ? interrogea Louis en fronçant
le sourcil.

Stragildo se courba davantage. Sa voix
se fit humble. Il murmura :

— Sire, c'est sans doute une grande audace à un pauvre valet de fauves comme
moi, de lever les yeux et de regarder ce
qui se passe. Mais le fait est que j'ai regardé, que j'ai vu, et que je viens prévenir le roi.

— Tu viens me prévenir et de quoi ?
Parle clairement !

— Parler clairement est difficile, sire,
vu que, moi-même, je n'ai pas vu bien
clair. Seulement je savais que le roi était
inquiet depuis quelque temps...

— De quoi te mêles-tu, drôle ?

— C'est bien ce que je me suis dit, par
la Vierge ! de quoi diable vais-je me mêler ! Est-ce que ces affaires te regardent,
imbécile ? Ne peux-tu témoigner au roi le
grand dévouement que tu as pour lui
autrement qu'en allant lui parler d'histoires de trahison ? est-ce que...

— Trahison ! fit Louis en pâlissant.

— Ai-je dit trahison, sire ? Le fait est
que je n'en sais rien au fond, et après tout
cette femme qui doit être tout à l'heure à
la Tour de Nesle ne vous trahit pas peut-
être !...

Le roi marcha sur Stragildo.

Il était livide.

— Oh ! ma fourche ! ma bonne fourche !
songea Stragildo.

Louis le saisit au collet et le secoua rudement. Le gardien des fauves tomba à
genoux et se tint dans cette position, la
tête inclinée, se frappant la poitrine à
grands coups de poings et criant :

— *Meâ culpâ !*... Ça m'apprendra à avoir
des yeux pour voir, des oreilles pour entendre et à aimer mon roi plus que moi-
même !...

— Misérable ! rugit Louis Hutin, qu'as-
tu vu, qu'as-tu entendu ? Si tu ne t'expliques clairement, je te fais saisir, je fais
jeûner tes lions pendant trois jours, puis
je te fais jeter en pâture à ces carnassiers
affamés.

— Sire, dit Stragildo, je mourrai donc
heureux si j'ai pu donner à mon roi un
dernier spectacle qui l'amuse. Mais je
vous fais observer que, si vous continuez
à serrer, je vais être étranglé et vous ne
pourrez jeter qu'un cadavre à vos lions...
De plus, je ne pourrai rien dire !

Le roi desserra l'étreinte, lâcha Stragildo et se mit à se promener à grands
pas. Une sorte de douleur inconsciente
l'étreignait au cœur.

Il ne savait pas d'où lui venait cette
douleur.

Mais ce qu'il voyait clairement, c'est
qu'il avait souhaité de toute son âme connaître la trahison et la femme qui le trahissait, c'est que sa curiosité allait être
satisfaite, qu'il allait savoir enfin, et que
maintenant il avait peur de savoir !...

— Peur ?... Pourquoi ?...

Il avait l'horreur de ce Stragildo qui,
effondré sur ses genoux, le regardait aller
et venir. Cet homme tenait le secret ! Cet
homme allait lui faire la révélation si ardemment désirée ! Il le haïssait. Il l'eût

tué si l'affreuse curiosité, plus forte que toutes les angoisses ne l'eût arrêté. Il revint s'asseoir dans son fauteuil et dit :

— Relève-toi.

Stragildo obéit, jetant un rapide regard au roi, et il frissonna de le voir si pâle et tout à coup si calme. Il saisit toute l'atrocité de ce qu'il accomplissait à ce moment. Il eut vaguement la notion que ce qu'il tuait dans cette minute, ce n'était pas seulement la reine et Buridan, mais aussi le roi... ce jeune roi qui l'avait enrichi, si jeune, si beau, pas méchant, malgré ses accès de colère... Mais Stragildo n'était pas homme à s'apitoyer sur d'autres que sur lui-même. D'ailleurs, il était trop tard pour reculer.

— Tu dis, reprit Louis, qu'une femme doit se rendre à la Tour de Nesle ?

— Oui, sire. Je le dis. Mais c'est tout ce que je puis dire, et, ajouta-t-il avec un sourire sinistre, il me semble que c'est assez.

— Qui est cette femme ?

— Le roi la verra. Moi, je ne l'ai pas vue.

— Est-ce celle qui me trahit ?

— Le roi l'entendra. Moi, je ne sais pas si elle trahit.

— Que sais-tu alors ? dit Louis en respirant avec effort.

— Seulement ceci : cette femme sera ce soir à la Tour de Nesle. Si le roi veut aller à la Tour, il verra et entendra. Le roi devra se faire accompagner d'une bonne douzaine d'hommes d'armes solides et bien armés. Ceci est indispensable, sire ! Le roi et ses hommes se tiendraient dans une heure, je suppose, à l'angle de l'hôtel de Nesle. Il y a là un renfoncement suffisant pour cacher une quinzaine d'hommes. Et, à la minute voulue, moi-même je viendrais prévenir le roi. Une minute après, ce serait trop tard. Voilà ce que je voulais dire. Maintenant, si j'ai mal fait d'être fidèle et dévoué, le roi peut me faire mourir, c'est son droit.

Longtemps, Louis demeura pensif.

Enfin un profond soupir gonfla sa poitrine, et doucement il dit :

— Va-t'en. A l'heure que tu dis, à l'endroit que tu dis, viens me prévenir.

CINÉMA-BIBLIOTHEQUE
Collection d'ouvrages abondamment illustrés par les
PHOTOGRAPHIES DES FILMS CINÉMATOGRAPHIQUES

Le volume : 2.50 très illustré

Vient de paraître :

BURIDAN
Le Héros de
LA TOUR DE NESLE
Grand roman dramatique et historique
par MICHEL ZÉVACO

Des millions de lectrices et lecteurs ont lu
les romans du génial écrivain populaire
MICHEL ZÉVACO. Aucune de ses œuvres
n'égale la puissance et l'intérêt de BURIDAN,
le Héros de LA TOUR DE NESLE.
Tout le monde voudra connaître le récit dramatique des amours sanglantes et tragiques de
MARGUERITE de BOURGOGNE, Reine de
France, et de ses sœurs. Et tout
le monde s'attendrira aux cheva-
leresques et tendres amours de Buridan
et de sa douce et angélique fiancée

Tragédie palpitante, où,
dans une action fantas-
tique, on aime, on hait, on
rit, on pleure...

Le roman
SPLENDIDEMENT ILLUSTRÉ
par des centaines de
PHOTOGRAPHIES du FILM

EN VENTE PARTOUT
Libraires, Kiosques, Gares et
tous Marchands de Journaux

Éditions JULES TALLANDIER
75, Rue Dareau — PARIS (XIVe)